Tod einer Bikerin

edition oberkassel

Klaus Heimann, Jahrgang 1959. Schon als Jugendlicher liebte er es, anderen Kindern Märchen oder aus dem Stegreif erfundene Geschichten zu erzählen. Die Lust am Erzählen begleitete ihn ins Erwachsenenalter und er begann mit dem Schreiben. Bisher verfasste er Kurzprosa, Lieder, ein Kindermusical und mehrere Romane. Neben seiner Heimatstadt Essen und dem Ruhrgebiet liefern Klaus Heimann Reiseerlebnisse Inspiration für sein schriftstellerisches Schaffen. 2015 erschien sein erster Kriminalroman „Taxi zum Nordkap". Ihm folgten und folgen noch weitere. Klaus Heimann ist Mitglied im Syndikat, der Autorengruppe deutschsprachige Kriminalliteratur.

bei edition oberkassel:

Taxi zum Nordkap

Spur nach Namibia

Gang zum Friedhof

Mord eines Anderen

Verlag: edition oberkassel Verlag Detlef Knut, Lütticher Str. 15, 40547 Düsseldorf
Umschlaggestaltung: Detlef Knut unter Verwendung eines Fotos von © Andrey Armyagov / 123RF.com
Lektorat: Helge Hoffmann
gesetzt mit Adobe InDesign

www.editionoberkassel.de
info@edition-oberkassel.de

Auflage 2019
Printed in Europe

ISBN(Print): 978-3-95813-194-1
ISBN(Ebook): 978-3-95813-195-8

Tod einer Bikerin

Klaus Heimann

edition oberkassel

Start mit einer Ermahnung

Ich hätte nie geglaubt, dass mich das Jagdfieber nochmal derart packen würde! Niemals!

Rückblickend verstehe ich immer noch nicht, wie es so weit kommen konnte. Vor drei Jahren war ich infolge mehrerer Verstöße gegen die Dienstordnung auf Betreiben meines damaligen Chefs, Oberrat Gelbarth, bei der Kripo Essen ausgeschieden. Ich war nie ein Kriminalbeamter, der Risiken eingegangen ist - eher ein Vernunftmensch mit einiger Begabung, Hintergründe zu durchleuchten und geschickt Fragen zu stellen. Jemand, dem die Gerechtigkeit am Herzen liegt. Jemand, der den Sinn seiner Arbeit darin sah, dass Verbrecher ihre Taten sühnen.

Seit dem Nordkap-Fall, der sich 2014 so widerborstig seiner Klärung entgegengestemmt hatte, und seiner Aufklärung im Sommer 2015, die mich beinahe das Leben gekostet hätte und an die ich mein künstliches Knie als Andenken bei mir trage, glaubte ich den Kriminalisten in mir abgestreift zu haben.

Ich vermisste meinen alten Job in der Mordkommission eigentlich höchst selten. Nur ab und zu befiel mich eine Ahnung des alten Jagdfiebers, etwa, wenn ein gut gemachter Krimi im Fernsehen gesendet wurde, mir ein spannender Thriller-Roman in die Hände fiel oder in der Zeitung über aktuelle Mordfälle berichtet wurde. Dann legte ich das Puzzle gerne zusammen, ehe das Bild für Zuschauer oder Leser zusammengesetzt wurde, rätselte mit den ermittelnden Schauspielern, wer der Täter sein könnte, überlegte mir einen Tathergang zum Gelesenen. Da lauerte etwas in mir, was einen – ohne mit Eigenlob zu übertreiben – guten Kriminalisten aus mir gemacht hatte. Der Wille, der Gerechtigkeit in meinem bescheidenen Einflussbereich auf die Sprünge zu helfen.

Im Grunde bin ich gut damit klargekommen, dass dies alles ein Ende gefunden hatte. In dunklen Stunden liefen mir einige der aufgeklärten Fälle oft genug nach. Der Anblick von Leichen, blutverschmierte Tatorte – keine Bilder, die man gerne aus dem Gedächtnis kramt. Die menschlichen Schicksale, die dahinterstanden, waren mir von meinem Ex-Job als »Pfahl im Fleisch« zurückgeblieben - so drücke ich das Gefühl beim Hochquellen düsterer Erlebnisse gerne aus. Ich habe dieses Bibelwort aus einer Predigt von Pfarrer Kirch-Mann, der in den Haarzopf-Fall hineingezogen worden war. Es beschreibt das Gefühl ziemlich treffend.

Ich lebte meinen Ruhestand in dem Irrtum, mich könnte kein mörderisches Geheimnis mehr hinter dem Ofen hervorlocken. Weit gefehlt!

Tief unter den Alltäglichkeiten, die mein Dasein als Frührentner takteten, schlummerte anscheinend ein verdrängter Ehrgeiz - möglicherweise angeheizt durch den Umstand, gewisse kriminalistische Fähigkeiten nicht mehr ausspielen zu dürfen. Er ist über mich gekommen wie ein längst überwunden geglaubter Infekt, wie eine schlummernde Gürtelrose nach den Windpocken der Kinderjahre. Die Lehren aus meinem Leichtsinn bei der Aufklärung des Nordkap-Falls habe ich einfach beiseite gewischt.

Ich hasse den Lügner, zu dem ich unter Heiligung der Mittel zum Zweck geworden bin. Den Schwindler, der sich nicht scheute, die wichtigsten Menschen in seinem Leben zu hintergehen. Allen voran Lotte, meine Frau. Eigentlich heißt sie

Charlotte und mag die Verstümmelung ihres Namens nicht. Mir lässt sie das durchgehen, wie vieles andere auch.

Meine Angetraute ist wirklich eine patente Person. Wir harmonieren im Grunde prächtig. Nur ausnahmsweise kommt es zu den typischen kleinen Missverständnissen zwischen den Geschlechtern, die das Einschlafen einer Beziehung verhindern.

Normalerweise weiß ich genau, ab wann es zurückzurudern gilt. Je mehr ich mich aber in den Mordfall, der mir einfach so vor die Füße geplumpst ist, verbissen hatte, desto gereizter wurde die Stimmung zu Hause. Ganz untypisch für mich, ging ich diesmal keinem Streit aus dem Weg. In diesem Sommer hatte mich der Teufel geritten und sogar die gute Beziehung zwischen Lotte und mir ins schiefe Licht gerückt. Natürlich war die Gereiztheit meinerseits eine Folge des erwachten krankhaften Ehrgeizes. Lotte hat nur darauf reagiert.

Warum ich mich in Gefahr gestürzt habe? Warum ich die Menschen in meinem Umfeld so schlecht behandelt habe? Warum alles so weit gekommen ist?

Ich kann diese Fragen schlussendlich nicht beantworten. Lag es nur an diesem krankhaften Ehrgeiz? Oder hingt es auch damit zusammen, dass Lotte immer noch ihrem Broterwerb nachgeht und ich deswegen einen Minderwertigkeitskomplex entwickelt habe? Spielte eine Rolle, dass ich meinen alten Job in schlechten Händen glaubte?

Dies alles wird zu meinem Versinken im Sumpf beigetragen haben. Irgendwie bin ich hineingerutscht, ist eine Gemengelage entstanden, die mich mir selbst gegenüber fremd zurücklässt.

Ihren Anfang nahmen die Geschehnisse um den Mordfall

in Essen-Werden bereits mit einer heftigen häuslichen Disharmonie. Ich gehe gerne in die Kneipe. Nicht zu häufig, aber einigermaßen regelmäßig. Mit meinem Kumpel, dem Schutzpolizisten Eckhard Schulz, genannt Ecki. In letzter Zeit war ich des Öfteren zu unvorsichtig gewesen und hatte dabei ein, zwei Pils über den Durst getrunken. Bereits Anzeichen einer gewissen dauerhaften Unterforderung und eines Gefühls des Überflüssigseins?

Egal. Jedenfalls stolperte ich in den entscheidenden Abend, ab dem die Dinge ihren Lauf nahmen, mit einer Ermahnung.

***

»Und dass du dir nicht wieder die Hucke vollsäufst!«

Ich hörte Lottes Ermahnung in dem Moment, als ich die Wohnungstür hinter mir zuschlug. Keine zehn Sekunden vorher hatte sie mir im Flur einen Kuss aufgedrückt und einen schönen Abend gewünscht. Bester Laune und voller Vorfreude war ich über die Schwelle geschritten. Und dann diese überflüssige Bemerkung aus dem Hintergrund. Vielleicht meinte meine Angetraute es gar nicht so herabwürdigend, wie es bei mir ankam. Trotzdem. Ein unnötiges Wechselbad!

Wenn ich heute nach ausgiebigem Thekenturnen spätabends nach Hause käme, würde ich mich natürlich nicht unbedingt wie eine Schleichkatze fortbewegen. Immerhin hatte ich mir das muntere Pfeifen eines Liedchens im Nachklang wunderschöner Abende am Tresen lange abgewöhnt. Diesen Punkt auf der langen Liste ihrer Erziehungsziele in Bezug auf ihren Ehemann hatte Lotte erfolgreich umgesetzt. Mit der für sie typischen, sanften Hartnäckigkeit. Vielleicht verursachten sogar das Öffnen und Schließen der Wohnungstür und das Abwerfen der Klamotten im Flur lediglich Geräuschbelästigungen unterhalb des Anstoß-Levels. Wenn ich das Schlüsselloch auf Anhieb traf …

Nicht zu verhindern wäre, dass ich schnarchte. Wie immer bei erhöhtem Drogenspiegel. Dies zu beeinflussen stand außerhalb meiner Macht. Aber dafür würde ich erst morgen früh gerügt. Großzügig über diese Dinge hinwegzusehen, das würde Lotte gut anstehen. Meiner Meinung nach. Schließlich finden solche Umtrünke höchstens alle vier bis sechs Wochen statt.

An diesem frühen Juniabend war die Luft angenehm warm. Der längste Tag des Jahres stand kurz bevor. Ich beschloss, den üblichen etwa halbstündigen Umweg einzuschlagen, wenn ich zu einem genüsslichen Männerabend unterwegs war. So hatte ich es immer gehalten. Häufig sogar auf dem Rückweg, wenn mein Gang nicht mehr unbedingt die straffe Zielgerichtetheit aufwies, die ihm normalerweise zu eigen ist. Nur zu der Zeit, als mein Knie infolge der Operation noch schmerzte, habe ich notgedrungen auf den zusätzlichen Schlenker verzichtet.

Nach wie vor leicht gekränkt wegen Lottes Ermahnung, schlenderte ich die Straße hinunter auf meinen alten Arbeitsplatz zu: das Polizeipräsidium Essen. Ich querte die Grünanlage, in der Sturm Ela am Pfingstmontag 2014 die mächtige Buche gefällt hatte. Mich gähnte der Platz an, an dem sie seinerzeit in Sichtweite zum Polizeipräsidium beharrlich auf mein Erscheinen gewartet hatte. Mit der Geduld eines Baumes. Seit Jahr und Tag haben sie auf dem Gelände, wo sie stand, eine Baustelle eingerichtet. Planierraupen und Bagger standen neben haushohen Erdhügeln.

Oft, wenn nicht immer, hatte ich mich auf dem Heimweg von einer Zechtour am Stamm der Buche erleichtert. Direkt gegenüber dem Portal meines Brötchengebers. Merkwürdig, dass mir erst neulich, lange nach meiner aktiven Zeit, in den Sinn gekommen war, dass ich dem Polizeipräsidenten sozusagen jahrelang vor die Hütte gepisst hatte. Vielleicht hat meine Loyalität dem Apparat gegenüber verhindert, dass ich eher auf diesen Kalauer gekommen bin.

Die im Grunde hohle Sprechblase munterte mich auf. Ich zeigte dem Polizeipräsidium, in dem ich die überwiegende Zeit meines Berufslebens abgedient hatte, eine lange Nase. Dann ging ich zur Zweigertstraße hinüber und wechselte zunächst die Fahrbahnseite. Am nächsten Abzweig unternahm ich einen Abstecher in das Wohnviertel dahinter.

Irgendwann erreichte ich die Rüttenscheider Straße, Lottes und meine Flaniermeile. Auf der »Rü« hielt ich mich entlang von Geschäften und Gastronomie südwärts bis zur Einmündung der Emmastraße. Von hier war es nicht mehr weit bis zu Guido, meinem Lieblingswirt, bei dem ich verabredet war.

Ein merkwürdiger Fall

Ich betrat die Kneipe durch die ehrwürdige alte Pforte. Ihr hufeisenförmiger Tresen aus dunklem Holz war gut besetzt. Einen Moment blinzelte ich, noch von der Sonne geblendet. Dann entdeckte ich meinen Freund Ecki an einer der Rundungen des Tresens stehen. Aufmunternd prostete er mir mit einem Pils zu. Das verstärkte das Trockenheitsgefühl in meiner Kehle schlagartig.

Mit ausgebreiteten Armen ging ich auf Ecki zu, um ihn standesgemäß zu begrüßen. »Hallo mein Freund. Vorsprung? Das sehe ich nicht gerne!«

»So weit geht unsere Freundschaft nicht, dass ich hier verdurste, während ich auf dich warte!«

Der lockere Ton, der zwischen uns herrscht, lässt jeden gemeinsamen Umtrunk wie eine nahtlose Fortsetzung des vorangegangenen wirken. Wir fielen uns herzlich in die Arme und tätschelten uns gegenseitig den Rücken. Als ich von Ecki abließ, stellte Guido gerade unaufgefordert den ersten schäumenden Longdrink des Abends vor mir ab. Ein aufmerksamer Wirt! Da braucht es keine extra Bestellung.

»Danke Guido. Alles im Lack?«

»Bestens, Sigi. Schau dich um! Da sage einer, mit den alten Kneipen ginge es bergab.«

»Anderswo sieht es nicht so gut aus.«

»Ich behaupte nicht, dass es einfach ist. Aber bei mir geht beinahe jeden Abend die Post ab.«

»Du machst eben alles richtig«, lobte Ecki. »Bist ein Freund von Traditionen, ohne den Anschluss an Trends zu verpassen.«

Ein bemerkenswerter Satz für einen Ecki! Dass Guido das ebenfalls auffiel, sah ich an seinem Blick. Er wurde jedoch anderswo gebraucht und tippte sich, ohne etwas zu erwidern, zum Dank für das Lob mit zwei Fingern an die Schläfe und verschwand.

»Erich ist noch nicht da?«, stellte ich mehr fest, als dass ich fragte.

»Nöö. Wann wollte der denn kommen? Du hast mit ihm telefoniert.«

Erich, mein langjähriger Wegbegleiter im Polizeidienst, hatte sich beim letzten Mal in die Runde eingeklinkt und gefragt, ob er bei Gelegenheit wieder dazustoßen dürfte. Da er ein angenehmer Kerl ist, hatten Ecki und ich gerne zugestimmt. Wir mussten auch an Guido denken. Der war angewiesen auf Nachwuchs.

Letzte Woche hatte ich Erich den Termin durchgegeben. Bestimmt würde er wieder von Möhrchen hier abgeliefert, der Dritten im Team meiner letzten Dienstjahre. Nach langem Nebeneinander hatte es vor ungefähr zwei Jahren endlich zwischen den beiden jüngeren Kollegen gefunkt. Besser: Endlich bei Erich gefunkt, dem ewigen Schürzenjäger.

Möhrchen hatte ich immer in Verdacht, dass sie heimlich in unseren Mitstreiter verschossen war. Die beiden hatten vor Kurzem geheiratet und mir war die Ehre zugefallen, einer ihrer Trauzeugen zu sein.

Ich war seltsam gerührt gewesen, als ich meine Unterschrift unter die Dokumente setzen durfte. Anschließend hatte es eine kleine Feier gegeben mit vielleicht zwanzig, fünfundzwanzig Gästen. Allesamt angenehme Leute. Ich hatte mich sehr wohlgefühlt in diesem Kreis. Selten habe ich eine glücklichere Braut gesehen. Wie sagt man so schön: Was ewig währt …

Die Tür schlug auf und Erich erschien im Rahmen. Mit seinen einsneunzig und dem breiten Kreuz füllte er ihn gut aus. In seinem Schatten spazierte Möhrchen herein. Seit unserer gemeinsamen Zeit hatte sie kräftig abgenommen. Die weiche Knautschzone um die Hüfte herum war sie trotzdem nicht losgeworden. Ein ungleiches Paar. Erich mit sportlichem, trapezförmigem Körperbau, seine Frau einen guten Kopf kleiner als er, schmal in den Schultern, mit insgesamt kegelartiger Silhouette. Ohne ihre üppige, möhrenfarbige Lockenpracht, wäre die Kleine komplett neben ihrer männlichen Begleitung verblasst. Wen sie allerdings ansah, den zog sie unweigerlich hinein in ihre tellergroßen, saphirblauen Augen. Männer wie mich jedenfalls. Ihre Sommersprossen sahen dunkelbraun aus. Erst im Winter würden sie blasser werden. Ich wusste, wie sehr die Kleine diese sommerliche Veränderung hasste.

Erich entdeckte uns. »'nabend Männer. Schon bestellt?«

Die kleine Rote lächelte uns verschmitzt zu. »Hallo Sigi, hallo Ecki. Da habt ihr euren Mitstreiter. Gerne gebe ich ihn nicht her. Ihr seid Zeugen, dass ich ihn unbeschädigt bei euch abliefere.«

Ich schmunzelte zurück. »Hallo meine Gute. An deinen Männe kommt nix dran. Ich pass auf. Versprochen!«

»Das soll mich beruhigen? Du weißt, ich habe lang genug auf ihn gewartet. Die wenigen Stunden, die wir uns sehen, möchte ich ihn möglichst unversehrt an meiner Seite haben.«

»Wir alten Männer trinken ihn schon nicht unter den Tisch!«

Das wollte Ecki so nicht stehen lassen. Er protestierte: »Na,

Sigi, da sprichst du aber nur für dich. Alter Mann. Ha! Sieh hier: Ich bin gut im Training!« Er strich sich über sein Pilsgeschwür, dem die Schwerkraft zu einer deutlichen Ausstülpung über den Gürtelrand hinweg verhalf.

Die kleine Rote schüttelte gespielt den Kopf über Eckis Einwurf.

Dann kniff sie Erich ein Auge. »Halte dich von dem da fern. In seine Tiefe passt deutlich mehr hinein als in deine Länge. Du ziehst unweigerlich den Kürzeren. Ich übergebe dich in Sigis Obhut. Der ist schließlich unser Trauzeuge und wird Schaden von dir fernhalten. Pflichtbewusst, wie er ist.«

Unser Möhrchen. Sie hatte es immer schon gut draufgehabt, uns Männer elegant einzuwickeln. So humorig sie das hervorgebracht hatte – der Ernst in ihren Worten war bei mir angekommen. Sie mochte einen angeheiterten Erich genauso wenig wie Lotte einen angeheiterten Sigi. Mal schauen, was ich für sie tun konnte.

Möhrchen verabschiedete sich. Sie schenkte jedem von uns zum Abschied einen Blick aus ihren blauen Ozeanen.

»Macht's gut. Um elf hole ich dich ab, Erich.« Sie drückte ihrem Mann einen intensiven Kuss auf den Mund und verschwand durch die Pforte des Kneipenparadieses.

Ecki grinste Erich feist an. »Die hat dich ganz schön unter der Fuchtel, was?«

»Hatten das seine Frauen nicht immer?«, lästerte ich.

»Schnauze, Männer. Ihr wisst, dass ich lange nach der Richtigen gesucht habe. Und Möhrchen ist die Richtige, glaubt mir das.«

Ecki, wie er war, konnte sich unmöglich verkneifen, weiter Öl aufs Feuer zu gießen. »Sehnst du dich nicht nach all deinen schicken Blondinen zurück? Mit schlanken Körpern und draufgängerischem Temperament?«

Der Dicke traf den Punkt. So hatte es lange ausgesehen, Erichs Beuteschema. Diese Beziehungen hatten maximal drei Jahre gehalten. Übrigens in seltsamer Synchronizität zu dem Rhythmus, in dem Ecki seine viel zu großkotzigen Autos wechselte. Ob die Trennungen nun von Erich oder von seinen Flammen ausgegangen waren – das Resultat war immer dasselbe gewesen. Kurz darauf war er erneut auf Treibe gegangen. Bis er endlich das treue Möhrchen für sich entdeckt hatte.

Erichs Gesichtsausdruck wurde richtig ernst. »Das war mal. Ist Geschichte. Mein Lehrgeld habe ich bezahlt. Und das nicht zu knapp. Ihr werdet es kaum glauben: Ich sehne mich kein Bisschen nach dieser Zeit zurück. Möhrchen ist perfekt für mich.«

Der Tonfall unseres Kumpels ließ Ecki verstummen. Ein wenig gönnte ich ihm diesen Dämpfer. Bei Weitem nicht jedes Thema war dazu geeignet, in der Kneipe oberflächlich und mit Spott durchgekaut zu werden.

Ich lenkte die beiden von ihrem Thema ab. »Guido, ein Pils für den Jungen und drei Samtkragen.«

»Das ist ein Wort!«, bekräftigte Ecki meine Bestellung.

Erich verzog das Gesicht. »Uuh. Sofort mit Schnaps loslegen …«

Ich haute meinem Ex-Kollegen auf die muskelbepackte Schulter, dass es klatschte. »Deine Frau ist weg. Und außerdem weiß ich, was du verträgst. Ich gebe lange vor dir auf. Habe ich den Kanal bis zum Kragen voll, hast du exakt deinen eheverträglichen Pegel erreicht. Du rufst Möhrchen an, bittest sie, dich einzusammeln, vermeidest aber – ganz wichtig! – jede

Art von Zärtlichkeiten. Und möglichst flach atmen! Deine Gattin wird deinen Zustand höchstens erahnen, aber mangels direkten Körperkontakts nicht allzu intensiv riechen. Du lässt dich von ihr einfach brav in die Heia abführen. Der Rest geht mich nichts mehr an.«

Ecki kicherte. Meine harmlose, verklausulierte Schlüpfrigkeit traf seinen Junggesellenhumor. Ich weiß es zwar nicht mit Gewissheit, denke mir aber, seine Bilanz bei der Damenwelt sieht recht mickrig aus. Wenn er überhaupt auf Frauen steht – selbst darüber bin ich mir nicht im Klaren. Als wir hier bei Guido den Stoppenberg-Fall durchgekaut hatten, war ich nah dran gewesen, seine Orientierung aufzudecken. Blieb am Ende ein Fehlversuch.

Das spielte ohnehin keine Rolle für mich. An diesem Abend nicht und an allen kommenden ebenso wenig. Ecki war ein umgänglicher Typ, mit dem man reden konnte. So was zählt am Tresen.

Wie von Zauberhand standen die Getränke vor uns und wir prosteten uns zu. Erst mit dem Pilschen, dann mit den Samtkragen. Ich schüttelte mich von dem bitteren Boonekamp. Es war tatsächlich ein wenig früh gewesen für den Schnaps.

Erich sprach aus, was er über die Ruhrgebiets-Spezialität dachte: »Ein absolut widerliches Zeug. Dass ihr das Sauzeug herunterkriegt!«

»Hast du doch auch«, entrüstete sich Ecki.

»Ihr habt mich verführt!«

»Dieser Anlauf muss es dir wert sein, dass dir der Nächste schmeckt«, philosophierte ich.

»Nee, lass man. Die nächste Schnapsrunde geht auf mich und dann trinke ich lieber einen Jägermeister.«

Ecki schüttelte mit wenig schauspielerischem Talent den Kopf. »Tss, tss, der Nachwuchs. Wozu wird unsere Kneipenkultur verkommen, wenn nur noch so'ne Leute wie du am Tresen aufkreuzen. Armer Pott!«

»Noch drei Pils?«, fragte Guido über Erichs halb leeres und die beiden leeren Biergläser hinweg.

»Bis wir abwinken«, verkürzte ich den Bestellprozess für den restlichen Abend.

»Aber nicht eins:eins«, schärfte ausgerechnet Ecki nach, was übersetzt hieß: Fülle nur Bier nach und bringe nicht jedes Mal einen Kurzen zur frischen Gerstenkaltschale mit. Guido war in diesen Geheimcode eingewiesen.

Der Abend nahm seinen Lauf und wir sprachen über dies und das. Über Eckis derzeitiges Auto, einen alten, rostigen *Camaro*, der ihm die Haare vom Kopf fraß. Über die neue Einrichtung des Wohnzimmers, die Erich und Möhrchen anschaffen wollten. Bisher bestand sie aus zusammengewürfelten Möbeln der beiden Single-Wohnungen. Ich vermutete, die Geschmäcker der glücklich Vermählten waren sehr verschieden und hatten sich in ihrem gemeinsamen Domizil zu einem fürchterlichen Stilmix zusammengefügt.

Anschließend erzählte ich von meinen Tagen als Frührentner und erntete dafür gehörig Neid. Ich hielt dagegen. Es gab genug Langeweile in meinem Leben. Warum dachten alle, die Stunden füllten sich von alleine, wenn man nicht mehr arbeiten ging? Dinge, mit denen es sich zu beschäftigen lohnte, fielen niemandem in den Schoß.

Die Diskussion darüber mündete unvermeidlich in meiner Frage an Erich – bis dahin waren drei Lagen Schnaps gelaufen: »An was für einem Fall arbeitet ihr denn gerade?«

Erich seufzte. »Frag lieber nicht. Wir stecken fest.«

»Immer noch diese Geschichte in Werden?«

An unserem letzten gemeinsamen Abend hatte Erich davon erzählt. Es hatte lange nichts darüber in der Zeitung gestanden.

»Genau. Wir kriegen den Burschen nicht weichgeknetet. Bald sind wir gezwungen, ihn laufen zu lassen.«

Erich meinte den Lebenspartner der Frau, die ermordet worden war. Die Polizei war von einem Nachbarn, der ein lautes, schussähnliches Geräusch gehört hatte, zum Tatort gerufen worden. Sie hatten den Mann schnarchend im Schlafzimmer vorgefunden, mit beinahe drei Promille Alkohol im Blut. Die Frau hatte nebenan im Wohnzimmer auf dem Sofa gelegen. Ihr Blutalkohol war ebenfalls beträchtlich gewesen. Sie hatte eine Schusswunde auf der Stirn getragen.

»Habt ihr seit unserem letzten Treffen irgendetwas Neues herausgebracht?«, erkundigte Ecki sich.

»Was wisst ihr denn?«

»Dass beide besoffen waren, dass sie von Hartz IV lebten, keine Schmauchspuren an Händen und Kleidung des Mannes – er hat also nicht geschossen –, nichts gestohlen, am Tatort blieben keine Gegenstände zurück, die dem Täter gehören. Auch keine Patronenhülse. Fällt dir noch etwas ein?« Ecki sah mich fragend an.

»Nein. Korrekt wiedergegeben wie ein Notizbuch. Mehr habe ich mir auch nicht gemerkt.«

Erich nahm sein Bierglas in die Hand und starrte in den zusammengesunkenen Schaum. »Wir wissen, dass die Frau ein Motorrad besaß. Eine rote Honda, konnten wir ermitteln. Die ist verschwunden. Auf ihrem Bankkonto gab es keine auffälligen Bewegungen. Volle vier Jahre sind wir zurückgegangen. In ihrem Umfeld nur unauffällige, harmlose Geister. Viele Kontakte besaß sie sowieso nicht.«

Ich schaltete mich ein. »Und auf seinem Konto?«

»Keine größeren Abhebungen oder Einzahlungen. Völlig unverdächtig.«

»Lagen auffällige Mengen Bargeld in der Wohnung herum?«

»Nein. Jedenfalls nicht zu dem Zeitpunkt, als wir sie inspiziert haben.«

»Zwielichtige Gestalten, mit denen der Mann befreundet ist?«

»Das ist allem Anschein nach ein Einzelgänger. Keine Kontakte zu Verwandten, keine echten Freunde. Jedenfalls konnten wir niemanden ausfindig machen, der ihn gut genug kennt, um ihm einen unbescholtenen Leumund auszustellen.«

»Was bietet sich als Motiv an? Diebstahl scheidet wohl aus. Eiversucht etwa? Habt ihr schon in diese Richtung geforscht?«

»Bis jetzt alles Fehlanzeige.«

Ecki nuckelte an seinem Bierglas. »Ihr seid nicht zu beneiden, ihr von der Kripo. Unsereins muss sich die Birne nicht so zermartern. Musst nur entscheiden, wen du einkassierst und wen nicht.«

»Gib's zu. Wenn es brenzlig wird, hältst du doch möglichst Abstand«, neckte ich Ecki.

Das fand mein Kumpel gar nicht lustig. »Kannst du unmöglich! Wenn die Durchgeknallten aggressiv werden, entstehen immer Situationen, in denen sie deinem Arsch nahekommen. Verstecken is nich.«

Ich merkte, dass mein Kommentar schlecht angekommen war.

»Tschuldigung, Ecki. Das weiß ich natürlich. War ein doofer Spruch.«

»Prost!«

Ecki stieß mit seinem vollen Glas bei mir und Erich an und leerte es in einem Zug. Wir zogen nach. Guido hatte es bemerkt und zapfte bereits wieder Neue.

Meine Neugier war lange nicht gestillt. »Sag, Erich, wie steht es denn mit den Aussagen dieses Lebensgefährten? Du hast gesagt, er gibt wenig von sich?«

»Der gibt bereitwillig zu allem Auskunft, was nicht direkt mit dem Mord zusammenhängt. Zum Tatzeitpunkt, behauptet er, war er zu besoffen, um irgendetwas mitzukriegen.«

Ecki lachte trocken auf. »Ha. Klar, bei drei Promille. Das ist Kampftrinker Meisterklasse!«

Ich ließ nicht locker. »Habt ihr ihn in der Kartei?«

»Arnfried Nußbaum heißt er. Keine Einträge. Nur wegen zu schnellen Fahrens. Mit der Kiste des Opfers. Die Frau hieß Gertrud Fenger.«

Tief in meinem Gedächtnis klingelte etwas, als Erich den Namen des Mannes nannte. Einen kurzen Augenblick horchte ich dem Klingeln nach. Vergeblich. Es wurde leiser und verstummte.

»Wie ist der Täter deiner Meinung nach in die Wohnung gelangt?«, fragte ich stattdessen.

»Du wirst es nicht glauben. Sie haben einen Schlüssel unter der Fußmatte.«

»Da sucht heute wirklich keiner mehr. Das hält niemand mehr für möglich, so einen Leichtsinn«, spottete ich. »Und wie ist der Mörder ins Haus gekommen?«

»Ich spreche von der Haustür. Da lag der Schlüssel unter der

Fußmatte. Die Wohnungstür war geschlossen, als die Kollegen eintrafen.«

»Wo der Haustürschlüssel liegt, könnte natürlich jedermann beobachtet haben, der zufällig vorbeiging.«

»Nur, wenn die Enkel des Nachbarn nach Hause kamen. Du musst wissen, dass die Kinder tagsüber von den Großeltern betreut werden. Die Erwachsenen im Haus besitzen allesamt eigene Schlüssel. Der unter der Matte war die Idee vom Vater der Kinder. Acht und zehn Jahre sind sie alt. Aber du hast recht: Die Kids haben garantiert kein Geheimnis um diesen Schlüssel gemacht.«

Ich legte die Stirn in Falten.

Eine schlechte Angewohnheit, der ich immer dann fröne, wenn ich Witterung von einem ungelösten Geheimnis aufnehme.

Im Dienst wussten alle sofort: Sigi kaut an einem Fall.

»Ist der Mörder gewaltsam in die Wohnung eingedrungen oder hat ihm jemand von innen geöffnet?«

»Als die Kollegen zum Tatort kamen, war sie - wie gesagt - geschlossen. Der Säufer drinnen im Schlafzimmer hat weder auf ihr Sturmschellen noch auf Rufen reagiert. Sie mussten die Tür aufbrechen. Falter hat später herausgefunden, dass dies der einzige Versuch war, sie mit Gewalt zu öffnen. Wir wissen bis heute nicht, wie der Täter hineingelangt ist.«

»Es ist aber sicher, dass er durch die Wohnungstür kam?«

»Das Haus besitzt keine Balkone. Er hätte eine Leiter anlegen müssen und durch ein Fenster klettern. Es waren keine Spuren dieser Art festzustellen.«

Hartmut Dreute von der Spurensicherung, wegen seiner Leidenschaft für präparierte Schmetterlinge von Insidern auch

»Falter« genannt, war ein guter Mann. Wenn das sein Untersuchungsergebnis war, waren jedwede Zweifel unangebracht.

»Seid ihr sicher, den Umgang und die Vergangenheit des Pärchens ausreichend unter die Lupe genommen zu haben? Oder schlummert da noch etwas?«

»Sigi, hallo! Wir stehen hier in einer Kneipe und lassen uns volllaufen. Wir sitzen nicht an unseren Schreibtischen im Präsidium und basteln Tatszenarien.«

»Da liegt Erich richtig«, sprang Ecki meinem ehemaligen Kollegen zur Seite.

Eine kleine Gesprächspause entstand. Jeder hing den eigenen Gedanken nach.

Plötzlich fragte Ecki: »Meint ihr, die Frau hat ihren Mörder selber in die Wohnung gelassen?«

Erich zuckte die Schultern. »Könnte sein. Davon weiß Arnfried Nußbaum angeblich ebenfalls nichts. Er habe aber niemandem geöffnet. Er sei alkoholbedingt außer Gefecht gesetzt gewesen.«

»Besaß die Ermordete Hämatome an den Armen oder am Oberkörper?«, fasste ich nach.

»Nein.«

Ecki hatte den Hintergrund meiner Frage nicht kapiert. »Warum ist das wichtig?«

»Na, da sie unverletzt war, deutet doch alles darauf hin, dass sie den Täter kannte. Sonst hätte sie ihn an der Tür abgefertigt. Oder sie hätte einem Unbekannten geöffnet und wäre gewaltsam in die Wohnung hineingezerrt worden. Das hätten Hämatome zu bedeuten. Ist doch simpel!«

Erich wurde heftig. »Mensch Sigi, ich habe die Grundschule des Kriminaldienstes hinter mir. Alles überprüft, alles mit den Kollegen besprochen. Dass Gertrud Fenger ihren Mörder kannte und ihn hineingelassen hat, ja, das wäre eine Möglichkeit. Kampfspuren wie zerbrochene Gegenstände, umgeworfene Stühle oder umgeknickte Teppiche gab es übrigens auch keine. Eine andere Möglichkeit wäre, dass der Mörder einen Zweitschlüssel besaß. Und wenn wir weitergraben, finden wir vielleicht noch ein Mauseloch, durch das er geschlüpft ist. Feierabend!«

»Gut, gut. Beruhige dich. Nur eines noch: Welche Version verfolgt ihr?«

»Wir gehen bisher davon aus, dass die Frau geöffnet hat.«

»Fingerabdrücke?«

»Sigi!«, blafften mich meine Saufkumpane gleichzeitig an. Stimmte ja. Ich war nicht mehr aktiv.

Ecki und Erich wandten sich einem anderen Thema zu. Ich war für den Rest des Abends nicht mehr richtig dabei. Ob die Mordtat in den Händen meines ehemaligen Kollegen gut aufgehoben war? Beim Lösen von Fällen war er jedenfalls nie der hellste Fixstern am Himmel gewesen, was sich in seiner bescheidenen Aufklärungsquote widerspiegelte.

Oder hatte ich seinem schlummernden Talent im Wege gestanden? Hatte ihn zu väterlich unter meine Fittiche genommen? Unbewusst seinen Horizont verstellt?

Was spielte das eigentlich für eine Rolle? Ich war nicht mehr dabei und mich ging die ganze Sache nichts an. Was bedauerlich war, denn es hörte sich kniffelig an. Richtig kniffelig. Ein Verbrechen ganz nach dem Geschmack von Sigi Siebert.

Ach was. Vergangenheit. Lieber noch einen Samtkragen und ein Bier vernaschen.

***

Gegen elf Uhr tauchte Möhrchen auf. »Na, genug getrunken?«, erkundigte sie sich, eher tadelnd als wirklich an einer Antwort interessiert.

»Hat er«, antwortete ihr Ecki, der unverändert wie eine Eins am Tresen stand. »Er hat sich tapfer geschlagen.«

»Noch einen für den Weg?«, schlug ich vor.

Mir entging Erichs huschender Seitenblick hinüber zu seiner Frau nicht. »Lass man. Wir ziehen.«

»Nimm ruhig noch ein Bier. Ich bestelle mir eine Cola«, überraschte ihn Möhrchen.

Das ließen wir uns nicht zweimal sagen. Bald standen drei Pils und eine Cola vor uns. Ecki und Erich setzten derweilen ihr Gespräch über V8-Motoren fort.

Eine Gelegenheit für meine alte Lieblingskollegin, mich beiseite zu nehmen. »Sigi, hat Erich von seinem aktuellen Fall erzählt?«

»Ja. Vorhin.«

»Der läuft ihm ganz schön nach, weißt du. Er kommt mit diesem Arnfried Nußbaum keinen Zentimeter weiter und eine Idee, in welche Richtung er ermitteln sollte, hat er auch nicht.«

»Du arbeitest mit ihm zusammen am Fall?« Unser Möhrchen war immer eine verlässliche Stütze gewesen. Ein patentes Mädchen.

»Mich haben sie lange abgezogen. Weißt du das nicht? Direkt nach unserer Hochzeit war das, kurz nach Erichs Beförderung. Ich schaffe aushilfsweise bei den Drogen. Erich arbeitet mit einem Neuzugang am Mord in Werden.«

»Ist Mord nicht wichtiger als Rauschgift?«

»Das ist so eine Großoffensive. Politisch motiviert, weißt du: Wir wollen, dass Essen clean wird.«

»Scheiße. Eine Großstadt wird nie clean. Träumer!«

»Wem sagst du das! Jedenfalls ist Erich ziemlich fertig. Ich kriege ihn selbst am Wochenende kaum aufgemuntert.«

Ich wünschte mir irgendwie, was ich andeutete.

»Willst du mir zu verstehen geben, er könnte Hilfe gebrauchen?«

Die blauen Ozeane wiesen mich entrüstet zurück. »Quatsch! Du bist raus aus dem Dienst und sollst es bleiben. Wäre ja noch schöner, wenn du als Rentner dem Erich hineinpfuschen würdest. Ich wollte mich nur jemandem anvertrauen, der Verständnis für diese Dinge hat. Der weiß, wie es in einem rumort, wenn die Ermittlungen stocken. Irgendwo muss man mal darüber quatschen dürfen.«

»Verstehe.«

Ecki und Erich hatten den amerikanischen Motorenbau zu Ende besprochen.

»Fährst du mich jetzt heim, Schatz?«

»Ich trinke eben aus.«

Möhrchen kippte die Cola, die sie bislang nicht angerührt hatte, in einem einzigen Zug hinunter. Dann griff sie nach der Hand ihres Mannes.

»Abzug. Tschüss Männer. Hat mich gefreut, dich wiederzusehen, Sigi. Darfst uns gerne mal besuchen. Zuhause oder im Präsidium.«

»Mach ich«, versprach ich leichthin. »Tschüss ihr Zwei.«

Erich zahlte seinen Deckel, umarmte uns Zurückbleibenden zum Abschied und verschwand mit seiner Liebsten ins heimatliche Nest.

»Sollen wir noch einen?«, lockte Ecki.

»Gerne.«

Es blieb nicht bei dem Einen. Wir torkelten als Letzte aus Guidos Laden auf die Straße und hörten, wie er ihn hinter uns abschloss. Arm in Arm maßen wir den Bordstein in Richtung *Rüttenscheider Stern* aus. Dort verabschiedete sich Ecki von mir.

Auf meinem Heimweg suchte ich in alter Tradition die Stelle auf, an der meine Freundin, die Buche, einst dahingeschieden war. Wehmütig starrte ich auf den Baustellenzaun. Dann suchte ich mir ein verschwiegenes Eckchen im seitlichen Gebüsch und wässerte die tief im Erdreich um sie trauernden Reste ihres Wurzelwerks.

Home, sweet Home

Als ich wenig später zu Hause eintorkelte, weckte ich leider Lotte. Für den fröhlich Heimkehrenden ist das der ungünstigste Fall. In Bezug auf seinen Empfang sind zwei Varianten denkbar. Die für ihn Angenehmere sieht vor, dass sich seine Angetraute zähneknirschend schlafend stellt. Die Schlechtere ist die von diesem Abend …

Lotte lief zur Hochform auf. Dabei hatte ich beim Hereinkommen nur ganz, ganz leise den *River-Kwai-Marsch* gepfiffen. Okay – ein bedauerlicher Rückfall in längst aberzogen geglaubte Gewohnheiten. Schwerer wog, dass ich unmittelbar nach dem Eintreten über das Leergut stolperte, das für den morgigen Einkauf zum Umtausch bereitstand. Der oberste Kasten vom Stapel hielt dieser Attacke nicht Stand und stürzte polternd zu Boden. Glas splitterte. Aber wegen so einer Lappalie gleich so eine Gardinenpredigt?

Die Schlafzimmertür stand offen. Lottes Nachttischlampe wurde angeknipst.

»Das nächste Mal schlafe ich im Bahnhof neben den Gleisen. Kein ICE macht solchen Krach, wenn er durchrauscht. Nilpferd! Ach was, Nilpferd: Dinosaurier! Und ein Saufkopp obendrein!«

»Es war dunkel im Flur. Ich wollte dich nicht mit Licht wecken.«

Meine gelallte Entschuldigung machte es nicht besser.

»Mit Licht nicht, aha. Aber mit diesem saublöden Gassenhauer! Damit gleich das ganze Haus weiß, dass der Herr vom Alko-Trip zurück ist. Und anschließend ein kräftiger Tusch auf dem Schlagzeug. Du bist ein unverbesserliches Trampeltier, Sigi Siebert.«

»Aber Löttchen …«

»Nix da, Löttchen. Schnauze jetzt. Ich will schlafen. Im Gegensatz zu dir, muss ich meine Brötchen mit Arbeit verdienen. Dass du dich vorsiehst, noch mehr Lärm zu machen. Ich raste aus!«

Es gelang mir nur ganz knapp, einer weiteren Standpauke von Lotte zu entgehen. Eine widerspenstige Tube Zahnpasta legte mir bösartig einen Stein in den Weg. Sie glitt mir aus der Hand und brachte den Zahnbecher zum Umstürzen. Es dröhnte in meinen Ohren, als hebe eine Explosion das Dach des Hauses ab.

Kaum war ich in die Federn geplumpst, löschte Lotte ihre Nachttischlampe. Trotzdem ich hundemüde war und es in meinen Ohren alkoholisch sauste, hielt ich geistesgegenwärtig die Luft an und horchte auf ihre Atemzüge. Erst als sie mir ruhig und ausgeglichen erschienen, wälzte ich mich auf meine Einschlafseite. Wenigstens hatte ich vermieden, meine Göttergattin mit meinem Geschnarche am Einschlafen zu hindern. Sie hätte mir mindestens Staubwischen aufgebrummt!

***

Ich will mich nicht groß beklagen, über die dicke Rübe vom nächsten Tag. Es gibt kein größer Leid, als das, der Mensch sich selbst andeit – behauptete meine Tante Klara immer.

Aber Lotte hätte sich gerne mäßigen dürfen.

»Seit zwei Uhr liege ich wach. Geh mal bei den Nachbarn fragen, ob ihre Möbel noch stehen. Du müsstest sie zwischenzeitlich kurz und klein gesägt haben!« Das waren die Worte, mit denen ich aus meiner traumlosen, friedlichen Dunkelheit gerissen wurde. Ich blinzelte auf meinen Wecker. Fünf Uhr dreißig! Was fiel meinem Weib ein?

»Hast du auf die Uhr geguckt?«

»Ungefähr siebenhundert Mal. Mir reicht's! Untersteh dich, wieder einzuschlafen! Du kochst mir jetzt einen Kaffee.«

War meine Gattin verrückt geworden? Kaffee? Um diese Zeit?

Ein kleiner Rest Verstand kämpfte sich durch die Dunstglocke um mein Hirn. Diese Quälerei musste mir der Burgfrieden in den eigenen vier Wänden wohl wert sein.

Zeitlupenhaft kämpfte ich mich unter der Bettdecke vor. Nur keine ruckartigen Bewegungen jetzt!

Beim Einfüllen des Kaffeemehls in die Maschine – wir brühen immer noch altmodischen Filterkaffee auf – ging mir ein halbes Lot daneben. Ich wischte es notdürftig mit einem Küchentuch weg. Dabei landeten ein paar Krümel auf dem Boden, die sich bestimmt festtreten würden. Als der Kaffee durchgelaufen war, füllte ich zwei Tassen und ging damit zurück ins Schlafzimmer.

Kerzengerade saß Lotte im Bett. »Zwei Tassen? Nix da. Erst gehst du Scherben kehren im Flur. Meinst du, ich will mir eine eintreten? Ein Wunder, dass dir das gestern Abend nicht passiert ist.«

Zähneknirschend holte ich Besen und Kehrschaufel und machte mich ans Werk.

Erstaunlich, wohin ein so schweres Material wie Glas pulverisiert überall fliegt. Zum Glück waren nur zwei Flaschen beim Aufprall auf den Fliesenboden geplatzt. Die anderen konnte ich unversehrt samt Kasten wieder zuoberst auf den Stapel stellen.

Dem Kehren folgte eine Runde mit dem Staubsauger. Zur Sicherheit. Dabei entdeckte ich eine tiefe Macke mitten auf einer unserer Flurfliesen. Au Backe. Das würde Lottes Zorn ein Krönchen aufsetzen!

Als ich mein Werk zur eigenen Zufriedenheit beendet hatte, wagte ich einen erneuten Vorstoß ins Bett. Ich lehnte mich auf meiner Seite am Kopfteil an. Der Kaffee war mittlerweile lauwarm geworden. Angewidert stürzte ich die Brühe in einem Zug hinunter.

»Ich muss mal.« Lotte schälte sich aus den Federn. Sie war kaum im Flur angelangt, als ihr ein Aufschrei entfuhr. Ich wusste nur zu gut, was das zu bedeuten hatte.

»Meine schönen Fliesen!«

Schon stand meine Ehefrau im Türrahmen, um mich erneut zusammenzufalten. Ich zog die Ohren an den Kopf. Widerworte zwecklos.

Lotte kommandierte mich zum Tischdecken ab. Immerhin frühstückten wir gemeinsam. Bis meine Angetraute zur Arbeit aufbrach, herrschte in unseren vier Wänden Wortlosigkeit. Der knisternde Schnitt in mein auf dem Toaster aufgebackenes Brötchen, schwoll in der atemlos stillen Atmosphäre unserer unserer Küche zu ohrenbetäubendem Krach an.

***

Kaum fiel die Wohnungstür hinter Lotte zu, verdrückte ich mich wieder in die Koje und gab mich erneut einer traumlosen, friedlichen Dunkelheit hin. Zweieinhalb Stunden später wachte ich mit geschwollenem Zäpfchen auf. Ich war wohl auf dem Rücken eingeschlafen und das bedeutete nach angenehm verbrachten Vorabenden regelmäßig, dass ich schnarchte wie ein Seeelefant im Rangkampf.

Als ich mir mittels einer gut gekühlten Flasche Mineralwasser Linderung verschaffen wollte, stellte ich fest, dass unser Leergut komplett war – nicht ein Schluck mehr im Haus. Widerwillig ersetzte ich die erfolgversprechende Medizin durch Leitungswasser. Es muss kribbeln im Hals, sonst schmeckt es mir nicht.

Was sollte ich mit einem derart verkorkst gestarteten Tag anfangen?

Der leichte Druck im Kopf verordnete mir auf jeden Fall frische Luft. Ich blinzelte zum Küchenfenster hinaus. Eine dünne Wolkenschicht bedeckte den Himmel – passables Wetter. Wo war gleich der Mord geschehen, über den wir uns gestern bei Guido unterhalten hatten? Ich erinnerte mich nicht daran, dass jemand die Adresse erwähnt hätte. Nur den Namen des Opfers kannte ich: Gertrud Fenger.

Wie kam ich jetzt darauf? Das ging mich nichts mehr an! Sollte Erich das klären. Ich war lange aus dem Verein ausgeschieden. Und wohin unautorisierte Schnüffeleien führten, war mir im Namibia-Fall schließlich schmerzlich vor Augen geführt worden.

Leider lassen mich knifflige Fragestellungen nur selten in Ruhe. Zu diesem Zeitpunkt wusste ich jedoch noch nicht, wie weit meine Infektion durch den Fall fortschreiten würde.

Wir besitzen keinen festen Platz für unseren Computer. Er steht in einer Wohnzimmerecke und jeder, der ihn benötigt, setzt sich damit hin, wo er will. Ich schnappte mir den Laptop

– das alte Schätzchen, das uns Lucy nach der Anschaffung ihres neuen überlassen hatte –, bezog Stellung in einem unserer Sessel, platzierte das Gerät auf dem Schoß und schaltete es ein. Mittlerweile bin ich einigermaßen vertraut mit dem Ding. Früher war es immer Möhrchen gewesen, die Recherchen am Computer durchführte. Heute war ich auf mich selbst gestellt.

Ich rief das Telefonbuch auf. Der Eintrag, den ich fand, war eindeutig. Die Ermordete hatte im Wesselswerth gewohnt. Ich merkte mir die Hausnummer und tippte den Namen Arnfried Nußbaum ein. Er tauchte nicht im Internet auf.

Ich schaltete den Laptop aus und klappte ihn zu. Starr im Sessel hockend, lief sich der kriminalistische Sektor meines Gehirns warm. Es gelang mir trotz Dunstglocke ums Oberstübchen nicht, den einfachen Weg zu beschreiten und die Geschehnisse zu ignorieren.

Zuallererst: Wie war der Täter in die Wohnung der Ermordeten gelangt? Hatte ihm jemand von drinnen geöffnet? Die Ermordete? Ihr Lebensgefährte? Oder ein Besucher, der anschließend spurlos verschwunden war? Musste man diesen Besucher als Mörder suchen?

Oder besaß der Täter einen eigenen Schlüssel? Hatte ihm irgendjemand einen zugesteckt? Aus welchem Grund? War es die berühmte Putzfrau?

So vieles war gestern Abend nicht zur Sprache gekommen. Wenn ich nur einen Blick auf diese Wohnung werfen dürfte! Nur einen einzigen, ganz kurzen Blick! Vielleicht könnte ich Erich aus seiner Misere befreien, könnte ihm helfen. So wie es bei Möhrchen geklungen hatte, benötigte er dringend Unterstützung. Er steckte fest.

An diesem Morgen ballte sich eine ungesunde Mischung

verschiedenster Gefühle in mir zusammen. Einerseits dröhnte Lottes schroffe Abreibung in meinen Ohren. Ihr unterschwelliger Vorwurf der Nichtsnutzigkeit klebte mir in den Klamotten.

Dann war da Erichs leicht verzweifeltes Gesicht vom gestrigen Abend, in dem seine Schwierigkeiten geschrieben zu stehen schienen. Jedenfalls glaubte ich, solches darin gelesen zu haben. Man setzte ihn sichtlich unter Erfolgsdruck. Dem hatte er immer schon wenig entgegenzusetzen gehabt. Mir fiel Möhrchens entrüstete Zurückweisung ein, als ich sie gefragt hatte, ob Erich Hilfe benötigte. Heute schien mir ihre Reaktion deutlich überzogen ausgefallen, überzogen in dem Sinne, dass ich sie bei einem Gedanken dieser Art erwischt hatte.

Möglich, dass die Dunstglocke um meinen Kopf diese Wahrnehmungen im Sinne meiner Wunschinterpretation einfärbte.

Jeder dieser Aspekte versetzte mir an diesem Morgen einen kleinen Schubs, mich in den Fall einzumischen. Mehrere kleine Schubse ergeben bekanntermaßen einen großen Stoß …

Nach einer eiskalten Dusche stand ich kaum eine Stunde später an der Haltestelle Martinstraße und wartete auf die Straßenbahn. Hätte ich nicht den dicken Kopf mit mir herumgetragen, wäre ich bei dem Wetter mit dem Rad gefahren.

Die Vernunft riet mir, in meinem Zustand darauf zu verzichten.

Mordadresse

Ich erwischte eine Straßenbahn der Linie 108. An der Schleife in Bredeney stieg ich aus und ging zur Bushaltestelle hinüber. Dort studierte ich den Fahrplan und wartete eine Weile auf die Linie 169 in Richtung Velbert.

Der Bus kam und ich stieg ein. An der nächsten Ampel bog er auf die Bundesstraße ab. Sie führt zweispurig durch ein Waldgebiet hinunter ins Ruhrtal. Essener nennen diesen Streckenabschnitt gerne *Werdener Berg*.

Als der Bus nach wenigen Stopps die Ruhrbrücke erreichte, erhaschte ich linkerhand einen Blick auf die *Brehminsel*, die den Fluss an dieser Stelle in einen Haupt- und einen Nebenarm teilt. Sie ist vom Ufer aus über eine Fußgängerbrücke erreichbar und stellt so etwas wie den Werdener Stadtpark dar. Mit ihr verbinde ich eine sehr persönliche Erinnerung, die ich mit Lotte teile. An der mir zugewandten Schmalseite der Insel, wo eine niedrige Mauer eine Art Aussichtsplattform im Dreiviertelkreis einfasst, hatte ich meine spätere Frau in einem Anflug tiefster Zuneigung zum ersten Mal geküsst. Die Erinnerung daran zauberte mir tatsächlich ein kleines Lächeln auf die Mundwinkel. Wie ein Trottel war ich gestern Nacht in die Bude gestolpert. Lottes aufbrausende Reaktion war aus nüchternem Blickwinkel betrachtet nur zu verständlich.

Beinahe hätte ich in meinem Anflug von Romantik versäumt, den Bus am Werdener Markt zu verlassen. Im letzten Moment sprang ich durch die sich bereits schließende Tür. Knapp geschafft.

Direkt neben der Bushaltestelle führt eine Treppe zur Kirche

St. Ludgerus hinauf, deren Vorläufer bereits im 9. Jahrhundert als Abteikirche errichtet worden war. Das wusste ich, weil ich mich mal für die frühe Geschichte Essens mit ihren beiden historischen Kernen interessiert hatte, dem Stift Essen, das für die Töchter des sächsischen Adels gegründet worden war und in der City zu verorten ist, und eben die Abtei in Werden. *St. Ludgerus* selbst versteckte sich hinter hohen Bäumen.

Lotte und ich unternehmen häufiger Spaziergänge hier im Stadtteil. Allerdings vom Markt aus auf die Altstadt und den *Baldeneysee* zu. Die Straße, zu der ich heute aufbrach, lag in entgegengesetzter Richtung. Dort war ich tatsächlich bisher nie gewesen. Nicht einmal zu meiner aktiven Zeit bei der Polizei.

Ich folgte dem Klemensborn. Am Ende der Mauer, die das höher gelegene Gelände am linken Straßenrand abfängt, führte mein Weg am barocken Torhaus der ehemaligen Abtei vorbei. Sie beherbergt heute einen Teil der *Folkwang Universität der Künste.* In ihrer wechselhaften Geschichte waren die Räumlichkeiten der Abtei auch schon mal als Gefängnis genutzt worden.

Wenige Schritte weiter erreichte ich mein Ziel, die Abzweigung in den Wesselswerth. Dort verlangsamte ich mein Tempo und schlenderte die Häuserzeilen entlang. Die Baustile hier zogen alle Register von historisch bis modern. Stuckfassaden wechseln sich mit geglätteten Fronten gleicher Baujahre, unverputzten Ziegelwänden und Nachkriegsbauten aus verschiedenen Jahrzehnten ab.

Das gesuchte Haus lag im letzten Drittels der Straße. Ich stand vor einem Gebäude der vorletzten Jahrhundertwende. In der ersten Etage war vor nicht allzu langer Zeit ein Mord verübt worden. Seitlich führte eine Einfahrt auf einen Garagenhof. Die Haustür war relativ neu – Kunststoff mit Verzierungen, die historische Formen imitierten.

Den Namen »Gertrud Fenger« fand ich unter der oberen Türklingel. Arnfried Nußbaum erwähnte das messingfarbige Täfelchen nicht. Vor der Haustür lag tatsächlich eine Fußmatte. Es kribbelte mir in den Fingern. Ob sie dort immer noch den Schlüssel verwahrten?

Sollte ich … Wie könnte ich dann in die Wohnung von Gertrud Fenger gelangen? Einen Nachbarn unter irgendeinem Vorwand hinausklingeln? Ihn auf die naive Art ausquetschen, um sachdienliche Informationen einzuholen? Leider besaß ich keinen Dienstausweis mehr, der mir Türen und Menschen öffnete.

Ich bremste mich selbst. Was trieb ich hier eigentlich? Meinen Dunstkopf spazieren tragen, ja. Aber was weiter? Was versprach ich mir von diesem Ausflug zum Tatort irgendeines Mordes? Eine plötzliche Entdeckung, auf die der gesamte Polizeiapparat bisher nicht gestoßen war? Eine geniale Momenteingebung?

Sigi Siebert, du bist ein Träumer! Der Alkohol vom gestrigen Abend hat deine Sinne vernebelt. Du bist raus! Die Essener Kapitalverbrechen gehen dich nichts mehr an. Du hast in diesem Haus, in der Wohnung, in der Gertrud Fenger ermordet worden ist, überhaupt nichts zu suchen. Keine Tatortinspektion, keine Zeugenaussagen aufnehmen, keine Beweismittel sichern. Vorbei.

Hin- und hergerissen zwischen diesen Polen, lungerte ich im Wesselswerth herum. Anscheinend machte mich dieses Verhalten verdächtig. Natürlich sind die Leute nach einem Verbrechen, wie es hier verübt worden war, alarmiert und beobachten das Geschehen vor ihren eigenen vier Wänden genauer als sonst. Ein Fenster rechts von der Haustür öffnete sich. Der Mann, der seine Rübe hinausstreckte, war vielleicht fünf Jahre älter als ich. Er musterte mich von oben bis unten. Ich nahm an, es handelte sich um den Großvater der Kinder, für die der Schlüssel unter der Fußmatte lag.

»Was suchen Sie hier?«

Die Wortwahl seiner Frage war unfreundlicher als sein Tonfall. Der Mann ertappte mich auf dem linken Fuß. Mit einer solchen Begegnung hatte ich nicht gerechnet.

Instinktiv trat ich die Flucht nach vorn an. Zu verlieren hatte ich schließlich nichts. »Ich möchte zu Herrn Nußbaum. Der wohnt doch unter dieser Adresse, oder? Ich habe bei Fenger geklingelt, aber da macht niemand auf.«

»Der sitzt«, klärte mich der Mann knapp und nicht ganz korrekt auf.

Ich spann den Faden meiner Scharade weiter. »Wie, der sitzt? Wo sitzt er denn?«

»Im Bau.«

»Um Himmels Willen. Meinen Sie im Gefängnis?«

»Genau.«

Mir gelang es leidlich, den Ahnungslosen zu mimen. »Das ist ja schrecklich. Was wirft man ihm vor?«

»Der hat seine Alte abgemurkst. Erschossen.«

Die Feststellung des liebenswerten Nachbarn traf die Sache natürlich nicht wirklich. Soweit mir Erich gestern Abend erklärt hatte, war Arnfried Nußbaum nachweislich kein Mörder. So schnell verselbständigte sich die Gerüchteküche! Das war mir keinesfalls fremd und in meinem Beruf immer wieder begegnet. Es verriet mir immerhin, dass dieser Wachhund nicht auf Arnfried Nußbaums Seite stand.

Ich blieb bei meiner Strategie, den Mann mit gespielter Ahnungslosigkeit zu locken: »Gibt es denn eine Frau Nußbaum? Ist Arnfried – oder war er etwa – verheiratet?«

»Nee. Verheiratet waren die nich. Vor ungefähr einem Jahr ist der bei Gertrud eingezogen. Gertrud Fenger. Wo Sie geklingelt haben.«

»Und Frau Fenger ist tot?«

»Genau. Die hat er auf dem Gewissen.«

»Ermordet?«

»Sie sagen es.«

Ich kratzte mich am Nacken und zog die Augenbrauen hoch. Zweite Klasse Laienschauspielschule.

»Sind Sie sicher, dass Arnfried etwas mit dem Mord zu tun hat? Wie ich den kenne, kann der keiner Fliege etwas zuleide tun.«

»Hat er aber wohl. Sonst hätten ihn die Bullen kaum in den Bau gesteckt.«

»Wann soll das passiert sein?«

»Zwei, drei Wochen ist das vielleicht her. Warten Sie. Ja genau, Ende Mai war das. Die Zeit rast …«

»Sie müssen verstehen, ich habe Arnfried lange nicht gesehen. Durch Zufall habe ich seine Adresse herausbekommen. Und nun erfahre ich so was …«

»War ein richtiger Schock. Mord unter dem eigenen Dach. Da läuft es einem kalt den Rücken runter.«

»Und sie? Ich meine diese Fenger. Wie lange hat die hier gewohnt?«

»Die war schon hier, als ich mit meiner Frau vor sieben Jahren eingezogen bin. War eine ganz Umgängliche. Manchmal war sie ein bisschen komisch. Wer ist das nicht? Wenn die Kinder im Hof gespielt haben und der Ball aus Versehen gegen ihre Karre flog, dann konnte sie richtig ausrasten. Das war das Einzige, was sie wirklich interessiert hat, diese Maschine. So ein dickes Motorrad, 'ne Honda, glaub ich. Ist jetzt verschwunden.«

»Gestohlen?«

»Keine Ahnung.«

»Wo stand es denn?«

»Das, mein Lieber, geht Sie gar nichts an.«

Das hatte so unfreundlich geklungen, wie die Wortwahl. Wollte ich mehr aus diesem Kerl herauskitzeln, musste ich vorsichtiger sein.

»Entschuldigung. Sie haben ja recht. Ich steh ein bisschen unter Schock, verstehen Sie. Würden Sie dem Arnfried denn einen Mord zutrauen?«

»Ein wenig stiekum, der Knabe. Hat nie viel von sich gegeben. Stille Wasser. Da weiß man nie ...«

»Wer hat den Mord denn entdeckt?«

»Meine Frau hatte was mitgekriegt an dem Abend. Die Frauen und ihre übergroßen Ohren! Ganz entfernt hatte ich auch gemeint, etwas Ungewöhnliches gehört zu haben. Wir wohnen ja direkt drunter. Zuerst wollte ich ihr ausreden, die Polizei zu rufen. Aber sie hat darauf bestanden, dass es ein Schuss war.«

»Ich wüsste gar nicht, wohin mit meiner Angst. Haben Sie sonst was mitbekommen? Ist beispielsweise jemand aus der Wohnung geflüchtet?«

»Wir haben uns nicht vorgetraut. Die Holztreppe im Flur

ist vorletztes Jahr durch eine Steintreppe ersetzt worden. Da hört man nicht viel.«

»Eine klappende Tür?«

»Wenn jemand hinten rausgeht, kriegen wir nichts mit.«

»Ein aufheulender Motor?«

»Nein. Hören Sie, das wollte dieser Schrank von der Polente auch alles wissen. Dreimal hat der uns bereits gelöchert. Gehören Sie zu dem Verein dazu?«

»Nein, nein«, log ich nicht einmal, denn ich gehörte ja seit Jahren wirklich nicht mehr dazu. »Das mit dem Arnfried haut mich einfach um. So ein lieber Kerl. Ich will es nicht wahrhaben.«

»Dann mal Tschüss. Muss Kartoffeln schälen.«

Der Mann schloss das Fenster und mir schien es ratsam, mich zu trollen. Am Ende würde ich noch angezeigt. Vor diesem Haus erwischen lassen wollte ich mich auf keinen Fall.

***

Nachdenklich ging ich den Wesselswerth weiter hinab. Was hatte ich Neues erfahren?

Zumindest, dass Erich seine Arbeit gemacht hatte, denn mit »Schrank von der Polente« war zweifellos er gemeint gewesen. Es gab keine Zeugen dafür, dass sich zur Tatzeit eine unbekannte Person im Haus aufgehalten hatte. Natürlich könnte auch einer der Mitbewohner der Täter gewesen sein. Etwa dieser Wachhund von gerade? Hatte er gelogen? Ob Erich darauf gekommen war, einer solchen Möglichkeit nachzugehen?

Spekulation. Reine Spekulation. Und eine unwahrscheinliche obendrein. Auf diese Weise kam ich keinen Deut weiter.

Am Ende der Straße entdeckte ich links einen Abzweig, der hinter die Häuserreihe zu führen schien. An einem kleinen Hotel vorbei gelangte ich zu einem Fußweg, der parallel zum Wesselswerth verlief. Auf ihm kehrte ich, tief grübelnd an Gärten und Höfen entlangschleichend, zurück in Richtung Markt.

Der Fußweg mündete in die Brandstorstrße, die ein Stück weiter rechts als Sackgasse endet. Ich stieß auf einen kleinen Turm, halbseitig in den Hang hineingebaut. An einem Tor, hinter dem eine Treppe in den Garten zu seinen Füßen hinabführte, entdeckte ich einen Behälter mit Prospekten. Ich fischte eines der Faltblätter heraus. Es informierte mich darüber, dass ich vor dem *Gartenhaus Dingerkus* stand, vor über 200 Jahren an dieser Stelle in barockem Stil errichtet. Ein Verein kümmerte sich um seine Erhaltung und Pflege. Man lernt nie aus, was die eigene Heimatstadt angeht!

Ich sah auf die Armbanduhr. Mein knurrender Magen täuschte mich nicht. Die Mittagessenszeit war weit überschritten. Unmittelbar bei der Brücke über die Ruhr gab es eine Imbissbude. Eine Currywurst käme nicht schlecht.

Mit diesem Verlangen auf der Zunge schlug ich drei Haken und stand schon vor dem Betreiber der Imbissbude. Ich bestellte und prompt wurde meine Vision Realität. Auf ein Bier hatte ich aus erfindlichen Gründen keinen Appetit. Stattdessen orderte ich eine Cola. Ich nahm Essen und Getränk über den Tresen entgegen, bezahlte und setzte mich mit Wurst, Pommes und Getränkedose unterhalb der Ruhrbrücke auf eine Bank am Flussufer. Mein Blick fiel wieder auf das Aussichtsrund der *Brehminsel*. Wie versteckt dieser erste Kuss in meiner Erinnerung geschlummert hatte! Geliebte Lotte!

Es hatte längere Zeit nicht geregnet. Träge floss die Ruhr zu meinen Füßen dahin. Ein Spiegelbild meiner Stimmung. Eigentlich war mein ganzer Ausflug ein hirnloses Herumstolpern und sinnloses Hobbyschnüffeln – stellte ich mir selbst das Attest aus. Ohne persönlich mit Arnfried Nußbaum sprechen zu können, ihm bei meinen Fragen ins Gesicht zu sehen, würde ich nichts, rein gar nichts herausbringen. Warum auch? Ab zu Lotte und das Rentnerdasein genießen!

Die gründlich geleerte Pappschale und die ausgetrunkene Getränkedose wanderten in den bereitstehenden Müllbehälter. Ich verließ die Bank und setzte mich Richtung heimatliche Gefilde in Bewegung. Linie 169 und 108 brachten mich nach Rüttenscheid zurück, wo ich eine Weile im bewegten Geschäftszentrum umherdümpelte, ehe ich nach Hause ging.

Erinnerungen an die Schulzeit

Lotte würde gegen vier von der Arbeit kommen. Bis dahin blätterte ich noch etwas in der Zeitung und schlief kurz danach im Sitzen ein. Geweckt wurde ich dadurch, dass unsere Wohnungstür aufgeschlossen wurde.

»Schatz? Ich bin wieder da!« Meine Frau.

Benommen rappelte ich mich hoch. Diese Guido-Abende! Verlangten einem körperlich eine Menge ab.

»Hallo! Sitze im Wohnzimmer!«

Die Hand auf der Türklinke aufgestützt, steckte Lotte ihren Kopf zu mir herein. »Na, Alkohol verdunstet?«

Sie sagte das nicht vorwurfsvoll, eher fürsorglich. So, wie ich meine Angetraute unter normalen Umständen kenne.

»Glaub schon. Ich war zu unvorsichtig gestern. Hätte mit Erich und Möhrchen aufbrechen sollen. Da hatte ich den Kanal voll genug. Aber dann bildet man sich plötzlich die zweite Luft ein. Und Ecki findet selten früh Schluss.«

»Ja, ja. Der Teufel hat den Schnaps gemacht.«

»'tschuldigung Lotte. Manchmal bin ich schwer zu ertragen, was?«

»Ach, mein Sigi! Trotzdem bist du mir der Liebste von allen Männern!« Lotte kam vollends herein und drückte mir einen Kuss auf die hohe Stirn. Das war Balsam für mein schlechtes Gewissen.

»Du ziehst dich jetzt erst mal um und machst dich frisch. Ich sorge derweilen für Kaffee«, schlug ich vor.

»Einverstanden. Dann müssen wir noch zum Getränkemarkt. Die Kisten im Flur.«

Ach ja, das Leergut. Der sprichwörtliche Anstoß für den Streit gestern Abend!

Zehn Minuten später saßen wir am Küchentisch beisammen, jeder einen dampfenden Pott Schwarzgebräu vor sich. Meine Tasse war die alte aus dem Büro. Die mit der jahrelang gepflegten Coffein-Patina. Wer gewagt hätte, sie zu spülen, hätte ernsthaft Ärger mit mir bekommen. In einen kleinen Karton hatten die privaten Utensilien aus meinem ehemaligen Büro hineingepasst. Ein paar Bilder, die über Jahre gesammelten Zeitungsausschnitte von meinen Großtaten, von denen ich einige unter der transparenten Schreibtischauflage verwahrt hatte, und eben die Tasse. Wehmütig dachte ich daran, wie Erich sie mir aus dem Polizeipräsidium nach Hause gebracht hatte.

»Wie war dein Tag so?«, fragte mich Lotte.

»Ich war in Werden spazieren. Beim Blick auf die *Brehminsel* musste ich an unseren ersten Kuss denken.«

Lotte lachte auf. »Ja. Nicht mit einem Zaunpfahl, mit dem ganzen Zaun musste ich winken, dass du dich das getraut hast. Alle meine Antennen gingen auf Sendung. War das nicht nach dieser verkorksten Geburtstagsparty bei diesem, diesem, … na wie hieß er gleich? Die im Keller, draußen in Heidhausen.«

Ich besaß keinerlei Erinnerung an eine Geburtstagsparty. »Hää?«

»Na, dieser Schulkollege von dir. Wir waren nur dieses eine Mal dort. Der war scharf auf mich. Ständig hat er mich angeglotzt. Ein Langweiler, der Typ. Lief den ganzen Abend mit einer Kamera herum. Hinter der hat er sich versteckt, damit er bloß nicht mit einem der Mädchen tanzen musste. Sag schon den Namen …«

»Da herrscht nur Leere in meinem Oberstübchen.«

»Der hatte, so jung er war, erste Anzeichen einer Glatze. Dunkle Haare. Jetzt weiß ich: Arnfried hieß der. Arnfried Nass…, Nos… , …«

Endlich fiel bei mir der Groschen. Und wie er fiel! Das Klingeln von gestern Abend!

Ich schrie beinahe, als ich den gesuchten Namen aussprach: »Arnfried Nußbaum!«

»Ja genau. So hieß er! Dass ich nicht gleich darauf gekommen bin. Arnfried Nußbaum. So einen verdrehten Namen vergisst man doch nicht.«

Ich anscheinend schon.

Lotte besitzt ein phänomenales Gedächtnis, was Personen und Namen angeht. In meinem beruflichen Umfeld hatte ich einen ähnlichen Level erreicht. Aber im Privaten war ich diesbezüglich eine echte Niete.

Es war nicht zu fassen. Arnfried Nußbaum. Ich kannte den Lebenspartner der Ermordeten aus meiner Schulzeit. Und erst Lotte hatte mich darauf gebracht. Na klar, der langweilige Arnfried mit den schütteren Haaren. Ich war seinerzeit nur zu seiner Party gegangen, weil Lotte und eine ihrer Freundinnen ebenfalls eingeladen gewesen waren. Bei anderer Gelegenheit hatte ich mich ein wenig in diese Freundin verguckt. Dass ich dann bei Lotte andocken würde – manchmal spielt das Schicksal den Paarvermittler.

Wie es unter uns Jungs üblich war, hatten wir uns regelmäßig über die Bräute unserer Hemisphäre ausgetauscht. Wo sie wohnten, wohin sie gingen, ob sie leicht zu stürmen oder von spröder Natur waren. So war ich bestens über die Mädchen informiert gewesen, die zu Arnfrieds Geburtstag eingeladen worden waren. Ich durfte mich nicht zu seinem engeren Freundeskreis zählen und hatte ihn erst anquengeln müssen, bis ich kommen durfte.

Wie ein Fremdkörper war Arnfried auf seiner eigenen Party herumgestolpert. Er hatte sich nicht getraut, eines der Mädchen anzubaggern. Seine weiblichen Gäste waren bald mit anderen Jungs beschäftigt gewesen. Ganz züchtig, versteht sich. Alles andere hätten Arnfrieds Eltern, die jede Viertelstunde unter irgendeinem Vorwand in der Kellerbar aufgetaucht waren, sofort unterbunden.

Lotte und mir hatte die ganze Atmosphäre nicht gefallen. Zu meinem Leidwesen knutschte ihre Freundin mit einem anderen herum, einem echten Adonis. Dass mir nur der Rückzug blieb, sah ich schnell ein. Ich schnappte mir die zweitbeste Lösung, brach mit meiner heutigen Gattin sehr zeitig auf und versprach ihr, sie nach Hause zu bringen. Das hielt ich auch – vier Stunden später erreichten wir ihre Wohnadresse in Stadtwald.

Wir waren an diesem lauen Sommerabend spazieren gegangen und vorn auf der *Brehminsel*, auf der Aussichtsplattform, hatte es zwischen uns gefunkt. Der erste Kuss. Dass ausgerechnet dieses Mädchen zu meiner Lebensgefährtin werden würde und das mittlerweile über vierzig Jahre – daran hätte ich damals nie geglaubt.

»Weiß du noch, wie sich seine Eltern angestellt haben, dass bloß nichts Unsittliches unter ihrem Dach vorging«, erinnerte sich Lotte.

Plötzlich kam alles wieder hoch. Ganz frisch.

»Als sie deine Freundin in den Armen dieses Adonis entdeckten, haben sie die beiden tatsächlich auseinandergezerrt.«

»Die süße kleine Sophie. Dieses Biest hat sich jedem an den Hals geschmissen.«

Oh. Hatte ich damals doch eine Chance vergeben? Halt deine Zunge im Zaum, Sigi. Kein Wort gegenüber Lotte!

»Ja. Jetzt erinnere ich mich wieder. Der schüchterne, unscheinbare Arnfried Nußbaum. Was für ein bekloppter Zufall! Das ist der, dessen Lebensgefährtin ermordet worden ist, während er besoffen nebenan im Schlafzimmer gekokst hat. Stand vor ein paar Wochen in der Zeitung. Erich arbeitet daran.«

»Arnfried ist in einen Mord verwickelt?«

Ich erzählte Lotte alles, was ich darüber wusste. Dabei vermied ich tunlichst, die Verbindung meines Ausflugs nach Werden mit dem Ansinnen, das Mordhaus aufzusuchen, zu beichten.

Aber wer Lotte kennt, der weiß, dass dieses Geheimnis nicht lange ungelüftet bleiben konnte. »Deshalb warst du heute in Werden unterwegs? Sigi, Sigi. Dass du mir nicht wieder Dummheiten machst. Denk an Namibia!«

Ich schämte mich dafür, ertappt worden zu sein. Lotte, diese Füchsin. Ich würde es wohl nie fertigbringen, etwas nachhaltig vor ihr zu verbergen.

»Keine Sorge«, versprach ich leichtsinnig, »darüber bin ich weg.«

»Das will ich gemeint haben. Jetzt aber dalli. Ab zum Getränkemarkt.«

Ich schleppte das Leergut zu unserem Auto und wir fuhren los. Das Fahren ist Lottes Job, denn ich hatte es lange aufgegeben. Vor vielen Jahren schon. Frage mich niemand, warum ich keinen Versuch mehr unternommen habe. Ich kann es nicht erklären.

Unterwegs kamen weitere Erinnerungen an Arnfried Nußbaum hoch. Ein Musterschüler war er gewesen. Bei keinem unserer Streiche hatte er mitgemacht. An ein kleines Wunder hatte es für uns gegrenzt, dass ihm die Eltern diese Geburtstagsparty im Keller erlaubt hatten. Es blieb das einzige Mal. Er war ständig der Beobachtung seiner Mutter ausgeliefert gewesen. Völlig unbegründet, harmlos wie mir sein Verhalten rückblickend erschien. Ob seine Fantasie ebenso unschuldig war, das konnte ich natürlich nicht beurteilen. Genauso wenig wie Einflüsse, die später gegebenenfalls Spuren in seinen Lebenslauf gegraben hatten.

Und so keimte, befeuert durch die persönliche Beziehung zu einem in den Werden-Fall Verwickelten, ein neuer Antrieb in mir auf, mich damit zu befassen. Ich war neugierig darauf, wie es meinem langweiligen, neunmalklugen Schulkameraden Arnfried Nußbaum über die Jahre ergangen war. Schließlich hatten ihn uns die Lehrer mehr als einmal zum Beispiel empfohlen. Diese Neugier an der Person mischte sich unselig mit meiner erwachten kriminalistischen Neugier.

Später redete ich mir gerne ein, es wäre mir um Arnfried gegangen. Nein, so war es nicht. Auch, wenn ich das lieber als Schutzschild vor mir hergetragen hätte. Von Anfang an war es mir um die Aufklärung eines undurchsichtigen Falls gegangen. Darum, mir und anderen ein weiteres Mal etwas zu beweisen.

Nur darum!

In den nächsten Tagen gelang es mir trotz des neuen Antriebsmoments ganz gut, die Gedanken an den Mord in Werden auszublenden. Wie sollte ich auch Weiteres herausbringen? Ein Herumfragen in der Wesselswerther Nachbarschaft hätte mich nur verdächtig gemacht. Ich ließ es lieber.

Das Wetter blieb stabil, sommerlich warm, und ich brach stattdessen zu ein paar Radtouren auf. Ganz für mich alleine. Am Wochenende besuchte ich gemeinsam mit Lotte Bekannte im *Willinger Upland.* Zusammen unternahmen wir herrliche Wanderungen über die Höhenzüge. Die Gedanken an den Werden-Fall wurden überdeckt von fröhlichen Gesprächen, deftiger Kost, selbstverständlich etlichen Bierchen, dem einen oder anderen Schnaps und Ausblicken in die Upländer Natur.

Am Montag hatte Lotte freigenommen und so wurde es ein verlängertes Wochenende. Heim ging es nach dem Frühstück mit den Bekannten und einer letzten Wanderung, die ich nur mit Lotte unternahm, am späten Montagnachmittag.

Besuch an alter Wirkungsstätte

Erst am Dienstagmorgen, nachdem meine Gute zur Arbeit aufgebrochen war und ich die Tageszeitung zur Hand nahm, wurde ich wieder mitten hineingezogen in die Werdener Ereignisse.

»Tatverdächtiger auf freiem Fuß«, titelte der Journalist im Essener Teil, was sofort meine Aufmerksamkeit fesselte. Schon nach dem dritten Satz wusste ich, dass Erichs Befürchtung eingetroffen war: Sie hatten Arnfried Nußbaum am Montag entlassen. Er wurde zwar nicht namentlich erwähnt, aber die geschilderten Umstände passten hundertprozentig. Weiter stand im Artikel zu lesen, dass es keine neuen Tatverdächtigen gab und die Polizei im Dunkeln tappte.

Armer Erich. Ich vermochte einzuschätzen, wie so ein Pressebericht in den Mauern des Polizeipräsidiums aufgefasst wurde. Der Erfolgsdruck stieg für meinen ehemaligen Kollegen.

Ich legte das Blatt aus der Hand und überlegte kurz, ob ich schwach werden sollte. Keine Sekunde später war es um mich geschehen. Ich tauschte mein knittriges Home-Outfit gegen etwas Vorzeigbares und nahm meinen langjährigen Weg zur Arbeit unter die Hufe.

Meine anfängliche Entschlossenheit bröckelte, je mehr ich mich meiner ehemaligen Wirkungsstätte näherte. Wie würde mein Ex-Kollege den Besuch auffassen? Als Einmischung? Als Spott über seine Erfolglosigkeit? Oder als Unterstützung in einer schwierigen Situation? Ich hoffte, Letzteres.

Keine zehn Minuten später betrat ich meine ehemalige Arbeitsstätte durchs Hauptportal und meldete mich beim Pförtner. Der Mann kannte mich aus meiner aktiven Zeit. Nach einem kurzen Smalltalk – »Wie geht's?«, »Beneide Sie«, »Alles Gute« –, ging ich hoch zu meinem alten Büro, in dem Erich unverändert residierte.

Die Tür, die einmal meinen täglichen Zugang zum Broterwerb markiert hatte, öffnete ich heute erst nach zaghaftem Anklopfen. Das Büro stand leer. Stattdessen erschien in der Zwischentür ein roter Lockenkopf: Möhrchen. Das versetzte mir einen sentimentalen Stoß. Wie früher!

»Tag, Sigi. Zeitung gelesen?«

Ertappt. Möhrchen konnte ich natürlich nichts vormachen. Die kleine Rote übertraf manchmal sogar Lotte darin, in meinen Gedanken zu lesen.

»Guten Tag, meine Beste. Wo steckt denn der Herr Gemahl?«

»Mein Göttergatte ist beim Chef. Unter anderem genau wegen diesem Zeitungsbericht.«

»Armer Kerl. Er tut mir echt leid.«

»Leidtun darf er einem wirklich. Bist du deshalb hier, um ihm das zu sagen?«

Die saphirblauen Augen der kleinen Roten blickten tief in mich hinein. Die beiden Klunker sahen wahrscheinlich mehr von meinem tatsächlichen Grund, was mich hergezogen hatte, als mir selbst bewusst war. Eine vernünftige Antwort fiel mir jedenfalls auf die Schnelle nicht ein.

»Ehrlich, Möhrchen? Ich bin überfragt. Erich tut mir leid, ich bin neugierig, der alte Ermittlerfunke ist in mir aufgeflackert, ich möchte eine Zeugenaussage machen, denn es hat sich herausgestellt, dass ich Arnfried Nußbaum kenne. Ein Brei aus dem allen, denke ich.«

Die kleine Rote schenkte mir ein undefinierbares Lächeln. »Kaffee? Schön schwarz?«

Die Beklommenheit, mit der ich hier eingedrungen war, fiel mit einem Schlag von mir ab. »Na, sicher. Wie früher!«

»Wie früher. Kommt gleich!«

Ich wagte nicht, mich auf Erichs Stuhl niederzulassen. Es war mein alter Platz, den er direkt nach meinem Ausscheiden für sich reklamiert hatte. Stattdessen setzte ich mich gegenüber an seinen ehemaligen Schreibtisch. Heute war ich hier der Benjamin. Merkwürdig, dass niemand in dieses Büro nachgerückt war. Sogar sein neuer Kollege nicht. Als ob dieser Stuhl auf mich wartete.

Möhrchen kam mit einer dampfenden Besuchertasse herein. Sie stellte den Kaffee vor mich hin und blieb bei mir stehen.

»Offiziell kann ich dein Erscheinen natürlich nur wegen der Zeugenaussage gutheißen. Aber ganz persönlich freue ich mich darüber. Du kommst viel zu selten.«

»Das tut gut, dass du das sagst. Ich möchte euch unter keinen Umständen auf den Geist gehen.«

»Woher kennst du Nußbaum?«

»Das geht auf Schulzeiten zurück. Ein langweiliger Typ, ein Streber, wahrscheinlich angetrieben durch seine Eltern. Seit diesen fernen Tagen habe ich nichts mehr von ihm gehört.«

»Das ist deine Zeugenaussage?«

»Ja.«

»Recht dürftig. Deswegen bist du nicht hier.«

Teufelsbraten! Sie durchschaute mich immer wieder. Unheimlich konnte einem das werden.

Ich wand mich. »Auf eine Art schon. Neben meinem Schnüffler-Trieb, der mich dieser Tage stark heimsucht, interessiert es mich, welches Schicksal ihm widerfahren ist. Ob sein Leben Baustein ist für die Katastrophe. Ob er zum Mörder oder Mittäter wurde.«

»Er ist es offensichtlich nicht gewesen. Zumindest kann Erich ihm nichts beweisen.«

»Und er hat keine brauchbaren Aussagen zum fraglichen Abend gemacht?«

»Nein. Erich hat gesagt, immer wenn der Mord zur Sprache kam, hat er gebetsmühlenhaft wiederholt: Ich war volltrunken.«

»Was einerseits den Tatsachen entspricht, sich andererseits ziemlich einstudiert anhört.«

»Genau.«

»Keine Indizien, keine kleinen Hinweise?«

»Was wird das hier Sigi? Du bist draußen!«

Beschämt fixierte ich den schwarzen, dampfenden Spiegel in der Besuchertasse. »Logisch. War nur Neugier.«

Möhrchen setzte sich mir gegenüber auf meinen alten Stuhl. Sie stieß einen kleinen Seufzer aus. »Irgendwie ist Nußbaum in die Sache verwickelt. Das hat Erich im Gespür. Aber er hat nicht geschossen. Beihilfe kommt für seinen Geschmack unverändert infrage.«

Die plötzliche Diskussionsbereitschaft der kleinen Roten wirkte auf mich als Ermutigung, mich in kleinen Schritten vorzutasten. »Hat außer dem Schuss wirklich niemand im Haus etwas bemerkt? Einen Flüchtenden zum Beispiel?«

»Nix und wieder nix. Stell deine Bemühungen bitte ein, Sigi. Ich behalte den Rest für mich. Hab eh schon zu viel verraten.«

Ich beschloss, alles auf eine letzte Karte zu setzen. »Ob ich deinem Mann behilflich sein könnte. Undercover sozusagen?«

Ich las in ihrer Miene, dass es in Möhrchen arbeitete. Ihr Blick wurde unruhig und die Nase zuckte nervös. Ich hatte den richtigen Knopf gedrückt. Es bestand eine leise Chance, ihre Zustimmung einzuheimsen. Das war für mich wirklich wichtig.

»Wie willst du das anstellen?«

Aha. Abgeneigt schien sie nicht zu sein. Der erste Schritt auf meine Wiese.

»Ich könnte mich Arnfried Nußbaum ganz anders nähern als Erich. Als ehemaliger Schulfreund. Sein Vertrauen gewinnen. Vielleicht verrät er sich.«

Der kleinen Roten entfuhr ein trockenes Lachen. »Sigi, du alter, gerissener, grauer Wolf. Schleichst dich hier einfach in mein Mitleid mit Erich rein. Dass du dich nicht schämst, die Gefühle einer Ehefrau derart zu missbrauchen!«

Ihr Tonfall war zum Glück eher liebevoll, drückte Sympathie aus. Eine Antwort lag weder darin, noch in ihren Worten. Könnte ich sie knacken?

Ich fasste nach. »Sag schon. Was hältst du davon?«

Möhrchen grinste mich an. Ich kannte sie gut genug, um zu wissen, dass aus ihrem Mund etwas Doppelsinniges zu erwarten war.

»Als Kriminalbeamtin muss ich dich ermahnen, bloß keinen Schritt in diese Richtung zu unternehmen. Als jemand, der dich wirklich mag, muss ich dir dringend abraten. Du könntest dich in Gefahr bringen. Groß schätze ich die zwar nicht ein, aber immerhin. Warum solltest du? Als Ehefrau eines Mannes, der nicht mehr schläft, weil ihm zu viel Druck gemacht wird, der fahrig ist, der sich abrackert und quält, sehe ich das anders. In dieser Rolle muss ich dich sogar um deine Hilfe bitten!«

War das ehrlich gemeint? Die beiden blauen Ozeane musterten mich prüfend. Ob sie meinen inneren Triumpf erspürten?

Mir wurde schlagartig klar, dass ich mir genau diese Ermutigung seitens meiner Ex-Kollegin erhofft hatte. Eine zweifelhafte Legimitation, gewiss. Das blendete ich einfach aus.

»Ich werde dir jetzt nicht sagen, was ich tue. Dieser Gedankenaustausch hat nie stattgefunden«, sicherte ich Möhrchen zu.

»Ich bitte dich herzlich darum, Erich nichts davon zu verraten. Er wirft dich achtkantig raus, wenn du ihm den Vorschlag machst, dich an Arnfried Nußbaum zu kleben. Mein Göttergatte war neulich, nach dem Abend bei Guido, schon wütend, dass du dich wie der erfahrene, clevere Cop aufspielst. Er will sich da alleine durchbeißen. Und ich sitze nebenan, weil bei den Drogen kein Platz ist, und bin gezwungen, tatenlos dabei zuzusehen, wie er leidet. Schöner Mist!«

Die Bürotür klappte auf und ein verblüffter Erich erschien im Rahmen. Ziemlich blass. »Du, Sigi?«

»Guten Tag, Erich. Sieht ganz nach mir aus, oder?«

»Du hast mir gerade gefehlt!«

Der war ja beschissen drauf! Wie nach frischem Plätten und Zusammenfalten.

»Ich kann gerne sofort wieder verschwinden. Wollte nur nachsehen, wie es euch geht. Nach dieser blöden Wendung im Werden-Fall.«

»Zum Kotzen geht es mir. Alles auf Anfang. Untersteh dich, mir auf irgendeine Weise ins Handwerk zu pfuschen. Ich sorge dafür, dass sie dir die Pension kürzen!«

»Hört sich tatsächlich an, wie ein Rausschmiss«, stellte ich beleidigt fest.

Erichs Blick wurde weich. »Entschuldige bitte, Sigi. Stress. Purer Stress. Du ahnst nicht, was hier los ist. Im Mordfall Wasserbahnhof ist eine neue Spur aufgetaucht. Der muss ich jetzt parallel zum Fall in Werden nachgehen.«

Der *Wasserbahnhof* liegt in der Nachbarstadt Mülheim. Dort ist an einer Schleuse Endstation für die *Weiße Flotte*, Ausflugsschiffe, die auf der Ruhr und dem *Baldeneysee* verkehren. Ganz in der Nähe hatte man eine tote Frau am Ufer gefunden. Letzten Herbst müsste das gewesen sein.

»Ich kann beurteilen, wie dir zumute ist. Dafür war ich lange genug selbst in der Pflicht zu liefern.«

»Da ist was falsch bei dir angekommen. Aber …« Erich fiel nichts mehr ein.

»Vorschlag zur Güte: Deine Frau holt dir einen von ihrem wunderbaren Kaffee und du schüttest mir dein Herz aus. Ich halte unterdessen die Schnauze. Versprochen.«

»Nee. Muss sofort weiter. Ein Kollege wartet auf mich. Wollte nur diese Papiere hier abwerfen. Tschüss Sigi. Andermal.«

Im Nu war Erich verschwunden.

»Der ist aber durch den Wind. Nimmt er das mit nach Hause?«

Möhrchen nickte. »Und ob. Kaum wiederzuerkennen, mein Mann.«

»Ich will dann mal. Wir bleiben in Kontakt. Deine Handynummer habe ich ja. Falls mir etwas einfällt oder ganz zufällig vor die Füße klatscht.«

»Ist wohl besser, wenn du gehst. Sollten möglichst wenige mitkriegen, dass du hier warst.«

Wir standen im selben Moment auf und nahmen uns vorm Kopf der Schreibtische in die Arme.

Ich drückte Möhrchen etwas fester als es mir eigentlich zustand an mich.

»Arme Kleine. Arbeitsstress mit nach Haus zu bringen, ist für die anderen immer eine blöde Situation. Lotte kann bestimmt ein Lied davon trällern.«

»Das darfst du laut sagen. Sei bitte vorsichtig, Sigi. Versprich mir das.«

»Versprochen. Bis demnächst.«

Ich gab die kleine Rote frei und verließ das Büro, in dem ich so viele Stunden verbracht und etliche Fälle gelöst hatte. Ein wenig sentimentaler, als ich hergekommen war.

Spuren? Falter!

Einen Moment zögerte ich, weitere Ex-Kollegen im Polizeipräsidium aufzusuchen. Ein Besuch bei unserem Spuren-As Hartmut Dreute war letztlich zu verlockend. Ich wusste genau, dass er seine Quizleidenschaft bei der Weitergabe von Informationen gegenüber einem aus dem Dienst Ausgeschiedenen noch extremer ausleben würde. Zu aktiven Zeiten hatte er mich regelmäßig mit seiner Eigenheit, Fakten nie direkt, sondern in einer Art Ratespiel auf den Tisch zu bringen, genervt. Nun ja, es lagen Jahre dazwischen. Vielleicht waren meine Nervenstränge im Ruhestand dicker geworden. Die Geduld mit diesem Knispel würde sich bestimmt lohnen.

Ich traf Hartmut in seinem Kellergelass an. Sein Haarkranz war in den letzten Jahren vollständig ergraut. Durch die Aschenbechergläser seiner Brille musterte er mich beim Hereinkommen, als wäre ich eine übersinnliche Erscheinung. Wie ein Uhu sah er aus.

»Ich schmeiß mich weg. Der Sigi!«

»Tag Hartmut. Ich komme gerade zufällig hier vorbei und denke mir so: Wie mag es den alten Kollegen gehen? Bei Erich und Möhrchen war ich schon. Mein Nachfolger ist mächtig im Stress wegen dieser Sache in Werden. Keine Minute hatte der Zeit für mich. Da dachte ich mir: Besuch den Hartmut, der ist wesentlich gelassener in seinem Job. Wie geht es denn so?«

Der Überrumpelte schüttelte seine Überraschung schnell ab.

Er reagierte sofort auf den hingehaltenen Knochen.

»Ja, ja. Die Tote in Werden. Du hast bestimmt Zeitung gelesen? Ihren Macker mussten sie laufen lassen.«

Ich überlegte kurz, ob ich erwähnen sollte, dass ich Arnfried Nußbaum kannte, ließ es jedoch bleiben. Ich war hier, um den Kollegen anzuzapfen, nicht, um ihn in meine Pläne einzuweihen.

»Erich schwimmt scheußlich, was?«

»Das zu beurteilen, steht mir nicht zu. Ich mache hier meine Arbeit, die da oben ihre.«

Kam mir bekannt vor. So hatte es Hartmut immer gehalten.

»Warst du am Tatort?« Hoffentlich bemerkte er mein Lauern nicht.

Das Spuren-As wechselte unvermittelt das Thema. Das gehörte zu seiner Spielart des Quiz dazu. »Wie geht es Lotte? Und Lucy?«

»Danke der Nachfrage. Beiden geht es prächtig.«

»Hat Lucy denn jetzt ihren Doktor?«

»Ja. Tatsächlich. Unsere kleine Lucy. Sie hat kurz darauf eine Stelle an der Uni ergattert. Am Lehrstuhl für Kunstgeschichte. In vier Wochen zieht sie mit ihrem Freund in eine größere Wohnung.«

»Da ist Papa bestimmt eingeplant. Auf so einen Top-Handwerker können sie bei einem Umzug bestimmt nicht verzichten.«

Hartmut spielte mit dieser Bemerkung ironisch auf meine beiden linken Hände an. Dass ich so Etliches damit vermasselt hatte, war bis ins Polizeipräsidium vorgedrungen. Leider.

»Natürlich werde ich den beiden helfen. Ehrensache.«

»Wann hört Lotte auf mit Arbeiten?«

»Ein gutes Jährchen hat sie noch. Dann wird sie mit dreiundsechzig vorzeitig in Rente gehen. Die Abzüge nimmt sie in Kauf. Irgendwann ist es genug. Wie lange musst du deine Kniften noch zum Dienst tragen?«

»Das dauert. Auf alle Fälle bleibe ich bis zum Schluss.«

Hörte ich da ein wenig Frust heraus?

Hartmut Dreute war vor ewigen Zeiten die Frau weggelaufen. Nicht zuletzt wegen seiner Vorliebe für aufgespießte, tote Schmetterlinge. Seine Frau hatte es wahrscheinlich nicht mehr ausgehalten in seinem Schmetterlings-Mausoleum. In seiner Bude hing oberhalb der Türen Glaskasten neben Glaskasten. Außer im Bad. Eine neue Partnerin würde beim ersten Betreten dieser Höhle bestimmt auf dem Absatz kehrtmachen.

Die Einsamkeit setzte Hartmut wahrscheinlich zu und sein Leben zwischen den Schmetterlingsleichen machte ihn noch kauziger, als er es von Natur aus schon war. Ein armer Tropf. Aber einer, wie man ihn sich kaum besser für einen Spurensicherer vorstellen konnte.

Ich unternahm einen Versuch, das Gespräch auf mein Thema zurückzulenken: »Wie geht es dir denn? Hast du viel Arbeit mit eurem aktuellen Fall?«

Harmut stieg in mein Spielchen ein. »Was meinst du wohl, wie es Wochen nach der Verhaftung bei mir aussieht?«

»Also steht es eher mau mit Arbeit.«

»Das will ich nicht sagen …«

»Gibt es denn noch anstehende Untersuchungen?«

»Nicht unbedingt.«

Ich spielte den Gelangweilten. »Aha. Dich beschäftigt etwas. Ein Umstand, eine Spur, die du nicht deuten kannst. Lass mich damit zufrieden. Solche Dinge sind für mich Geschichte.«

Mein vorgetäuschtes Desinteresse traf ins Schwarze.

»Ich kann mir einfach nicht erklären, wie ein Mörder einen Tatort absolut spurlos verlassen kann. Irgendetwas muss ich übersehen haben.«

»Wenn es doch der war, den sie gestern rausgeschmissen haben, dann ist für mich sonnenklar, dass hauptsächlich er und das Opfer die Wohnung mit Spuren eingedeckt haben.«

»Der war es aber nicht. Keine noch so winzige Schmauchspur haben wir auf seiner Haut und an seinen Klamotten gefunden. Außerdem haben wir bis heute keine Tatwaffe entdeckt. In der Wohnung nicht, im Haus nicht, auf dem Grundstück nicht, in der näheren Umgebung nicht. Und volltrunken, wie der Kerl in dieser Nacht war, hätte er die Pistole niemals außerhalb dieses Dunstkreises verstecken können.«

»Um welche Uhrzeit ist es eigentlich passiert?«

»Das steht im medizinischen Gutachten. Das lese ich nie.«

Ich verlieh meiner Stimme einen unterschwelligen Ton, der meinem Gegenüber deutlich machte, dass ich seine Verarsche bemerkte. »Hartmut …«

»Ja, ja. Soll ich dir was vormachen? Der Doc sagt zwischen elf und Mitternacht. Erich hat Aussagen der Nachbarn vorliegen, die halb zwölf als wahrscheinlich erscheinen lassen.«

»Wer war denn alles in der Wohnung, als es passierte?«

»Wie soll ich das wissen?«

»Benutzte Gläser, Fingerabdrücke, Haare, Schmutz von Schuhen. Dein übliches Betätigungsfeld halt.«

»Was schätzt du?« Da war sie wieder, eine der Killerphrasen, die ich so hassen gelernt hatte.

»Ich bin nicht in die Ermittlungen involviert. Ich befinde mich auf dem Wissensstand eines Zeitungslesers.«

»Eine Meinung wirst du doch haben?«

»Ich tippe auf das Paar und einen Mörder.«

»Woher nimmst du diese Vermutung?«

»Ist ein Lottotipp. Reine Glückssache.«

»Sechs Richtige!«

Ich atmete tief durch. An diese Information war ich wenigstens einigermaßen schmerzlos gekommen.

»Hat der Täter beim Aufbrechen der Wohnungstür Hinweise auf seine Identität hinterlassen? Da ist doch meistens was zu finden.« Nur keinen Einblick in den eigenen Wissensstand geben, wenn man es mit Falter zu tun hat!

»Habe ich dir schon gesagt, Sigi.«

»Nicht, dass ich wüsste.«

»Was habe ich gesagt in Bezug darauf, welche Spuren der Mörder am Tatort und in seinem Umfeld hinterlassen hat?«, fragte Falter im Oberlehrermodus.

»Keine?«

»Exakt! Und welche Spuren habe ich dann an der Wohnungstür gefunden?«

»Keine?«

»Du bist nicht nur glücklicher Lottogewinner, sondern erhältst von mir dazu ein Gratislos der Aktion Mensch. Hast ja doch nix verlernt, mein Junge. Einmal Bulle, immer Bulle.«

Das Gespräch driftete in eine Ecke ab, die ich vermeiden wollte. Mir fiel das Motorrad der Ermordeten ein. »Hat der Mörder denn etwas aus der Wohnung mitgehen lassen?«

»Rein, Pistole auf die Stirn gesetzt, abgedrückt, raus. Meine Meinung.«

»Wie ist er geflüchtet?«

»Wahrscheinlich mit dem Motorrad der Frau.«

»Wo stand das Teil?«

»Lieber Sigi. Du bist nicht mehr bei der Kripo. Ich habe dir als Außenstehendem bereits viel zu viel verraten. Schön, dass du da warst. Und Tschüss.«

Falters Körpersprache drückte etwas anderes aus. Sie verriet mir, dass er genau über das Motorrad und sein Verschwinden nachdachte und insgeheim froh darüber war, endlich von jemandem danach gefragt zu werden. Sein verbaler Rausschmiss war nur eine weitere Variante des Falter-Quiz'. Eine, die ich bisher nicht kannte. Er hatte sein Repertoire in den letzten Jahren offensichtlich erweitert.

Ich nahm ihn voll auf die Hörner. »Hartmut, wir kennen uns mindestens zwanzig Jahre. Du puzzelst genau an dieser Stelle der Faktenlage herum. Das spüre ich!«

Mein Ex-Kollege sah mich durch seine dicken Brillengläser an. Er schaute mir direkt ins Gesicht. Zum Uhu fehlte ihm jetzt nur das Gefieder, das er passend zu diesem Blick aufplusterte. Ich war die Beute für seine spurentechnische Erkenntnis, für die es im Polizeipräsidium, zumindest momentan, keine Abnehmer gab.

»Na schön. Hier hört mir ja doch keiner zu. Sollst wenigsten du an meiner Arbeit teilhaben, Sigi.«

»Gerne. Schieß los.«

»Also: Ich vermute, der Mörder ist durch die Hintertür in den Hof geflüchtet. Die ist nur von innen verriegelt und trägt kein Schloss. Ehe du fragst: Keine Fingerabdrücke. Er hat Handschuhe getragen, wie bereits in der Wohnung. Dann ist er zielsicher rüber zu der Garage, wo das Motorrad stand. Er hat das Ding geklemmt, aber nicht den Motor gestartet. Am Ende des Grundstücks läuft so ein Fußweg, weißt du. Vom

Grundstück aus kann man den durch ein Törchen erreichen. Das haben wir eingetreten vorgefunden. Vom Grundstück aus eingetreten. War ganz verrostet. Dazu brauchte es nicht viel.

Der Täter hat das Motorrad rechterhand über den Weg geschoben. Auf der Wiese vorm Törchen waren ganz leichte Reifenspuren zu sehen. Auf dem Weg in rechter Richtung ebenfalls. Vor dem Tatzeitpunkt hat es lange nicht geregnet. Der Boden war steinhart. Leider, sonst hätte sich vielleicht mehr gefunden. An drei Stellen habe ich im Gras merkwürdige flächige Abdrücke entdeckt. In Schrittweite zueinander und groß wie ein Fuß. Keinesfalls von Schuhsohlen. Nur diese Flächen. Das beschäftigt mich.«

»Mich würde noch etwas anderes beschäftigen. Wie weit hat der Mörder das Motorrad geschoben? Wie ist er überhaupt zum Tatort gekommen? Woher besaß er diese blendenden Ortskenntnisse?«

»Das sind die Fragen eines Ermittlers. Ich grüble über Spuren nach.«

»Trotzdem: Wie lauten die Antworten auf diese Ermittlerfragen, wie du sie nennst?«

»Er hat die Maschine bis ans Ende des Fußwegs geschoben. Dort gibt es ein kleines Hotel. Ungefähr auf seiner Höhe muss er die Karre gestartet haben und ist abgerauscht.«

Jetzt drehte ich den Spieß um. Ein Spielchen, das ich immer schon gerne mit Falter getrieben hatte.

»Du hast mich vorhin belogen, mein Freund.«

Der Uhu funkelte empört durch seine Brillengläser. »Ich? Wieso?«

»Musst du selbst hinterkommen. Tschüss, Hartmut.«

Ich täuschte mittels einer halben Körperdrehung mein Verschwinden an. Falter bekam meinen Hemdsärmel zu fassen. »Halt, Freundchen. Das gilt nicht. Erst alte Kollegen aushorchen und dann mit einem ermittlungsrelevanten Detail im Kopf verschwinden. In welcher Beziehung soll ich dich angeschwindelt haben?«

Ich bemühte den Gestus des Großzügigen. »Du hast mir gesagt: Rein, abgeknallt, raus. Ich sage dir: Er hat den Schlüssel von der Honda der Toten mitgehen lassen.«

»Den haben wir im Flur in ihrer Jackentasche gefunden.«

»Und der Zweitschlüssel? Meistens bewahren die Leute ihre Zweitschlüssel woanders auf.«

»Stimmt. Das habe ich bei meiner Aufzählung vergessen. Daran habe ich natürlich auch gedacht. Wir haben die komplette Wohnung durchgekämmt. Gründlich. Du kennst mich ja.«

»Und?«

»Was meinst du?«

Das wurde mir jetzt eine Quizrunde zu viel. »Spucks einfach aus!«

Falter setzte einen verschwörerischen Blick auf.

»Warum sollte ich einem Rentner diese Geheimnisse anvertrauen?«

»Brauchst du nicht«, verfiel ich auf eine bewährte Taktik im Umgang mit Altquizmaster Kulenkampff, nämlich, ihn mittels einer Behauptung aus der Reserve zu locken, »erstens weiß ich es auch so und zweitens interessiert mich die ganze Chose eigentlich nicht die Bohne.«

»Ich möchte es gerne hören!« Sein Tonfall klang beinahe beleidigt, dass ich sein Spielchen auf diese Weise beendete.

»Ihr habt sie nicht gefunden. Sie sind futsch. Der Mörder

hat sie mitgehen lassen und war somit in der Lage, das Motorrad als Fluchtfahrzeug zu nutzen.«

Immerhin entlockte ich Falter ein zartes Lächeln. »Du bist und bleibst ein cleveres Kerlchen, Sigi. Dich könnten sie hier immer noch gut gebrauchen, glaube mir. Der Erich tut sich manchmal arg schwer.«

Das hörte ich einerseits gerne, andererseits nicht.

Ich hoffte, nicht meiner Einbildung aufzusitzen, was meine kriminalistischen Fähigkeiten anbelangte. Mein Ruhestand war ja eher ein erzwungener. Dieser Oberarsch Gelbarth hatte ihn durchgedrückt. Dass Falter eine positive Erinnerung an meine Fähigkeiten aufbewahrte, schmeichelte mir zugegebenermaßen.

Was mir an Hartmuts Bemerkung missfiel war, dass er schlecht über meinen Nachfolger sprach. Sicher, Erich ist wohl kaum der Hellste unter den Kriminalisten. Er besitzt aber unstrittig Qualitäten. Fleiß etwa und Hartnäckigkeit. Von seinem kleinen Manko, was Schlussfolgerungen angeht, wusste ich natürlich. Dazu war er lange genug mein Kollege.

Falter bemerkte meine Missstimmung. Er versuchte, dem Gespräch einen versöhnlichen Ausklang zu geben. »Lass uns mal außerhalb dieser heiligen Hallen treffen, Sigi. Zeit habe ich eigentlich immer. Du hast meine Nummer?«

»Die habe ich. Ich melde mich«, blieb ich vage. Ob ich Lust hatte, mich mit diesem Uhu zu treffen, wusste ich im Moment nicht. Jedenfalls hatte ich es die ganzen Jahre nach meinem Ausscheiden vermieden.

»Dann mache ich mal weiter. Hat mich gefreut«, verabschiedete mich Falter.

Ich tippte mit dem Finger an die Stirn. »Mach's gut, alter

Knabe. Man sieht sich.« Schon war ich durch die Tür und beeilte mich, den ehrwürdigen Polizeitempel zu verlassen.

Ich ging zur Grünanlage gegenüber dem Eingang des Präsidiums. Dort, wo die Buche auf mich gewartet hatte, ehe sie Pfingststurm Ela zum Opfer gefallen war.

Mein Oberstübchen fing an, das Erfahrene zu sortieren. Der Mörder von Gertrud Fenger war äußerst kaltblütig vorgegangen. Außer ihm, der Ermordeten und dem zugedröhnten Arnfried Nußbaum war höchstwahrscheinlich keine weitere Person im Spiel gewesen. Ohne eine nachweisbare Spur zu hinterlassen, war der Mörder zu seinem Opfer vorgedrungen, hatte es regelrecht hingerichtet, hatte sich die Ersatzschlüssel zum Motorrad der Frau angeeignet, war durch die Hintertür in den Hof geflüchtet, hatte sich ihres Motorrads bemächtigt, das Gartentor eingetreten und die Maschine auf den Gehweg geschoben, um einige Schritte später damit zu verschwinden. Sogar von der nur verriegelten Hintertür hatte er gewusst.

Offen blieb am Ende, wer dem Täter Zutritt zur Wohnung verschafft hatte.

Im Kopf notierte ich die offenen Punkte zu diesem hypothetischen Tathergang, die ich mir später auf einen Notizzettel schrieb und ins Portemonnaie steckte:

Wie war der Täter in die Wohnung gelangt?

Kannte er das Opfer?

Kannte er Arnfried Nußbaum?

Woher besaß der Täter die anscheinend sehr intimen Ortskenntnisse?

Wie hatte er Zugang zu den Zweitschlüsseln für das Motorrad erhalten?

Wo befand sich das Motorrad jetzt?
Wo befand sich die Tatwaffe jetzt?
Welches Motiv bestand für die Tat?

Ein ganz nettes Pensum zum Abarbeiten.

Für mich persönlich ergänzte ich eine weitere Frage: Wie könnte ich Kontakt zu Arnfried Nußbaum herstellen, ohne mich verdächtig zu machen? Bei den Möglichkeiten, die ich zu einer Mitwirkung bei der Lösung des Falls besaß, war er in Person mein einziges Einfallstor.

Mit diesen Gedanken im Kopf bemerkte ich gar nicht, dass ich bereits wieder zu Hause angekommen war. Abwesend schloss ich die Haustür auf. Das versprach, heikel zu werden. Aber ich hatte Möhrchen meine Hilfe signalisiert. Wichtiger noch: Die kleine Rote hatte mein Hilfsangebot nicht ausgeschlagen. Dass es nicht um sie, sondern um Erich ging und er derjenige war, dem meine Unterstützung galt, verdrängte ich der Einfachheit halber eigennützig.

Eine Weile kaute ich noch an dem Punkt herum, wie ich unauffällig an Arnfried Nußbaum herankäme. Die einzige Idee, die ich dazu hatte, war, dass ich vorgeben könnte, ein Klassentreffen zu organisieren. Etwas Eleganteres wäre mir natürlich lieber gewesen. Seit der Schulzeit hatte ich mit den Kameraden nichts mehr zu schaffen gehabt.

Nur: Welchen Grund für mein plötzliches Auftauchen könnte ich sonst vorschieben?

***

Den Mittwoch und Donnerstag ließ ich verstreichen. Es fiel

mir nicht leicht, so lange untätig zu bleiben. Mir schien die Karenzzeit jedoch angezeigt, um mein zeitnahes Auftauchen zur Entlassung Arnfrieds nicht allzu auffällig wirken zu lassen.

Donnerstagabend erhielt ich einen Anruf von Möhrchen. »'nabend Sigi. Na, dem Täter schon auf die Schliche gekommen?«

»Hallo Möhrchen. Selbstverständlich. Ich liefere ihn morgen Nachmittag in einen Teppich gewickelt im Präsidium ab.«

»Nicht schlecht. Da werde ich gleich den Perser vom Teppichbasar anrufen. Ein Orientteppich, in den ein Mörder eingewickelt war, der lässt sich bestimmt mit Aufschlag verkaufen.«

»Wir sollten den Spitzbuben vorher nur auswickeln.«

Die Stimme der kleinen Roten wurde ernst. »Ein Spitzbube? Also ein Mann?«

»Das war nur blödes Gelaber. Ich habe nichts.«

»Ich aber. Deshalb rufe ich an.«

Das brachte meine Alarmglocken zum Schrillen. »Schieß los!«

»Sie haben die rote Honda des Opfers gefunden.«

»Nein! Hört Erich eigentlich mit?«

Möhrchen wurde heftig. »Erzähle ihm um Himmels Willen nicht von diesem Gespräch, Sigi. Hörst du? Auf keinen Fall! Er ist gerade zur Muckibude aufgebrochen. Muss sich an totem Eisen abreagieren. Da habe ich die Gelegenheit genutzt.«

»Ist ja gut. Reg dich ab. Ich schweige wie Pharaos Sarkophag. Erzähl. Wo haben sie die Maschine gefunden?«

»In Berlin! Hat jemand dort in der Spree versenkt.«

»In Berlin? Stammt der Mörder etwa aus Berlin?«

»Der saß leider nicht mehr drauf, Sigi. Du ahnst, wie kompliziert das alles macht?«

»Bundeslandübergreifende Zusammenarbeit. Sand im Getriebe der Ermittler. Scheiße für Erich. Was hat er jetzt vor?«

»Sie versuchen herauszufinden, wo der Fahrer des Motorrads getankt hat. Ob es jemanden gibt, der sich an ihn erinnert. Oder ob ihn zufällig eine Überwachungskamera auf dem Schirm hatte.«

»Die Tippel-Tappel-Tour also.«

»Genau."

»Blöd. Nach Berlin reicht mein Arm natürlich nicht."

»Bist du Nußbaum schon auf den Pelz gerückt?«

»Morgen werde ich ihn aufsuchen.«

»Das lass mal bleiben. Wegen dem Motorrad will Erich morgen irgendwann hin. Habe ich doch geahnt, dass ich dir lieber Bescheid gebe.«

»Jetzt habe ich ein Problem. Am Wochenende kann ich mich schlecht verdünnisieren. Das kriegt Lotte mit und die soll nix von meiner Schnüffelei wissen.«

Möhrchen seufzte. »Du hast Geheimnisse vor deiner Lotte, ich vor Erich. Wird man in diesem beschissenen Polizeijob so, Sigi?«

Es juckte mich, die kleine Rote ein wenig zu necken. »Männer haben immer Geheimnisse vor ihren Frauen. Dass Frauen …«

Ich konnte nicht einmal aussprechen. »Arschloch«, tönte es mir vom anderen Ende der Verbindung entgegen. Richtig sauer sogar. »Ich will Erich unter die Arme greifen. Das ist mein einziges Anliegen. Nur deshalb verberge ich etwas vor ihm. Zu seinem Besten.«

Mir tat mein doofer Spruch leid. »Entschuldige bitte, Möhrchen. Ihr habt wahrscheinlich genug Überspannung in der Hütte. Ist mir so rausgerutscht.«

»Schon gut, Sigi. Sobald ich was Neues erfahre, melde ich mich. Tschüss.«

»Tschüss, meine Gute. Munter deinen Mann ein wenig auf.«

»Mach ich.«

Weg war sie.

Was bedeutete diese neue Information? Gehörten Motorraddiebstal und Mord etwa nicht zusammen? Waren Mörder und Räuber nicht identisch?

Äußerst unwahrscheinlich. Der Mörder, das durfte man nun annehmen, stammte aus Berlin oder zumindest der Gegend um Berlin. Ich blieb zunächst bei der These, dass er in sicherem Abstand zum Tatort auf die Maschine gestiegen und losgebraust war. Während die Polizei den Mord feststellte, war sein Vorsprung bereits riesig gewesen. Keine Spuren hinterlassen, clever aus dem Staub gemacht. Alles wies auf das Handeln eines Profis hin: Kaltblütig geplant, minutiös durchgeführt. Keinerlei Hinweise auf seine Person hinterlassend. So was brachten meistens nur Auftragskiller fertig.

Durch welche Umstände war Gertrud Fenger in Berührung mit Kreisen geraten, die ihr einen solchen Profi auf die Bude schickten? Oder war es Arnfried Nußbaum, der hinter allem steckte?

Meine Überlegungen wurden abrupt gestoppt. Die Wohnungstür wurde aufgeschlossen. Lotte kam mit zwei Baumwollbeuteln hereingeschleppt. »Hallo Sigi. Im Auto ist noch mehr. Hilfst du mir bitte?«

Ich ging mit Lotte hinunter vor's Haus und schleppte eine Tüte Kartoffeln und ein Netz Zwiebeln die Treppe hoch. Dann setzten wir uns zu einem Kaffee in die Küche.

»Wie war dein Tag?«, fragte ich meine Allerbeste routiniert.

»Anstrengend. Morgen kommen all die Leute, um ihre Wochenendeinkäufe zu erledigen. Dann geht es wie immer hoch her. Samstagvormittag geht das so weiter. Aber ich habe diesmal schon gegen Mittag Schluss. Die Kolleginnen sind mal dran.«

»Soll ich uns was kochen?«

Tatsächlich hatte meine Angetraute es geschafft, mich nach meiner Versetzung in den Ruhestand an den Herd zu stellen. Einfache Gerichte kriegte ich ganz passabel hin. Bratkartoffeln, Rührei, Salat, Bratwurst – solche Sachen halt. Sogar Schnitzel konnte ich panieren und schön goldgelb braten. Wenn es komplizierter wurde, musste allerdings nach wie vor Lotte ran. Seit ich ein Hähnchen gebrutzelt hatte, bis es verkohlt war, überlegte sie etwas genauer, was sie mir zutraute.

»Ich muss dir was beichten, Sigi. Da gibt es doch dieses Outlet in Roermond.«

Mir schwante Fürchterliches. »Ja. Und?«

»Ich habe mir gedacht, da ich nun schon mal am Samstagnachmittag frei habe …« Zum Kuckuck! Genau das! »… fahre ich mit meinen Mädels zusammen hin. Du hast doch nichts dagegen?«

Uff! Dieser Kelch war an mir vorübergezogen. Und spielte mir genau in die Karten.

»Schade, Schatz«, erwiderte ich, was man von mir erwartete, kaum in der Lage, meine Hochstimmung zu verbergen, »aber wenn du meinst …« Übermütig setzte ich eins drauf: »Deine Garderobe hat wirklich lange eine Aufbesserung nötig.«

»Dass du das bemerkst, Sigi. Lohnt sich doch, dich tagsüber im Haus zu haben. Wirst auf deine alten Tage noch richtig aufmerksam!«

Lotte stand auf und kam an meinen Platz. Sie drückte mir einen fetten Kuss auf die Backe.

Das lief ja wie Honig in die Wolldecke! Ich wusste genau, wie ich meinen gewonnenen samstäglichen Nachmittag verbringen würde!

***

Am Abend saß ich mit Lotte vorm Fernseher. In Gedanken ging ich meine Taktik beim Zusammentreffen mit Arnfried Nußbaum durch. Ich legte mir Fragen zurecht, kramte in meinem Gedächtnis nach Anknüpfungspunkten an alte Zeiten. Leider gab es da nicht viel. Wir waren keine richtigen Freunde gewesen. Unsere Wege hatten sich nur oberflächlich berührt. Umso wichtiger wäre es in dieser Situation, nicht allzu kumpelhaft aufzutreten.

Schnell waren Brücken eingerissen, ehe man neue gebaut hatte.

Noch im Bett beschäftigte mich der Punkt, an dem ich in meinen Überlegungen durch Lottes Heimkehr unterbrochen worden war. Wer besaß welches Interesse am Tod Gertrud Fengers? Welche Personenkreise besaßen ein Motiv für den Mord? Welche Verbindungen bestanden zwischen dem Opfer, diesen Personenkreisen und Berlin? Wie war Arnfried Nußbaum in dieses Geflecht eingebunden? Was war seine Rolle im Spiel? Fragen über Fragen, die mich bestürmten und mir die Nachtruhe raubten.

Nach wie vor interessierten mich natürlich die Umstände, wie der Killer an den Tatort gelangt war. Ich glaubte zu spüren, dass die Lösung dieses Rätsels zum Mörder führen würde.

Darin lag für mich der Schlüssel für alle weiteren Ermittlungsstränge. Der Umweg über die Mittäterschaft führte zum Täter.

Ich wachte mit Kopfschmerzen auf.

Hin und her wälzend hatte ich mir über Nacht ein Szenario gebastelt, um mir die Frage aller Fragen zu beantworten. Es lautete so:

Arnfried Nußbaum liegt besoffen im Bett. Es klingelt. Gertrud Fenger schaut nach, wer vor der Tür steht. Sie erkennt den Besucher und öffnet. Beide gehen hinein. Der Besucher achtet darauf, dass die Tür hinter ihm offen bleibt. Der Killer kann ungehindert eindringen, macht kurzen Prozess und die beiden verschwinden spurlos.

Jetzt, am Morgen bei Tageslicht betrachtet, erschien mir das Ganze zu aufwändig. Zwei Leute und Falter hatte keinerlei Spuren entdeckt? Eher unwahrscheinlich!

Außerdem: Wären die beiden gemeinsam auf dem Motorrad geflüchtet? Stammten beide aus Berlin oder hatte der Fahrer seinen Komplizen unterwegs abgesetzt?

Unterm Strich wäre bei diesem Tathergang außerdem Arnfried Nußbaum als Risikoposition stehen geblieben. Er hätte die Eindringlinge entdecken und Alarm schlagen können. Der große Unbekannte hätte unmöglich im Bilde über seinen Zustand sein können, es sei denn, das Opfer hätte es ihm gesteckt. Bereits bei seinem Eintreten? Und erst dann hatte er den Killer verständigt?

Nein! Dieses Szenario wäre höchstens denkbar gewesen, wenn der Unbekannte nichts vom Lebensgefährten Gertrud Fengers gewusst hätte. Das wiederum hätte bedeutet, er hätte längere Zeit keinen Kontakt zu ihr gehabt, wäre nicht über ihre aktuelle Lebenssituation informiert gewesen. Was war dann sein Motiv, ihr einen Killer auf den Hals zu schicken? Eine alte Rechnung? Welche?

Ich grübelte. Das alles passte nicht – das merkte ich selber. Die Enden all dieser Überlegungen wollten nicht zusammenfinden. Was vor allem dagegen sprach: Falter hatte die Anwesenheit einer weiteren Person am Tatort ausgeschlossen. Und auf Hartmut war Verlass. Nahezu hundertprozentig. Allein das sollte mir genügen, mein nächtliches Gedankenspielchen zu verwerfen.

Ich schmiss mein Szenario auf den Haufen mit dem über die Jahre angesammelten Ermittlungsschrott. Zu unwahrscheinlich, zu kompliziert, zu konstruiert. Jedenfalls vor dem Hintergrund der Erkenntnisse, die ich mir bisher ergaunert hatte. Arnfried Nußbaum blieb für das Öffnen der Wohnungstür mein Kandidat Nummer eins. Er war nicht selbst zum Mörder geworden – das war eindeutig bewiesen. Keine Schmauchspuren an Händen und Kleidung. Aber er war mit ziemlicher Wahrscheinlichkeit tief in die Sache verstrickt.

Umso mehr brannte ich auf mein Zusammentreffen mit ihm.

Wiedersehen mit Hintergedanken

Der Freitag und der Samstagmorgen wurden zu einer heftigen Geduldsprobe für mich. Zu aktiven Zeiten wäre ich mit Erich losgebraust, wann ich wollte. Lotte hätte zwar gemeckert, dass mein Polizeidienst so wenig planbar war, ich hätte mich jedoch jederzeit auf dienstliche Erfordernisse berufen können. Die Notwendigkeit, etwas zu unternehmen, bestand für mich auch jetzt, allerdings nicht im engeren Sinne dienstlich. Als Rentner gab es keine zwingenden Ereignisse mehr in meinem Leben. Jeder Tag war gestaltbar, Dinge verschiebbar. Auf Dringlichkeit und Wichtigkeit konnte ich mich nicht mehr berufen.

Endlich kam der Samstagnachmittag. Die Freundinnen holten Lotte gegen zwei Uhr ab. Nach einer Mahlzeit bestehend aus einer Dose Sahneheringsfilets und etwas zu harten Pellkartoffeln, weil ich sie zu spät aufgesetzt hatte. Meine Beste rümpfte darüber die Nase, verkniff sich aber den Kommentar.

Ich brannte so sehr auf meinen Besuch in Werden, dass ich nicht mal das Geschirr vom Mittagessen wegräumte. Kaum waren die Frauen verschwunden, holte ich mein Fahrrad aus dem Keller und kratzte die Kurve. Ich entschloss mich trotz aller Ungeduld, nicht den kürzesten Weg zu nehmen, sondern landschaftlich schöneren Strecken den Vorzug zu geben.

Zunächst folgte ich dem Fahrradweg entlang der Norbertstraße, um dann im Rücken der ehemaligen *Polizeischule* durch den Wald die Anhöhe Richtung Bredeney zu überwinden. In der Mitte des Weges, wo er deutlich an Steigung zulegt, musste ich beinahe absitzen, entwickelte dann aber Ehrgeiz und schaffte es am Ende, ohne abzusteigen, nach Bredeney hochzustrampeln.

Ein paar Ecken weiter folgte ich dem versteckten Fahrradweg entlang der Lärmschutzwand der Autobahn bis zur Meisenburgstraße. Am *Landesamt für Natur, Umwelt und Verbraucherschutz* bog ich ab und fuhr durch Wiesen und Felder hinunter zur Ruhr. Pferde weideten in der Nachmittagssonne. Auf einem Feld wurde Gerste angebaut. Sie stand trocken und gelb am Halm. Mein Blick fiel auf einige der repräsentativen Anwesen des *Brucker-Holt-Viertels* am dahinter liegenden Hang. Dort wohnen VIPs. Zumindest solche, die sich aufgrund der erfreulichen Salden ihrer Konten dazu zählen dürfen. Es schien mir, dass diese Spezies anwuchs, denn in der ersten Reihe mit Aussicht in die Natur, hatten sich in den letzten Jahren die Villen vermehrt.

Ich folgte der Beschilderung zur *Sternwarte*, die von einem Verein betrieben wird. Im Vorbeifahren nahm ich mir vor, möglichst bald mein lang gehegtes Vorhaben in die Tat umzusetzen und eine der öffentlichen Veranstaltungen mit Himmelsbeobachtung zu besuchen. Wie viele solcher einfach zu realisierenden Pläne man unnötig verschleppt! Dabei haben Rentner angeblich so viel Zeit!

Hinter der Sternwarte führte mein Weg steil ins Wolfsbachtal hinab. Dort, wo es in den Schuirweg mündet, hatte mich der Autoverkehr wieder. Über die Ruhrtalstraße gelangte ich zur Ruhrbrücke. Ein paar Umdrehungen des Tretlagers weiter, erreichte ich mein Ziel.

Je näher ich Arnfried Nußbaums Zuhause kam, desto mulmiger wurde mir zumute. Wie würde er mich aufnehmen? Ich würde vorsichtig sein, möglichst unaufgeregt und sachlich auftreten müssen. Trotzdem blieb das Ganze eine heikle Mission. Wenn er mich rausschmiss, war sie gescheitert.

Ich gelangte in den Wesselswerth, stellte mein Fahrrad an einer Straßenlaterne schräg gegenüber der bekannten Hausnummer ab und kettete es am Mast fest. Tief durchatmen!

Für einen Beobachter etwas zu zaghaft ging ich auf das Haus zu und klingelte bei Gertrud Fenger. Mein Herz klopfte. Natürlich würde Arnfried ungern Besuch empfangen, nach allem, was passiert war. Ich ließ ihm ausreichend Zeit, sich zu sammeln. Niemand öffnete. Als ich annehmen musste, der Besuchte reagierte absichtlich nicht, betätigte ich den Knopf erneut. Zweimal hintereinander. Dann ein drittes Mal im Sturmmodus. Wieder wartete ich vergeblich. War Arnfried etwa nicht daheim?

Ratlos trat ich von einem Bein auf das andere. Sollte ich den Schlüssel unter der Fußmatte verwenden, um mir Zutritt ins Haus zu verschaffen? Die Versuchung war groß. Aber was brachte es, wenn ich vor der verschlossenen Wohnungstür herumstand?

Der Zufall kam mir zu Hilfe. Just in dem Moment, in dem ich beschloss, der Vernunft zu gehorchen, öffnete der mir bereits bekannte Nachbar die Tür.

»Sie waren doch schon mal hier. Sind Sie nicht der, der neulich zu Arnfried wollte?«

»Der bin ich. Guten Tag. Wissen Sie, ob er zu Hause ist? Auf mein Klingeln reagiert niemand.«

»Eigentlich sollte er daheim sein. Wir haben ihn seit seiner Rückkehr auch noch nicht zu sehen gekriegt. Der verschanzt sich oben in seiner Bude nach dem ganzen Theater. Verstehen kann ich's. Kein Wunder, dass er Ihnen nicht aufsperrt.«

»Vielleicht klopfe ich mal an seiner Wohnungstür?«

»Versuchen können Sie's. Guten Tag.«

Der Nachbar trat vor's Haus und ging in Richtung Ortskern davon. Dabei gab er mir den Türgriff in die Hand.

Ich stieg die steinerne Treppe hoch. Natürlich lauschte ich darauf, welche Geräusche meine Schritte verursachten. Ein leises Auftreten – mehr nicht. Kein Nachhall. Der Mörder war genauso geräuschlos hinaufgelangt.

Die Wohnungstür stammte eindeutig aus der Bauzeit des Hauses. Ihr Blatt trug Kassetten, war weiß angestrichen und besaß ein schmales Oberlicht. Sie war mit zwei Sicherheitsschlössern ausgestattet, besaß aber keinen Türspion. Wer davorstand, konnte man von drinnen nicht feststellen.

Ich klopfte. Erst zaghaft, dann lauter. Zum Schluss setzte ich beide Fäuste ein. Drinnen tat sich was. Meine geschulten Kriminalistenohren registrierten das Klacken eines sich drehenden Schlüssels, dann das eines zurückgezogenen Riegels. Die Tür wurde vorsichtig geöffnet. Eine Kette spannte sich. Gut gesichert, dieses Domizil.

Ein männlicher Kopf erschien im Türspalt. Stirnfalte, Augenschlitze und ein zusammengepresster Mund formulierten den misstrauischsten Ausdruck, den ich je auf einem Gesicht gesehen hatte. Und ich hatte während meiner Berufsjahre viele misstrauische Gesichter studieren dürfen, besonders in Verhörsituationen. Selbst das schmale graue Haarkränzchen, das fusselig in alle Richtungen von den Schläfen abstand, schien dieses Misstrauen zu teilen.

Wollte ich verhindern, dass mir die Tür vor der Nase zugeschlagen wurde, musste ich dringend etwas sagen. Ich setzte mein gewinnendstes Lächeln auf.

»Hallo Arnfried. Verdammt lang her. Trotzdem wiedererkannt!«

»Wer sind Sie? Zeitung?« Sein Tonfall war mindestens genauso misstrauisch wie sein Gesichtsausdruck.

»Sieh mich an, Arnfried. Erkennst du mich nicht? Sigi. Sigi Siebert. Wir haben damals in der Schule mehrere Klassen zusammen besucht.«

»Sigi? Kenne ich nicht.«

Die Tür war kurz davor, zugeworfen zu werden. Ich besaß höchstens noch eine einzige Chance.

»Erinnerst du dich nicht mehr an das Kaugummi auf Plutos Stirn? Das war ich.«

Ganz spontan war mir diese Szene eingefallen, in der ich ziemlich dämlich ausgesehen hatte. Unser Mathematiklehrer, Spitzname Pluto, hatte mich beim Kaugummikauen im Unterricht erwischt, was strengstens verboten war. Ich hatte beteuert, mein Mund sei leer. Der Lehrer war wütend auf mich zugestürzt. Als Zeuge ähnlicher Vorfälle hatte ich vorausgeahnt, was mir bevorstand. Pluto wollte mir mit Daumen und Mittelfinger von außen wie ein Schraubstock auf den Spalt zwischen den Zahnreihen drücken, um meinen Mund gewaltsam zu öffnen. Solche Übergriffe waren zu meiner Schulzeit noch üblich, ohne dass Eltern Anstoß daran nahmen.

In höchster Bedrängnis war ich Pluto zuvorgekommen, hatte das Kaugummi in meine Hand gespuckt und weggeschnippt. Dabei war es an meinem Finger kleben geblieben und hatte eine andere Flugbahn beschrieben, als geplant. Es war mitten auf Plutos Stirn gelandet. Ich sehe heute noch den Speichelfaden abwärts auf seine rechte Augenbraue zielen.

Das Ganze hatte mir einen Verweis eingebracht und meine

Eltern hatten mir zu Hause mächtig zugesetzt. Ein absoluter Tiefpunkt meiner Schullaufbahn. Daran musste sich Arnfried einfach erinnern.

Über das Gesicht im Türspalt huschte ein kaum wahrnehmbarer Anflug von Amüsiertheit. Ich hatte ins Schwarze getroffen.

»Bist alt geworden, Sigi. Und was treibt dich bald fünfzig Jahre später ausgerechnet zu mir?«

»Das mit dem ‚alt' kann ich zurückgeben. Darf ich nicht hereinkommen und es dir erklären?«

»Du rückst jetzt raus damit, was du von mir willst und dann verschwindest du. Ich habe im Moment genug Scherereien.«

»Was hat das damit zu tun? Ich mache dir bestimmt keine Umstände.«

»Du siehst aber danach aus. Los, los. Meine Geduld ist ziemlich begrenzt.«

Ich suchte in meinen Gehirnwindungen fieberhaft nach einer Einflugschneise. Wie konnte ich Arnfried in ein Gespräch verwickeln, das ihn interessierte? Die Idee mit dem Klassentreffen war eindeutig zu schwach. Der Mann war verunsichert, besaß bestimmt keinen Kopf für solche lockeren Gesprächsrunden, in denen er Gefahr lief, nach dem Mord in seinen vier Wänden befragt zu werden. Mit einem Klassentreffen würde sich die Tür zu seinem Reich garantiert nicht öffnen lassen.

Der rettende Einfall meldete sich aus heiterem Himmel. War Arnfried damals nicht hinter Lotte her gewesen? Das wäre vielleicht ein Thema für ihn! Nur gut, dass meine Angetraute nichts davon ahnte, dass ich sie als Lockvogel ins Rennen schickte.

»Es ist so, Arnfried. Du hast doch damals diese Fete veranstaltet. Im Keller deiner Eltern. War ein lustiger Abend.«

»Du kommst nicht nach einem ganzen Leben wegen dieser Fete vorbei?«

»Im Prinzip schon. Charlotte und ich sind bald vierzig Jahre verheiratet und da …« So lange waren wir noch nicht verheiratet. Das musste dieser Knispel nicht wissen.

»Welche Charlotte?«

»Charlotte Stenglein. Du hast sie damals ganz schön angehimmelt, möchte ich behaupten.«

Ich sah der Stirn im Türspalt an, dass die Zahnräder dahinter in Bewegung gerieten. Immerhin ein Zwischenerfolg.

»Ach die. Die süße Charlotte. Ein fröhliches, ausgelassenes Mädchen. Du hast die abgekriegt? Gratuliere!«

»Genau. Wegen ihr bin ich hier. Zum vierzigsten Hochzeitstag möchte ich ihr ein Bilderalbum anfertigen. Mit Bildern aus unserer gemeinsamen Zeit. Einiges habe ich bereits zusammengetragen. Aber gerade in der Schulzeit klafft eine Lücke. Du hast auf deiner Fete wie wild rumgeknipst. Da habe ich gedacht …« Ich ließ den Satz offen und wartete die Wirkung meiner Story ab.

Die schien eher mittelprächtig auszufallen. Arnfrieds Gesichtszüge entspannten sich zwar etwas. Gleichzeitig schüttelte er den Kopf. »Wüsste nicht, wo die hingekommen sind.«

»Es gab aber welche? Wenn du mal suchst?«

»Die süße Charlotte. Wie sieht sie heute aus? Hat sie immer noch dieses unwiderstehliche Grübchen am Kinn?«

Zufällig trage ich ständig ein Bild von Lotte und Lucy in meinem Portemonnaie dabei. Ich fingerte meine Geldbörse aus der Gesäßtasche und hielt Arnfried das Foto ein gutes Stück von seinem Ausguck entfernt hin.

»Komm näher. Ich sehe nichts.«

Mich packte der Übermut. Ich setzte alles auf eine Karte. »Du bist voller Misstrauen gegen mich, Arnfried. Warum? Warum lässt du mich dumm vor deiner Wohnungstür herumstehen?«

»Behalt dein dämliches Foto für dich. Troll dich.«

Verloren?

»Komm, Arnfried. Lass mich rein und ich zeige dir das Foto und erzähle dir von den beiden. Die Jüngere ist übrigens unsere Tochter Lucy.«

Arnfried schloss die Tür. Einen Moment glaubte ich: Das war's.

Doch meine Hartnäckigkeit zahlte sich aus. Ich hörte, wie er drinnen die Kette aus der Führung schob und die Tür öffnete sich wieder. »Meinetwegen. Komm mit in die Küche.«

Mich überkamen Gefühle, die ich kaum zu beschreiben vermag. Triumpf und wieder Triumpf. Nichts verlernt, der gealterte Hauptkommissar.

Ich folgte Arnfried in einen düsteren Flur. Mein Gedächtnis wurde zur Kamera. Vor Kopf lagen nebeneinander die Eingänge zu zwei Zimmern. Wohnzimmer und Schlafzimmer? Seitlich entdeckte ich eine Kommode, deren Stil zum Alter des Hauses passte. Hatte dort der Schlüssel des Motorrads auf den Mörder gewartet?

Arnfried führte mich seitlich in die Küche, die zur Straße hinaus lag. Ich sah mein Fahrrad an der Laterne lehnen. Der Besuchte zeigte auf einen Caféhausstuhl, der an einem runden Tischchen mit Kunststoffplatte stand. Für sich selbst rückte er einen zweiten Stuhl heran. Wir saßen uns gegenüber.

Eine Pause entstand, in der ich meinen Gastgeber ausgiebig musterte. Sein misstrauischer Gesichtsausdruck war in keiner

Weise gewichen, schien ihm ohnehin eingebrannt zu sein. Ich war außerstande, mir auf diesem Gesicht ein Lachen oder einen freundlichen Blick vorzustellen. Es schien gezeichnet von Enttäuschung, Argwohn und vielleicht auch Misserfolg. Die hellbraunen Augen darin flackerten, wichen mir aus. Wo sollte ich anfangen?

Arnfried nahm mir die Entscheidung ab. »Zeig her, das Foto.«

Ich hielt das Bild unverändert in der Hand und reichte es ihm über den Tisch. Er fingerte eine Lesebrille aus der Brusttasche seines verschossenen Hemdes und musterte es eingehend.

»Hübsch ist sie noch, die Lotte. Wie gerne hätte ich sie dir weggeschnappt. Weißt du, dass ich das wirklich versucht habe?«

Nein, davon hatte mir meine Dauerfreundin nie etwas erzählt.

»Ja«, log ich trotzdem, der ermittlungstechnischen Taktik geschuldet. Die Routine im Job hatte mich darin bestärkt, in allen Situationen am besten den umfassend Informierten zu spielen. »Sie hat mir gesagt, es wäre dir beinahe gelungen.«

Arnfrieds Kehle entstieg ein angedeutetes, freudloses Lachen. Das Gesicht verzog er dabei nicht.

»Abgeblitzt bin ich. Mehr als einmal. Sogar, als ich ihr den geklauten Ring schenken wollte. Sie hat nur Verachtung für mich übrig gehabt. Wie alle Weiber nach ihr.«

Das notierte ich mir gut im Hinterstübchen. Dabei nahm ich Arnfried das Bild aus der Hand und steckte es wieder ins Portemonnaie. Direkt neben den Zettel, auf dem die Fragen zum Fall notiert waren.

»Hast du nicht geheiratet?«, spielte ich den Unschuldigen.

»Zweimal geschieden bin ich. Ist nicht schade drum. Die eine war hässlich, die andere fett.«

»Kinder?«

»Zum Glück nicht. Hätten mich nur Unterhalt gekostet.«

Mir schien es zu durchsichtig, direkt auf den Mord zuzusteuern, was ich natürlich am liebsten getan hätte. Stattdessen brachte ich ein paar weitere Schoten aus unserer gemeinsamen Schulzeit zur Sprache. Es gelang mir jedoch nicht, das Eis zu brechen. Arnfried blieb verschwiegen, einsilbig und ich erwartete jeden Moment, dass er mich hinauskomplimentierte.

Als das Wenige, was wir gemeinsam erlebt hatten, aufgezehrt war, arbeitete ich mich endlich zum heiklen Teil meiner Mission vor.

»Und jetzt wohnst du mit dieser Gertrud Fenger zusammen? Stand unten auf dem Türschild. Ich wusste zunächst gar nicht, wo ich klingeln sollte.«

Den Namen der Ermordeten zu hören, traf ihn wie ein Peitschenhieb. Ich sah Arnfried an, dass er aufbrausen wollte. Dann besann er sich.

»Du weißt nicht …?«

»Was?«, blieb ich unschuldig wie ein frisch geborenes Lamm.

»Aus der Zeitung?«

»Wie: Aus der Zeitung?«

»Sie ist ermordet worden.«

Nun war mein kompletter darstellerischer Instrumentenkasten gefragt. Bei Männern wirkte dieses Instrumentarium meistens ausgezeichnet. Bei Frauen … naja. Die tragen ein paar Antennen mehr auf dem Scheitel.

Wie zeigte man Verblüffung? Augen aufreißen, den Mund leicht öffnen. Schauspielschule Einstiegsklasse.

»Ermordet? Wann?«

»Vor ein paar Wochen. Hier in der Wohnung.«

Arnfried taxierte mich über die Tischplatte hinweg. Ich hoffte, der Grad meines vorgegebenen Entsetzens hielt seiner Überprüfung stand.

»Nein. Das ist ja schrecklich. Und du?«

»Ich hab' nebenan gekokst. Stinkbesoffen.«

»Arnfried, das wusste ich nicht«, log ich abgebrüht. »Mein Beileid. Hätte ich das gewusst, wäre ich nicht gekommen. Du musst am Boden zerstört sein.«

»Bin ich. Hab eben kein Glück mit den Weibern. Aber im Grunde war sie auch nur eine hässliche Alte.«

Auf Frauen schien mein Gesprächspartner nicht gut zu sprechen zu sein. Er hatte sie mir gegenüber bislang auf ihr Aussehen reduziert. Steckte mehr dahinter?

Ich lag auf der Lauer. »Willst du darüber sprechen?«

»Was gibt es da zu sprechen? Wir lebten beide von Hartz IV. In der Warteschlange beim Amt haben wir uns kennengelernt. Ganz unsympathisch waren wir uns am Anfang nicht. Die erste Zeit nach unserem Zusammenziehen lief es sogar einigermaßen. Dann …«

Arnfried verstummte bedeutungsvoll. Lag in diesem offen gelassenen Satz sein Motiv, einen Killer angeheuert zu haben? Dafür besäße er allerdings nicht die Kohle als Langzeitarbeitsloser. Ich verwarf den Gedanken schnell wieder.

»Wie verbringt man denn so seine Tage, wenn man keiner Beschäftigung nachgeht? Hat euch die Langeweile auseinandergebracht?«

»Nee. Eher war es so, dass keiner mehr Lust hatte, Geduld mit dem anderen zu üben. Sie mit ihren ewigen Motorradausflügen. Ganz selten durfte ich mit. Noch seltener durfte ich selbst fahren. Und ich bin ein guter Fahrer – das schwöre ich dir. Die Karre war halt Gertruds Heiligtum. Ihr letztes Stück Freiheit, wie sie das nannte. Mit dem Gegenteil von Freiheit meinte sie zu dieser Zeit bereits mich.«

»Ich mag Motorräder. Darf ich mir das Teil mal ansehen? Ein Freund von mir sucht gerade einen Hobel.«

»Ist verschwunden. In der Nacht, als Gertrud ermordet worden ist.«

»Ach. Schade. Hat es der Mörder mitgehen lassen?«

»Keine Ahnung.«

»Wie kann so was passieren? Hast du eine Erklärung dafür? Was meint die Polizei?«

»Ich habe dir eben gesagt, dass es nichts darüber zu sprechen gibt. Dabei bleibt es. Genug gequasselt. Verschwinde jetzt bitte.«

Ich merkte, dass es im Moment nicht weiterging und besann mich auf den vorgespiegelten Grund meines Besuchs.

»Hast du denn jetzt Bilder von damals?«

»Ich müsste sie erst suchen. Im Wohnzimmer. Das betrete ich nicht gerne. Gertrud ist dort umgebracht worden, weißt du …«

»Ja. Natürlich. Ich bräuchte sie allerdings in der nächsten Woche. Unser Jubiläumstag liegt Ende Juli. Bis dahin möchte ich das Album zusammenstellen.«

»Ich rufe dich an, okay? Versprochen.«

»Ja. Gerne. Schreib dir vielleicht meine Nummer auf.« Ich diktierte Arnfried meine Handynummer.

»Darf ich noch mal das Foto von Lotte sehen, bitte.«

Ich tat ihm den Gefallen, wenn auch mit mulmigem Gefühl. Der war immerhin in den Tod seiner Lebensgefährtin verstrickt. Wer konnte ahnen, was solch ein Psychopath alles anstellte?

Arnfried reichte mir das Bild zurück.

»Möglicherweise wäre mit ihr alles anders gelaufen. Oder mit einer anderen normalen Frau an meiner Seite. Wer weiß.«

Er seufzte und stand zum Zeichen, dass meine Audienz beendet war, auf. Ich verstand, erhob mich ebenfalls und gab ihm zum Abschied die Hand. »Vergiss bitte nicht die Bilder. Wir hören voneinander.«

»Tschüss Sigi. Zuerst habe ich dich verflucht, dass du mich so unbeirrbar herausgetrommelt hast. Jetzt bin ich ein bisschen froh. Mach's gut.«

»Mach's besser.«

Arnfried begleitete mich zur Tür. Mein Blick fiel auf die Verriegelungsmechanismen. »Das habt ihr aber gut gesichert hier.«

»Gertrud war ein ängstlicher Mensch.«

Ein wenig wollte ich die Situation noch nutzen, um Arnfried mehr zu entlocken und erfand eine kleine Mär: »Wir hatten irgendwann auch so eine Kette, die man von außen nicht entfernen kann. Einmal habe ich mir einen angesäuselt und Lotte kam nicht herein, weil ich die Kette vorgelegt hatte und nicht auf ihr Klingeln reagiert habe. Sie hat den Schlüsseldienst geholt. Zum Glück bin ich dann doch wachgeworden. Keine Ahnung, wie die so was aufbrechen.«

»Ich auch nicht.«

Schade. Nichts gebracht, meine Lockungen.

Als ich hinausging, sah ich mir im Vorbeigehen die Einbruchspuren genau an, die von den Polizisten beim Stürmen der Wohnung hinterlassen worden waren. Nur das Schlüsselblech war verformt. Weder im Bereich des Riegels noch bei der Kette war gesplittertes Holz zu erkennen. Beide Sicherungen waren beim Eintreffen der Kollegen nicht in Benutzung gewesen, sonst hätten sie bei ihrem Eindringen den halben Türrahmen herausgerissen.

Ich trat in den Hausflur und beendete meinen Besuch ohne mich noch mal umzudrehen. Als ich mein Fahrrad loskettete, spürte ich Arnfrieds Blick im Nacken. Ich bestieg meinen Drahtesel, ohne ihn zu erwidern.

Zwei Telefonate

Heim strampelte ich erst zur Freiherr-vom-Stein-Straße, dann durch den *Kruppwald* aufwärts nach Bredeney. Ich schnaufte die gemächliche, dafür konstante Steigung am Zaun des *Hügelparks* entlang. Abschnittweise stand ich in den Pedalen. Doch ich registrierte die Anstrengung kaum. Mich plagte das schlechte Gewissen, Lotte als Einfallstor zu diesem verschlossenen Typen benutzt zu haben.

Gleichzeitig beschlich mich ein kleiner Anfall von Eifersucht. Anscheinend war zwischen meiner Angetrauten und Arnfried Nußbaum mehr vorgefallen, als sie mir jemals gebeichtet hatte. Und das zu einem Zeitpunkt, zu dem wir bereits als festes Paar galten. Das nagte auf unangenehme Weise an mir, trotzdem es Jahrzehnte zurücklag.

Ich schob die Sache beiseite und überlegte, was ich an Informationen für die Aufklärung des Falls gesammelt hatte. Meinen Weg nahm ich kaum wahr, so sehr fielen mich meine Gedanken an.

Zuerst grübelte ich über die Wohnungstür nach. Drei Vorrichtungen zum Absperren. Ließe ein Typ wie die Ermordete – eine ängstliche Frau gemäß Arnfrieds Auskunft –, die Kette an ihrer Wohnungstür über Nacht entriegelt? Die beiden anderen Schlösser wären durch einen gewieften Eindringling vielleicht zu knacken gewesen ohne großartige Spuren zu hinterlassen. Aber eine massive Kette?

Unter meiner Schädeldecke tickte es weiter. Wie hatte die Ermordete ihr dickes Motorrad finanzieren können als Hartz-IV-Empfängerin? Viel unterwegs schien sie damit gewesen zu sein. Das dafür benötigte Benzin? Steuern? Versicherung? Ihrem Lebenspartner hatte sie diese Maschine anscheinend nur äußerst ungern überlassen. Ihr ganzer, verbliebener Stolz. Ihre Freiheit.

Meine Gedanken sprangen zum Motiv. Die Beziehung zwischen Arnfried Nußbaum und Gertrud Fenger schien zum Tatzeitpunkt bereits kaputt gewesen zu sein. Lag hier der Grund für den Mord? Besaß mein ehemaliger Schulkamerad Kontakte zu Kreisen, in denen man Auftragskiller anheuerte? Von welchem Geld? Und war sein Hass auf Gertrud Fenger wirklich so unermesslich, dass ihn nur ihre endgültige Beseitigung befriedigen konnte? Gab es tiefer verborgene Schichten, die meinem Auge bislang verborgen geblieben waren?

Ich gestand mir ein, dass mich dieser Fragenkomplex zu sehr von dem entfernte, was ich gemäß Faktenlage zu konstruieren in der Lage war. Zurzeit konnte ich nur Vermutungen darüber anstellen, wie ein Täter in die Wohnung gelangt war und diese mit Indizien stützen. Von dieser Hypothese aus wollte der Faden weitergesponnen werden.

Auf dem Rückweg von Werden, hechelnd, schwitzend, fügte ich meine Version der Ereignisse zusammen. Als ich zu Hause ankam, stellte ich meinen Drahtesel in den Keller und räumte das schmutzige Geschirr vom Mittagessen in die Spülmaschine. Anschließend wischte ich den Küchentisch sorgfältig ab. Lotte sollte keinen Grund zur Unzufriedenheit haben.

Ich klopfte mir in Gedanken auf die Schulter. Mit den Ergebnissen des Nachmittags war ich einen Schritt weitergekommen. Behaglich goss ich mir ein Pils ein. Meine Theorie für den Tathergang stand fest. Nur diese Variante war möglich. Wenn sich Arnfried Nußbaum meldete, würde ich ihn beinhart damit konfrontieren. Der entwischte mir nicht. Er war für mich auf eindeutige Weise in die Geschehnisse verwickelt.

Lotte kehrte eine Stunde später von ihrer Einkaufstour zurück, ganz glücklich über eine Hose, zwei Blusen und ein Paar Schuhe. Nach meiner Meinung besaß sie mindestens drei Outfits im selben Stil und in selber Farbstellung. Das sagte ich ihr natürlich nicht, sondern erging mich großzügig in Komplimenten für ihren guten Geschmack. Das war ich ihr mindestens schuldig, nachdem ich ihren Namen bei Arnfried Nußbaum für meine Zwecke missbraucht hatte.

***

Der Erfolg blieb mir an diesem Wochenende treu. Am Sonntagabend sah ich gemeinsam mit Lotte den Tatort. Ich schüttelte den Kopf über eine gefühlte Hundertschaft Spurensicherer, die im Film um die junge Frauenleiche herumstocherte. So dick besetzt war die Polizei im wirklichen Leben nicht.

Ich musterte die Kleidung der Leutchen, um sie mit der von uns verwendeten Ausrüstung zu vergleichen. Einfach so. Dabei fiel mein Blick auf ihre Füße. Alle trugen diese Überschuhe, wie auch wir sie verwendeten. Die Filmfritzen schienen sich informiert zu haben.

Plötzlich fielen mir siedend heiß die flächigen Abdrücke ein, die Falter erwähnt hatte.

Mir war schlagartig klar, woher sie stammten.

Morgen würde ich Hartmut anrufen und ihm meine Deutung unter die Nase reiben. Er würde vor Wut in die Tischkante beißen, dass er nicht selbst darauf gekommen war! Es lag so nahe!

Sobald Lotte am Montag zur Arbeit aufgebrochen war, rief ich im Polizeipräsidium an.

»Dreute.«

»Morgen Hartmut. Hier ist Sigi.«

»Sigi? Ist ja wie in alten Zeiten. Aus dem Nichts heraus ruft der Herr Hauptkommissar an. Was verschafft mir die Ehre, du Herumtreiber?«

»Du hast mir doch von diesen komischen flächigen Spuren erzählt.«

»Ich kenne viele Spuren. Welche bitteschön sollen das genau sein?«

»Na, die aus Werden. Vom Mord.«

»Wo genau wurden die gefunden?«

Spaßvogel! Wieder die alte Quizbesessenheit.

»Na, wenn du so schwer von Begriff bist, dann behalte ich eben für mich, was das ist.«

Damit hatte ich ihn. »Ach die! Hinten im Garten. Die beim eingetretenen Gartentor. Was soll mit denen sein?«

»Du hast bislang keine Idee?«

»Ehrlich gesprochen: Nein!«

»Dabei solltest gerade du ganz genau wissen, woher sie stammen.«

»Ich?«

»Ja, du. Ihr von der Spurensicherung produziert nämlich so ähnliche ständig selber.«

»Hää?«

Ich sah meinen Gesprächspartner förmlich vor meinem geistigen Auge, wie er den Rücken anspannte und sein Ohr heftig an den Telefonhörer presste.

»Du hast wirklich keine blasse Ahnung, was, Hartmut? Der

Dieb des Motorrads hat Überschuhe benutzt. Wie ihr sie auch am Tatort verwendet, um keine eigenen Spuren zu produzieren. Allerdings scheint unser Kandidat darin eine flache Einlegesohle fixiert zu haben, damit auf keinen Fall ein Schuhprofil durchdrückt.«

Es entstand eine kleine Pause. Falter war ins Grübeln verfallen. Dann hörte ich: »Alle Achtung, Sigi. Wie betriebsblind man über die Zeit wird! Da muss erst ein Ehemaliger kommen, der die scharfen Augen mit in den Ruhestand genommen hat. Ich werde das ganz genau prüfen.«

»Bitte informiere Erich. Aber sag ihm lieber nicht, dass du es von mir hast!«

»Aye, aye Sir!«

»Bis dann!«

»Tschüss Sigi.«

Hartmut legte auf.

Er hatte zu tun.

Ich schaute nach draußen. Heute regnete es Bindfäden. Das Wetter lockte nicht.

Wie gerne wäre ich jetzt hinüber ins Präsidium gegangen, hätte Erich meine Tathypothese vorgesetzt und wir hätten uns Alfried Nußbaum vorgeknöpft. Ging nicht. Stattdessen lief ich in der Wohnung herum wie Falschgeld. Sollte ich es wenigstens aufschreiben? Dazu wiederum hatte ich keine Lust. Das bisschen würde ich auch so behalten.

Kurz vor Mittag ging mein Handy. Im Display leuchtete eine unbekannte Nummer auf.

»Siebert.«

»Grüß dich, Sigi. Arnfried hier. Ich habe tatsächlich Bilder für dich gefunden. Darauf seid ihr beide ganz gut getroffen.

Wenn ich mir die so anschaue – kein Wunder, dass ich dich nicht wiedererkannt habe.«

So schnell hatte ich nicht damit gerechnet, von meinem Verdächtigen zu hören. Wenn überhaupt. Und plötzlich dieser muntere Plauderton! Mir fiel vor Überraschung beinahe der Apparat aus der Hand.

»Das finde ich nett von dir, Arnfried«, stammelte ich verdutzt. »Soll ich sie bei dir abholen?«

»Lieber nicht. Mein Nachbar lauert da unten auf jedes Geräusch. Der muss nicht mitbekommen, dass du wieder hier aufkreuzt. Nachher reimt der sich irgendeinen Stuss zusammen.«

»Hast du schon gegessen?«

»Seit der Sache esse ich nur unregelmäßig. Nicht mal gefrühstückt habe ich.«

»Kennst du eine Kneipe in Werden, die am Montag offen hat?«

»Aus dem Stand nur eine Pizzeria.« Hartmut nannte mir die Anschrift.

»Fein. In etwa einer Stunde bin ich dort. Du bist eingeladen.«

»Das wäre aber nicht nötig.«

»Du hast dir die Mühe gemacht und tust mir und Lotte einen riesigen Gefallen. Keine Widerrede.«

»Also gut. Bis gleich.«

Ich drückte das Gespräch weg. Da stellte es sich wieder ein: das alt bekannte Jagdfieber. Ich schaute schnell auf den Fahrplan der Straßenbahn, der bei uns in der Küche an der Pinnwand hängt. Eine Viertelstunde später brach ich auf.

Ein Unfall

Ich fuhr nach Werden und erreichte ziemlich durchnässt die Pizzeria. Nur zwei der Tische waren besetzt. Arnfried konnte ich nicht entdecken. Ich ging zur hintersten Ecke durch. Hier wären wir ungestört.

Es dauerte etwas, bis mein ehemaliger Schulkollege erschien. Mein erstes Bier hatte ich da bereits auf. Scheu wie eine Maus blickte er sich vom Eingang der Pizzeria aus um. Als ob er bei ungewünschten Beobachtungen direkt die Flucht antreten wollte. Dann entdeckte er mich und trat mit huschenden Trippelschritten an den Tisch heran.

»Hallo Sigi. Darf ich?«

»Deshalb bist du hier. Nimm Platz.«

Arnfried hängte seine abgetragene Jacke auf einen Haken an der Wand hinter meinem Stuhl und setzte sich mit dem Rücken zum Lokal nieder. Kein Zweifel: Er befürchtete, erkannt zu werden. Einerseits verständlich.

»Such dir was aus.«

Meine Wahl hatte ich bereits getroffen. Als eine Kellnerin an unseren Tisch kam, bestellte ich Pizza Calzone und ein frisches Bier. Arnfried schloss sich dieser Wahl einfach an.

»Auch einen Schnaps?«, animierte ich ihn.

»Ich trinke keinen Schnaps. Danke.«

Wie interessant. Eine weitere Notiz für mein Hinterstübchen.

Ich bestellte mir trotzdem einen Grappa.

Kaum kehrte uns die Bedienung den Rücken, fingerte mein Tischgenosse ein paar Bilder aus seiner Jacke, die von seinem

Platz aus in Reichweite hing. Es waren fünf Aufnahmen. Ich inspizierte sie genau. Über vierzig Jahre wurden durch sie ausgelöscht. Ich sah einen milchbubihaften Sigi Siebert mit üppigem langem Haar und eine backfischige Lotte mit Mittelscheitel. Unsere Klamotten hätten heutzutage auf jedem Karnevalsball den ersten Preis gewonnen. Von den anderen Typen, die auf den Fotos verewigt waren, erkannte ich maximal zwei wieder. Arnfried war auf keinem der Fotos zu sehen.

»Toll. Einfach toll. Herzlichen Dank. Ich scanne die Fotos ein und dann kriegst du sie zurück.«

»Behalte sie ruhig. Aus solchen Erinnerungen mache ich mir lange nichts mehr.«

»Die sind doch schön. Du kriegst sie auf jeden Fall wieder.«

»Dann musst du dich aber beeilen!«

»Warum?«

»Dies ist das letzte Mal, dass wir uns treffen, Sigi. Ein Kumpel hat mich eingeladen, bei ihm zu wohnen. In Hamburg. Übermorgen bin ich weg.«

Ob sie ihm nicht zur Auflage gemacht hatten, in der Stadt zu bleiben? Ungewöhnlich. Umso wichtiger war der heutige Termin. Ich durfte ihn auf keinen Fall vermasseln.

Die Bedienung brachte unser Bier und wir stießen wortlos miteinander an. Wo sollte ich beginnen?

»Sag mal, Arnfried, wie geht es dir eigentlich mit dieser Geschichte? Ich meine mit dem Verbrechen.«

Von einem Moment auf den anderen kehrte das alte Misstrauen in Arnfrieds Gesichtsausdruck zurück. »Scheiße natürlich. Ich möchte nicht darüber sprechen.«

»Willst du deshalb umziehen?«

»Auch. Ja.«

»Oder willst du jemanden abschütteln?«

»Abschütteln? Was soll das denn bedeuten?«

»Den Mörder deiner Lebensgefährtin.« Ich sagte das in besonders neutralem Ton. Wie jemand, der die Uhrzeit aufsagt.

Arnfried wurde zornig. »Was wird das hier? Ich war der Ansicht, es ginge um ein paar alte Fotos.«

Nun hatte ich einmal den Konfrontationskurs eingeschlagen. Kneifen stand nicht auf meiner Agenda.

»Nein. Es geht mitnichten um ein paar olle Fotos. Mich interessiert etwas ganz anderes. Mich interessiert, warum du dem Mörder deiner Lebensgefährtin den Zugang zu eurer Wohnung ermöglicht hast. Es geht darum, dass du am Tod Gertrud Fengers Mitschuld trägst.«

»Bist du von der Bullerei?«, presste Arnfried zwischen zusammengepressten Zähnen hervor. In seinem Tonfall lag eine Mischung aus überschäumender Wut und Schuldgefühl.

»Heute nicht mehr. Ich war mal bei denen.«

»Hat dich dieser kurzgeschorene Gorilla auf mich angesetzt?«

Ich blieb bei der Wahrheit, denn Erich war ja wirklich der Letzte, der von dieser Unterredung wissen durfte. »Nein. Hat er nicht.«

»Ich gehe jetzt. Das wird mir zu bunt.«

Meine Hand schnellte vor und ich umklammerte Arnfrieds Unterarm wie ein Schraubstock.

»Du bleibst schön sitzen, bis du alles angehört hast, was ich dir zu sagen habe.«

Mein Tischgenosse schüttelte meine Hand unwirsch ab und ich ließ es zu.

»Du hältst mich nicht fest!«

»Hör dir lieber an, was ich zu sagen habe. Möglicherweise kann ich dir helfen.«

»Helfen? Ich brauche keine Hilfe.«

»Hör mir einfach zu. Dann essen wir zusammen und du gehst nach Hause. Mehr verlange ich nicht von dir.«

Hinter seiner Stirn sah ich die Gedanken hin und her flitzen. Fluchtinstinkt und bange Neugier kämpften miteinander. Schließlich rang sich Arnfried dazu durch, sitzen zu bleiben.

Ich holte tief Luft. Dann breitete ich aus, was ich mir zurechtgereimt hatte: »Du hast mir gegenüber zugegeben, dass deine Beziehung zu Gertrud Fenger an einem Tiefpunkt angelangt war. Trotzdem muss es etwas gegeben haben, was dich an sie band. Sonst hättest du sie bestimmt längst verlassen. Ich vermute, sie verdiente mit irgendetwas Geld. Bares, das nicht auf Konten auftaucht. Bares, von dem du nichts hattest.«

»Die Schlampe verdiente Geld? Ha! Märchenonkel!«

»Umso besser für dich, wenn es Märchen sind. Ich will dir Onkel Sigis Märchen erzählen.

Es war einmal ein Prinz. Der war arm und hatte nicht viel erreicht im Leben. Eines Tages traf er zufällig eine Prinzessin. Die war nicht ganz so arm wie er. Da dachte der Prinz: Wenn ich bei ihr im Schloss wohne, dann werde ich es besser haben als jetzt. Und er lauerte der Prinzessin so lange auf, bis sie einwilligte. Er zog zu ihr in den Seitenflügel.

Der Prinz war aber lange auf Abwege geraten und hegte ein dunkles Geheimnis. Er besaß Verbindungen in zwielichtige Kreise. Diese Leute standen außerhalb des Gesetzes. In ihren Reihen gab es sogar Mörder, die für Geld zu allem bereit waren.

Die Prinzessin war nicht dumm. Sie kam ihrem Gemahl irgendwann auf die Schliche. Sie drang in ihn ein, er solle sein dunkles Geheimnis und die Verbindung zu den Verbrechern aufgeben. Als er sich unnachgiebig zeigte, drohte sie ihm damit, ihn zu verraten.

Der Prinz durchwachte schlaflose Nächte. Das Offenlegen seines dunklen Geheimnisses barg für ihn selbst derartig große Gefahren, dass er keinen anderen Ausweg wusste. Er würde die Prinzessin töten lassen.

Der Prinz nahm Kontakt zu den zwielichtigen Kreisen auf und vertraute sich ihnen an. Die Verbrecher schickten ihm einen Mittelsmann, dem er die Gemächer des Schlosses, in denen er mit der Prinzessin lebte, genau beschrieb. Vor dem Hauptportal lag an einem geheimen Platz ein Schlüssel, den die Kinder des Schlossherrn benutzten, wenn niemand zu Hause war. Auch das verriet der Prinz dem Mittelsmann.

An dem Abend, an dem die Prinzessin sterben sollte, feierte der Prinz mit ihr ein kleines Fest zu Zweit. Er überredete sie, mehr von den berauschenden Getränken zu sich zu nehmen, als sie vertrug. Dabei achtete er darauf, selber nur wenig zu trinken. Schließlich war die Prinzessin derart betäubt, dass sie auf dem Diwan einschlief.

Der Prinz entfernte Riegel und Kette von der Tür des Seitenflügels, den er gemeinsam mit der Prinzessin bewohnte. Er öffnete sie einen Spalt, damit der Mörder, der die Prinzessin entleiben sollte, einen ungehinderten Zugang vorfände. Damit der finstere Geselle nach vollbrachter Tat schnellstmöglich flüchten könnte, ist ausgemacht, dass er das Pferd der Prinzessin mitnimmt. Der Prinz legte den Stallschlüssel absprachegemäß auf einer Kommode im Gang des Seitenflügels für den Mörder bereit.

Nun musste er noch dafür sorgen, dass kein Verdacht auf ihn fiel. Er zog sich mit einer Flasche berauschenden Trunks ins Schlafgemach zurück. Ehe die abgesprochene Stunde schlug, leert er sie in raschen Zügen. Er wollte an diesem Abend nichts weiter mitbekommen.

Alles lief nach Plan. Noch in der Nacht wurde der Prinz von Schergen geweckt. Sie erzählten ihm von der getöteten Prinzessin und stecken ihn ins Verlies, denn er wurde natürlich der Bluttat verdächtigt. Doch niemand war in der Lage, dem Prinzen eine Beteiligung daran nachzuweisen. Schließlich kam man nicht umhin, ihn wieder freizulassen.

Und wenn der Prinz nicht gestorben ist, dann sitzt er mir heute Mittag am Tisch gegenüber.«

Arnfrieds Gesichtszüge hatten sich im Laufe meiner eindeutigen Erzählung zu Stein verfestigt.

Ich kenne diese Art Maske genau. Weit entfernt lag ich nicht von der Wahrheit mit meiner grimmschen Version der Ereignisse.

Ich bohrte nach: »Na, wie gefällt dir mein Märchen?«

»Du bist ja bestens darüber im Bilde, wie Gertrud gestorben ist und in welchem Zustand wir uns befanden. Hast wohl mit diesem Gorilla darüber geredet!«

»... und aufmerksam Zeitung gelesen. Weißt du auch, wohin der Killer geritten ist?«

»Das wird mir hier zu bunt. Woher sollte ich?«

Ich schaute meinem Gegenüber scharf in die Augen. »Nach Berlin!«

Arnfrieds Mund stand halb offen. Quer durch seine Iris huschte ein verräterisches Zucken. Der Überrumpelungseffekt saß. »Woher weißt du das mit Berlin?«

Bingo! »Viel spannender ist für mich die Frage: Woher weißt du es?«

Arnfried bemerkte den Fehler zu spät. Seinem anfänglichen Erstaunen über den leichtsinnigen Kommentar, folgte sichtlich die Verzweiflung. Ich konnte diese Veränderung an seiner Mundpartie ablesen. Tagelang hatte ihn Erich in der Mangel gehabt. Und nun so ein Lapsus!

»Keine Sekunde bleibe ich länger hier sitzen! Nie mehr will ich etwas mit dir zu schaffen haben!«

Arnfried sprang auf und drängelte sich hinter meinen Stuhl. Er rupfte so heftig an seiner Jacke, dass der Aufhänger abriss. Mit hastigen Schritten stolperte er quer durch die Pizzeria auf die Straße. Dabei rannte er um ein Haar die Kellnerin um, die gerade unser Essen brachte.

Eine solche Wirkung der Konfrontation Arnfrieds mit meinen Vermutungen hatte ich nicht vorhergesehen. Seine Flucht kam für mich absolut überraschend. Fluchend spurtete ich hinter ihm her. Als ich gerade die Türklinke der Eingangstür in der Hand hielt, hörte ich Autobremsen quietschen. Es folgte ein dumpfer Schlag. Den Atem anhaltend trat ich auf die Straße. Direkt gegenüber dem Lokal war Arnfried Nußbaum in einen Lieferwagen gelaufen.

Schockiert blieb ich im Eingang der Pizzeria stehen. Jemand schubste mich von hinten zur Seite. Ich gab dem Druck willenlos nach. Mein Kopf war leer. Dann kämpften sich aus der Magengegend Schuldgefühle zu ihm empor.

Was hatte ich angestellt? Warum war ich mir des Risikos einer unbedachten Reaktion seitens des Verdächtigten nicht bewusst gewesen? Wir waren uns nicht in einem Verhörraum begegnet, sondern in der Öffentlichkeit. In der Pizzeria stand kein Wachmann an der Tür, der ein Hinausstürzen verhindert hätte. Wäre mir das vor fünf Jahren auch passiert?

Wie ein verfluchter Anfänger war ich vorgegangen! Ich trug Verantwortung für diesen Unfall! Verdammte Verantwortung!

Die Autos hinter dem Lieferwagen schalteten ihre Warnlichtanlagen ein. In der sich bildenden Schlange hupte ein Fahrer, der die Ursache für den Stau nicht erkannte. Die schaulustigen Gäste der Pizzeria schoben mich einen Schritt in den Regen hinaus. Dort blieb ich einfach stehen.

Einer der Drängler stürzte zu dem Verunfallten und leistete erste Hilfe. Ziemlich professionell, wie es aussah. Atemspende und Herzmassage wechselten sich ab. Die Körpersprache des Helfers verriet seine zunehmende Verzweiflung.

Würde Arnfried überleben? Würde mir meine blinde Konfrontationstaktik diese Bürde als Folge auferlegen? Das Quietschen der Bremsen war beängstigend kurz zu hören gewesen. Das Fahrzeug hatte vor dem Aufprall wahrscheinlich kaum Geschwindigkeit verloren. Der Stoß, den der Körper des Flüchtenden zu verkraften gehabt hatte, war ziemlich heftig gewesen.

Der Fahrer des Unfallautos beteuerte Passanten gegenüber seine Unschuld. Der Schock. Er trug keine Schuld. Mein Versagen war Ursache für diesen tragischen Vorfall. Nichts sonst!

Drei, vier Minuten mochte ich derart unschlüssig im Regen gestanden haben, als ein Martinshorn ertönte. Der Krankenwagen fuhr zum Unfallort vor. Die nasse Fahrbahn reflektierte seine blauen Signallichter. Zwei Sanitäter sprangen auf die Straße. Der Ersthelfer unterhielt sich kurz mit ihnen. Sie hockten sich neben den Leblosen und einer der Männer zog ein Stethoskop hervor. Dann setzten sie abwechselnd die Bemühungen des Ersthelfers fort. Ein Polizeifahrzeug kam herangebraust. Die Beamten liefen zu den Sanitätern. Anschließend forderten sie die Neugierigen auf, zurückzutreten. Mich widerte die Schaulust an, die aus vielen dieser Augenpaare sprach. Gaffer haben bei mir immer schon Ekel hervorgerufen.

Die Polizisten fingen an, einige der Umstehenden zum Geschehen zu befragen. Einer der Gäste aus der Pizzeria zeigte in meine Richtung. Der Polizist kam auf mich zu. Ein junger Kerl.

»Wir haben einen Hinweis erhalten, dass Sie den Verunglückten kennen?«

Ich benötigte einen Moment, um zu begreifen, dass wirklich ich gemeint war.

»Ja. Er heißt Arnfried Nußbaum.«

»Sie sollen mit ihm in diesem Restaurant zusammengesessen haben.«

»Das stimmt. Wir haben uns hier getroffen.«

»Name? Anschrift?«

Ich gab dem Polizisten die gewünschten Informationen. Er notierte sie geflissentlich in seinem Notizbuch.

»Was haben Sie miteinander geredet? Liegt in ihrem Gespräch der Grund, dass der Mann panikartig auf die Straße gelaufen ist?«

Trotz meiner miesen Verfassung war mir sonnenklar, dass ich nichts Unbedachtes gegenüber dem Jungspund äußern sollte.

»Ich möchte Herrn Erich Terschüren sprechen. Von der Mordkommission.«

»Mord? Haben wir es hier mit Mord zu tun?«

»Nein. Der Verunfallte ist ein Mordverdächtiger.«

»Woher wissen Sie das?«

»Eben von Herrn Terschüren.«

Der Mann stieß einen Pfiff aus.

»Sieh mal einer an. Ich kümmere mich drum.«

Der Polizist suchte über die Häupter hinweg nach seinem Kollegen. Als er ihn entdeckte, bedeutete er ihm mit einem Handzeichen, näherzukommen. Da er sich gleichzeitig selbst auf ihn zubewegte, konnte ich nicht hören, was sie miteinander besprachen.

Langsam wurde mir eine neue Dimension dieses Unfalls bewusst. Ich hatte mich trotz Erichs deutlicher Ermahnung kräftig in seinen Fall eingemischt. Wie er das wohl auffassen würde? Mächtig stinkig würde er auf mich sein. Auch, wenn ich ihm mitteilen konnte, dass sich Arnfried Nußbaum verraten hatte. Vielleicht würde genau das, etwas herausgebracht zu haben, an dem er sich die Zähne ausgebissen hatte, seinem Zorn auf mich die Krone aufsetzen.

Der Polizist kam mit seinem Kollegen zu mir zurück. »Gleich kommt ein Wagen. Der bringt Sie ins Polizeipräsidium, Herr Siebert.«

Meinen Namen hatte ich vorhin nicht genannt. Sie hatten offensichtlich direkt mit Erich gesprochen und dem war sofort ein Heißluftballon aufgegangen, wer da neben dem verunfallten Arnfried Nußbaum im Regen stand.

Immerhin schaffte mich mein Ex-Kollege aus dem Schussfeld. Ob das gut für mich war, würde sich noch herausstellen.

Aufarbeitung

Keine Viertelstunde später saß ich im Trockenen in meinem alten Büro meinem Ex-Kollegen gegenüber; auf dessen ehemaligem Platz. Erich war soeben zu mir gestoßen. Von Möhrchen keine Spur. Dabei hatte ich so auf ihre Katalysatorfunktion zwischen mir und ihrem Mann gehofft!

Wie ein Pennäler saß ich hier auf Erichs Stuhl. So, wie er das eine oder andere Mal wie ein Erstklässler exakt an dieser Stelle mir gegenübergesessen hatte. Vertauschte Rollen. Ein Kleinscheiß Gefühl!

Ich will Erich zugutehalten, dass er keine überhebliche Pose einnahm. Er strahlte eher Besorgnis aus.

»Sigi, ich muss dir nicht erklären, was du da angestellt hast?«

Schuldbewusstes Kopfschütteln meinerseits.

»Einmischung in die Angelegenheiten der Polizei, Privatermittlungen, was dir schon im Nordkap-Fall am Ende den Job gekostet hat. Dann – was wir noch genau zu besprechen haben – die Verwicklung in einen Autounfall …«

Ich zuckte zusammen. »Lebt er?«

»Ja. Ich erhielt gerade auf dem Flur die Information. Arnfried Nußbaum liegt in Werden im Krankenhaus.«

»Ist es schlimm?«

»Die Ärzte sind zurzeit mit ihm zugange.«

»Mist, Mist, Mist«, entfuhr es mir wenig pietätvoll, dafür die Situation trefflich beschreibend.

»Du hältst mich auf dem Laufenden? Bitte!«

»Wenn ich Genaueres weiß, melde ich mich«, versprach Erich halbherzig.

Dann holte er tief Luft. »Wo fangen wir jetzt an, Sigi? Bei der Frage, warum du ihm entgegen meiner Bitte nachgestiegen bist? Oder erörtern wir zuerst, was du aus ihm herausgekitzelt hast? Oder willst du gleich damit loslegen, warum er auf die Straße gelaufen ist, direkt vor diesen Lieferwagen? Wollte er sich das Leben nehmen? War das die Reaktion auf das Gespräch, das ihr zuvor miteinander geführt habt? Zeugen haben den Kollegen gegenüber so was geäußert, wenn ich recht im Bilde bin. Fang an, wo du willst Sigi. Nur: Fang endlich an!«

Erich stemmte die Ellbogen auf den Tisch, legte seine Kinnpartie auf die geballten Fäuste und musterte mich scharf über die beiden Schreibtische hinweg. Er hatte dazugelernt. Er schaute mir tief in mein schlechtes Gewissen. Ich wusste nicht, welcher Anfang der richtige war, um ihm beizubringen, dass ich mir meinen alten Schulkameraden vorgeknöpft hatte. Am besten schien mir, ganz vorne anzufangen.

»Ich kenne Arnfried Nußbaum aus meiner Jugend. Wenn auch der Kontakt früh abgebrochen ist. Er ist ein Klassenkamerad von mir. Das verschaffte mir einen Vorwand, ihn aufzusuchen. Am Samstagnachmittag bin ich zu ihm …«

Je mehr ich darüber sprach, desto flüssiger wurde mein Bericht. Ich ließ nichts aus, fügte nichts hinzu. In meiner Situation war es nur richtig – und vor allem fair gegenüber Erich –, reinen Tisch zu machen. Ich legte meinem Ex-Kollegen meine Sichtweise des Tathergangs auseinander. Dabei beleuchtete ich alle Details haarklein. Jetzt noch mit Erich zu spielen, wäre mir allzu schäbig vorgekommen.

Mein Gegenüber veränderte während der ganzen Beichte über nicht seine Haltung. Sein Kinn blieb auf die Fäuste gestützt, seine Augen fixierten mich starr. Als ich »Berlin« erwähnte, zuckte er kurz mit den Augenbrauen. Er sagte jedoch nichts.

»... und dann haben mich die Polizisten hierhergebracht.«

Ich setzte den Punkt hinter meinen Bericht und erwartete das Urteil.

Erich richtete sich in seinem Stuhl auf und verschränkte die Hände hinter dem Kopf. Es entstand eine Pause, in der jeder von uns des anderen Atem hören konnte.

»Sigi, Sigi, Sigi. Das hättest du uns allen ersparen können. Dass Nußbaum den Mörder hineingelassen hat, das war für mich immer Fakt. Wenn wir den Täter haben, hätte ich die beiden gegenübergestellt. Die hätten gesungen, ganz bestimmt. Dazu kommt es ja jetzt nicht mehr so schnell. Dank dem unautorisierten Vorpreschen eines gewissen Herrn.«

Der tat weh. Richtig weh. Ich hatte mir eingebildet, Erich behilflich zu sein. Möhrchen hatte mich darin bestärkt, es zu versuchen. Jetzt erkannte ich bitter die Selbstgefälligkeit, die in meinem eigenmächtigen Vorgehen lag. Natürlich war das Erichs Fall und natürlich bestimmte er den Weg, den er zu seiner Aufklärung beschritt. Ich kam dabei nicht vor. Nicht einmal als Publikum. Ich schämte mich, wie ich mich selten im Leben geschämt habe.

»Entschuldige bitte, Erich. Es ist über mich gekommen. Einmal wieder der Spürhund sein, einmal wieder die Nase auf die Fährte drücken und sich zum Täter durchschnüffeln. Dass du derjenige bist, der heute am Drücker sitzt, habe ich einfach verdrängt.«

Erich verkniff es sich nicht, einen weiteren heiklen Aspekt anzusprechen.

»Woher weißt du von Berlin?«

Ich wand mich. »Da wurde doch das Motorrad gefunden. Richtig?«

»Ja, richtig. Aber woher weißt du davon?«

Ausgerechnet ich sollte petzen! Meine geschätzte Ex-Kollegin gegenüber ihrem Mann denunzieren! Aber würde er es nicht sowieso herausfinden? Wäre das vielleicht sogar noch schlimmer?

»Von Möhrchen«, gestand ich kleinlaut. Jetzt hatte ich entgegen meinen heiligen Schwüren doch die kleine Rote in den Schlamassel hineingezogen!

Ich ertrug Erichs vorwurfsvollen Blick nicht länger und legte die rechte Hand über die Augen. Tatsächlich fing ich an zu schluchzen.

Das rührte Erich anscheinend, denn sein Ton wurde eine Stufe milder.

»Na klar. Möhrchen. Hinter meinem Rücken. Ich bin ein Hornochse, dass ich zu Hause davon erzählt habe. War doch vorherzusehen, dass ihr beide die Köppe zusammensteckt«, bemerkte er stöhnend.

»So war es nicht, Erich. Ich bin in sie gedrungen. Deine Frau trifft keine Schuld. Fass sie nicht hart an. Ich bitte dich darum.«

»Mensch Sigi, was mache ich jetzt mit dir? Ich stecke leider selbst mit drin. Von mir hast du Namen und Adresse von Arnfried Nußbaum. Wahrscheinlich sogar die eine oder andere Information mehr, die nicht in der Zeitung stand. Dass du wieder auf eigene Faust ermittelt hast, könnte dich möglicherweise die Rente kosten. Um das zu beurteilen, kenne ich die Rechtslage zu wenig.«

»Gelbarth ist weg.«

»Ja, unser alter Chef, der dich rausgeschubst hat, ist weg. Auch wenn du es nicht für möglich hältst: Der Jetzige ist um einiges schlimmer. Hund heißt er.«

»Was willst du jetzt machen?«

»Wir müssen für den Bericht Formulierungen finden, die keinem von uns allzu wehtun. Reiß dich zusammen, Sigi. Arbeiten wir dran!«

In der nächsten Stunde berieten Erich und ich über den besten Weg. Wir kamen überein, dass seine Rolle als Informant überhaupt nicht erwähnt werden sollte. Der Zeitpunkt meines ersten Treffens mit Arnfried fiel rein zufällig mit seiner Entlassung zusammen und hatte ausschließlich dem Zweck gedient, alte Fotos zu beschaffen. Erst während meines Besuchs hatte ich erfahren, dass er etwas mit dem Mord an Gertrud Fenger zu tun hatte, von dem ich aus der Zeitung wusste. Bei der Übergabe der Fotos in der Pizzeria hatte ich ihm den Tathergang als eine Vermutung geschildert, wie die Polizei über den Ablauf denken könnte und damit die Überreaktion Arnfrieds ausgelöst.

Mit einem schweren Seufzer beschloss mein Ex-Kollege die Unterredung.

»Ich bringe das alles zu Papier und du kommst später zum Unterschreiben. Wo ist eigentlich meine Frau? Jetzt könnte ich ihren Kaffee gebrauchen.«

»Und ich erst! Noch mehr brauche ich einen Schnaps. Den gibt es gleich bei mir zu Hause.«

Erich wurde plötzlich wieder ganz ernst. »Ab jetzt lässt du die Finger von solchen Privatermittlungen, hörst du, Sigi. Säße nicht ich hier, sondern unser scharfer Boss Hund, der dich nicht kennt, würde die Sache niemals so glimpflich ausgehen. Vorausgesetzt, der kauft mir die besprochene Version des Geschehens ab.«

Mein Gewissen pochte. »Danke, Erich. Ich melde mich nur noch, wenn mir etwas vor die Füße fällt, das du gebrauchen kannst.«

Erich drohte mir mit dem Finger wie einem vorwitzigen Gernegroß im Kinderhort. »Aber nicht den Zufall herbeiführen!«

»Geht das?«

Erich grinste. Ich fühlte mich ertappt.

»Du Schlitzohr. Ich nehme dir dieses Versprechen auch deinetwegen ab, Sigi. Um dich zu schützen. Vergiss das bitte nicht.«

»Verstanden, Erich«, bestätigte ich ihm kleinlaut, dass seine Botschaft angekommen war.

»Gut. Dann darfst du jetzt gehen. Tschüss Chef.«

Chef hatte mich Erich zu meiner aktiven Zeit immer scherzhaft genannt. Heute lag in diesem Wort eine doppelte Bedeutung, das spürte ich: Die Anspielung auf die alten Zeiten und damit gleichzeitig der freundliche Hinweis, dass sie ein für alle Mal vorbei waren. Er war wirklich gereift, seit ich weg war, mein Ex-Kollege.

Ich erhob mich.

»Tschüss Erich«, verabschiedete ich mich ohne Handschlag und verließ das Polizeipräsidium auf dem kürzesten Wege und mit gebeugtem Rücken.

***

Zu Hause goss ich mir zwei von meinem edelsten Whiskey

ein. Der muss nur zu besonderen Gelegenheiten herhalten. Meine Verwirrung legte sich dadurch kein bisschen. Sie wurde nur etwas gedämpft vom Alkohol.

Als ich mich etwas beruhigt hatte und mir behutsam die Frage vorknöpfte, worin wohl Arnfrieds Kurzschlussreaktion begründet lag, polterte Lotte in die Wohnung.

»Schatz, hallo, wo steckst du?«

»Hier.«

Meine klägliche Stimme löste bei Lotte ein Alarmsignal aus. Sie kam herbeigeeilt.

»Wie siehst du denn aus? Ganz blass um die Nase und am Nachmittag schon Schnaps? Was ist passiert?«

»Ich habe eine große Dummheit begangen. Ich weiß nur noch nicht, was genau ich falsch gemacht habe.«

Lotte hockte sich auf die Lehne meines Sessels. »Erzähl.«

»Lieber nicht, Schatz. Es ist zu frisch.«

»Ich bestehe darauf. Schau in den Spiegel! Du gibst eine total jämmerliche Figur ab!«

Nur keinen neuen Streit. Erst recht nicht mit Lotte.

»Na gut. Wir haben uns doch neulich gemeinsam an Arnfried Nußbaum erinnert.«

»Arnfried wer? Ach ja, der aus der Schule. Was ist mit dem?«

»Er hat einen schweren Unfall gehabt.«

»Bedauerlich. Aber warum haut dich das so aus der Kurve? Den haben wir Jahrzehnte nicht beachtet und müssen jetzt nicht wieder damit anfangen.«

»Ich bin nicht ganz unschuldig daran.«

Bei Lotte löste dieser kurze Satz eine Reaktion aus, die bei ihr höchst selten zu beobachten ist: Sie war für einen Moment sprachlos. Dann fing sie sich.

»Wie jetzt? Hast du etwa noch Kontakt zu ihm gehabt?«

»Besucht habe ich ihn sogar.«

Die Bestürzung bei meiner Angetrauten schlug in Argwohn um. »Da steckt bestimmt mehr dahinter. Ich kenne dich, Sigi.«

In diesem »ich kenne dich« lag eine mir wohlbekannte Drohung. Mir stand eine höchst unangenehme Beichte bevor!

»Erinnerst du dich an diesen Mordfall in Werden vor ein paar Wochen?«

»Nein. Aber du wirst meine Erinnerung daran gleich auffrischen. Da bin ich sicher.«

Ich erklärte Lotte in groben Zügen die Umstände der Tat. Dann kam ich zum springenden Punkt. »Erich konnte ihm nichts nachweisen. Sie haben Arnfried nach Hause geschickt.«

Ich sah Lotte an, dass ihr etwas dämmerte. »Und du doofe Nuss hast geglaubt, einspringen zu müssen? Weil Erich es nicht packt, oder was?«

Meine Frau ist unbedingt eine Schnellmerkerin. Zumindest, wenn es um ihren Mann geht.

»Ertappt, Lotte. Ich habe ihn besucht und eine kleine Finte benutzt, um ihm näherzukommen.«

»Weiter, weiter. Ich bin noch da.«

Ich berichtete von meinem ersten Besuch. Dass ich sie als Türöffner missbraucht hatte, kehrte ich lieber unter den Teppich. Das brauchte ich Lotte nicht unter die Nase zu reiben.

Meine Allerbeste begriff schnell. »Aha. Hast dich bei ihm eingeschleimt. Olle Bilder und so. Auf die sentimentale Tube gedrückt. So macht das ein Hauptkommissar im Ruhestand.«

»Genau. Heute hat Arnfried sich wieder gemeldet. Er hätte die Bilder herausgesucht. Ich habe mich mit ihm in Werden zum Mittagessen getroffen.«

»Lass mich raten. Du hast eine Vermutung gehabt, wie alles zusammenhängt und hast ihn brühwarm der Mithilfe beim Mord an seiner Lebensgefährtin beschuldigt. Ist doch so, oder?«

Lotte las in mir wie in einem Buch. Ihr etwas vorzumachen war mir unmöglich.

»Genau«, war das einzige Wort, das ich hervorzupressen in der Lage war.

»Los, los, los! Davon stirbt man nicht. Da fehlt doch noch was!«

»Lotte, du quälst mich. Es fällt mir schwer, darüber zu reden.«

»Du hast dir den Mist eingebrockt und mich wieder mal nicht über deine kruden Aktionen informiert. Jetzt stehe gefälligst Rede und Antwort.«

Stockend schilderte ich den Verlauf des Gesprächs in der Pizzeria und den anschließenden Unfall. Lotte unterbrach mich nicht, sogar, als ich eine längere Pause einlegte, um heftig gegen mein aufbegehrendes Dauerschlucken anzukämpfen. Ihre Miene blieb für mich undurchdringlich. Sie konnte ebenso gut einen Versuch, mich zu trösten wie einen Hagelsturm ankündigen.

Schließlich beendete ich meine Beichte mit der Absprache, die ich mit Erich getroffen hatte. Einen Augenblick herrschte angespannte Stille in unseren vier Wänden.

Dann brach das Unwetter los. »Sigi, du bist unverbesserlich. Was hast du mir im Krankenhaus geschworen, damals nach deiner Verletzung in Namibia?« Sie verstellte ihre Stimme ins Weinerliche. »Nie mehr nehme ich solche Gefahren auf mich. Das schwöre ich dir. Lotte. Nie mehr belüge ich dich. Das hier ist mir eine Lektion fürs Leben. Von dieser Art Leichtsinn bin ich gründlich kuriert.«

Sie sprach zornig weiter. »Und das hier? Dieselbe Sigi-Siebert-Geheimer-Eichkater-Tour. Dasselbe Kopf-durch-die-Wand-ich-kriege-ihn-Ego. Nie wirst du schlau, Sigi, nie! Ich ärgere mich, dir deine Beteuerungen damals abgenommen zu haben. Ich hätte es besser wissen müssen.«

Trotz meiner miesen Verfassung forderte mich die Abkanzelung zur Gegenwehr heraus.

»Mein Versprechen habe ich gehalten. Es war nicht gefährlich.«

»Das konntest du nicht ahnen. Ein Mensch kann sich in beinahe fünfzig Jahren schwer ändern. Richtig einschätzen konntest du Arnfried Nußbaum bestimmt nicht. Schließlich hast du ihn verdächtigt, an einem Mord beteiligt zu sein. Das allein hätte gereicht, ihm Gefährlichkeit zu unterstellen.«

»Deshalb habe ich mich mit ihm im öffentlichen Raum getroffen. Das war mein Schutz.«

»In einer Kneipe ballert man keine Leute um? Dann habe ich in den langen Jahren deines Polizeidienstes nicht richtig aufgepasst. Belogen hast du mich obendrein!«

»Ich habe nicht gelogen. Ich habe dir nur nicht alles gesagt. Das ist ein Unterschied.«

Lotte äffte mich nach. »Ich habe dir nur nicht alles gesagt, ich habe dir nur nicht alles gesagt.« Sie versetzte mir in scharfem Ton den letzten Stoß. »Für mich, mein Lieber, ist Verschweigen eine Form der Lüge.«

Lottes harter Verweis provozierte mich. Unbedacht schnitt ich zur Ablenkung ein Thema an, dass ich lieber ruhen gelassen hätte.

»Ach. Und bei dir ist das etwas anderes? Hast du mir etwa erzählt, dass dir Arnfried nachgestiegen ist?«

Verblüfft sah mich Lotte an. »Hää? Ich habe ihn genauso lange nicht mehr gesehen wie du.«

»Zu Schulzeiten, meine ich. Sogar einen gestohlenen Ring hat er dir schenken wollen. Kein Sterbenswörtchen hast du mir davon anvertraut.«

»Sigi! Du willst mir jetzt nicht im Ernst Dinge vorhalten, die Jahrzehnte zurückliegen?«

»Doch. Das will ich. Mein Verschweigen verjährt auch nicht.« Überflüssigerweise äffte ich jetzt Lotte nach: »Für mich ist Verschweigen eine Form der Lüge.«

Meine Beste stemmte die Fäuste in die Hüfte. Sie lief rot an. »Dein Verschweigen hat während der letzten Woche stattgefunden.«

»Was ändert das?«

»Dir ist nicht zu helfen, Sigi. Sieh zu, wir du von deinem Emotions-Karussell runterkommst. Ich gehe.«

Lotte rutschte von der Sessellehne. Kurz danach hörte ich, wie die Wohnungstür heftig ins Schloss geworfen wurde. Ich war wieder allein.

Eine Weile später war mein Zorn so weit heruntergekühlt, dass ich klarer denken konnte. Im Nachhinein musste ich Lotte zustimmen. Ihre Jugendsünden, wenn man es überhaupt so nennen durfte, waren lange verjährt. Mein Kerbholz wies die frischen Schnitte auf. Die zählten wirklich schwerer!

Miese Gefühle

Lotte war erst gegen zehn Uhr nach Hause zurückgekehrt. Sie hatte mich schnarchend im Wohnzimmer vorgefunden und keine Lust verspürt, ihren Ehemann zu wecken. Als ich mitten in der Nacht aufwachte, weil mich die Blase quälte, hatte ich nicht gewagt, zu ihr ins Bett zu huschen. Sonst hätte ich sie womöglich wieder aus dem Schlaf gerissen.

Für mich war die Nachtruhe beendet. Meine Sitzhaltung im Sessel war zu unbequem. Erst gegen Morgen hörte ich mir bestens vertraute Geräusche aus dem Schlafzimmer. Das typische morgendliche Herumgepolter meiner Frau. Feige blieb ich sitzen und stellte mich schlafend. Ich spürte, dass meine Angetraute einen Blick ins Wohnzimmer warf und hörte sie anschließend im Badezimmer.

Sollte ich sie länger im Glauben lassen, dass ich schlief? Zu kindisch!

Als Lotte im Badezimmer fertig war, räusperte ich mich auffällig. Lotte kam im Bademantel herein, plumpste mir gegenüber ins Sofa und nahm mich ins Visier.

»Da hast du einen netten Bockmist angestellt.«

Ich wich aus, um nicht an derselben Stelle wieder anzufangen, wo wir gestern mit Kebbeln aufgehört hatten.

»Wohin bist du gestern ausgebüxt?«

»Bei Erika war ich.«

Erika war eine der vielen Freundinnen von Lotte, zu der sie einen guten Draht besaß. Ihr geschiedener Mann war ebenfalls bei der Polizei beschäftigt gewesen. Ich ahnte, worum sich die Gespräche der beiden Frauen gedreht hatten.

Lotte ließ mich zappeln. »Was hat dich die Nacht im Sessel über dein Verhalten gelehrt?«

Puuh. Auf solch ein Verhör war ich nicht vorbereitet. Ich wand mich. »Mir geht Arnfried nicht aus dem Kopf. Sein Unfall. Mein Versagen.«

»Und?«

»Lotte, ich bin selber nicht mit mir klar. Quäl mich bitte nicht.«

»Also gut. Wenn du damit fertig bist, melde dich. Ich werde dich nicht mehr danach fragen.«

Lotte verschwand ins Schlafzimmer, um sich anzukleiden, und ich deckte derweil in der Küche den Frühstückstisch. Dann beschlagnahmte ich das Bad. In der Zeit, in der ich geduscht und angezogen war, hatte meine Göttergattin bereits aufgegessen.

»Ich muss heute für eine Kollegin einspringen. Wird später.«

Ich setzte mich auf meinen Stammplatz. Dackelblick.

Lotte stand auf und kam zu mir. Sie nahm meinen Kopf und drückte ihn an ihre Brust. »Ach, Sigi. Was ich mit dir durchmachen muss. Machst es dir selber schwer und mir mit. Was steckt da bloß in dir drin, dass du ständig meinst, die Welt retten zu müssen?«

Mir tat diese Geste gut. Ich war nicht allein mit meinem Problem. Ich hatte Lotte.

»Mein Eindruck war, Erich käme nicht alleine zurecht. Und irgendwie hat es mich geritten, mal wieder zu ermitteln. Haushalt, Spaziergänge, Sport, auf dich warten – das ist auf die Dauer etwas wenig. Und dann dieser Zufall, dass Arnfried kein Unbekannter war. Die Neugier, was aus einem ehemaligen Mitschüler geworden ist, wie er sein Leben gestaltet hat, in welchen Verhältnissen er wohnt. Das war eine Gelegenheit, der ich nicht widerstehen konnte.«

»Ich bin fest davon überzeugt, deine kriminalistische Neugier hat die Neugier auf Arnfried Nußbaums Leben bei Weitem überwogen. Du unverbesserlicher Kriposchnüffler!«

Das war Lottes deftiger Jargon, kein Abkanzeln. Sie presste mir einen Kuss auf die Stirn.

»So, jetzt muss ich gehen. Mach mir keine weiteren Dummheiten, hörst du!«

»Werde mich bemühen«, versprach ich.

Zu voreilig, wie sich herausstellen sollte.

***

Im Laufe des Vormittags meldete sich Möhrchen. Dass sie ebenfalls Schuldgefühle entwickeln könnte, daran hatte ich bei meinem ganzen Selbstmitleid überhaupt nicht gedacht. »Mensch Sigi. Ich bedauere es zutiefst, dich zur Mithilfe ermuntert zu haben. So ein tragischer Ausgang! Ich fühle mich mitverantwortlich.«

»Ich habe es vermasselt, Möhrchen. Nicht du.«

»Der Erich ist total stinkig.«

»Hast du alles gebeichtet? Auch, dass du mich ermuntert hast?«

»Du kennst mich, oder?«

Klar kannte ich meine ehemalige Kollegin. So gut wie nach Lotte keine zweite Frau. Grundehrlich war sie. Bis zur Selbstaufgabe.

»Der hat dich zur Sau gemacht, stimmt's?«

»Nein. So was macht Erich nicht. Tieftraurig war er, fühlte

sich durch uns beide hintergangen. Richtige Gewissensbisse habe ich.«

»Trotzdem Möhrchen. Ich habe es falsch angepackt und da liegt der Hund begraben. Das Wenige, was du hinter Erichs Rücken an Geheimnissen mit mir geteilt hast, okay, das geht auf deine Kappe. Aber der Unfall von Arnfried Nußbaum, der geht allein auf meine.«

Die kleine Rote hatte noch etwas auf dem Herzen. Sie druckste etwas herum, ehe sie damit herauskam.

»Du, Sigi, sei so lieb und mach nicht weiter.«

Zunächst verstand ich nicht. »Weiter? Womit?«

»Mit deinen Hobby-Ermittlungen.«

»Hobby? Du willst mir wohl durch die Blume zu verstehen geben, ich bin heute nur noch Laiendarsteller?«

»So war das nicht gemeint.«

Ich hörte durchs Telefon, wie peinlich ihr meine Verdächtigung war. »Beruhige dich. Wie sollte ich denn weitermachen? Es gibt doch nichts außer diesem Motorrad. Und das wurde in Berlin entsorgt.«

»Du hast immer Ideen entwickelt, auch wenn ein Fall aussichtslos schien. Du wirst bestimmt wieder eine haben. Wenn dich eine davon überfällt: Lass es einfach bleiben. Oder teile sie mit mir. Ich finde dann schon einen Weg, sie Erich zu stecken.«

»Schönen Dank. Ich habe die Nase voll. Was meinst du, wie mich Lotte ins Gebet genommen hat.«

Möhrchen kicherte wissend. »Dann ist ja gut. Ich wünsche dir alles Gute.«

Mir fiel noch etwas ein. »Um einen Gefallen möchte ich dich bitten, Möhrchen. Falls du mitbekommst, dass es Arnfried Nußbaum besser geht, dann sage mir bitte Bescheid. Erich hat es mir zwar bereits versprochen – aber nach all den Scherereien, die ich ihm bereitet habe, hätte ich Verständnis dafür, wenn er keinen Bock auf Kontakt mit mir hat.«

»In Ordnung. Kann ich versuchen. Wenn es auch keine Info ist, die mir über den Schreibtisch spazieren wird.«

»Bitte.«

»Ist ja gut. Ich bemühe mich.«

»Danke!«

Wir verabschiedeten uns voneinander.

Ich war wieder allein mit meinem schlechten Gewissen. Der Tag kotzte mich an. Ein typischer Tag danach – nach dem Versagen.

Frische Luft.

Raus.

Das war das einzige Rezept.

***

Ich verfiel darauf, meinen Kopf in der *Gruga* zu lüften, einen Katzensprung von unserer Wohnung entfernt. Am Eingang Orangerie löste ich eine Eintrittskarte.

Der botanische Garten *Gruga* geht auf die *Große Ruhrländische Gartenbau-Ausstellung* zurück, in seinem Kern am Ende der Zwanziger von hunderten Notstandsarbeitern angelegt. Trotz seiner Nähe besuchen Lotte und ich den Park eher selten. Im Schnitt vielleicht einmal im Jahr. Wenn das Wetter schön ist, wird es uns dort schnell zu rummelig.

Heute brauchte ich Menschen um mich herum.

An diesem Vormittag bestand das Publikum hauptsächlich

aus Müttern mit kleinen Kindern und Rentnern. Warum wehrte ich mich gefühlsmäßig dagegen, zu letzterer Spezies zu gehören? Typisch Sigi Siebert.

Ich hielt auf den *Margarethensee* zu und setzte mich an seinem Ufer auf eine Bank. Um mich herum herrschte großer Friede.

Mein Oberstübchen kehrte zurück zu den gestrigen Ereignissen. Was mich im Moment schmerzte, war, dass ich eigentlich nichts über Arnfried wusste. Was war er für ein Mensch? War es seine Art, in brenzligen Situationen einfach davonzulaufen? Und, ja, ganz bekam ich es nicht aus dem Kopf: Wie viel Mitschuld trug er am Mord an Gertrud Fenger? War er nun die treibende Kraft oder war er es nicht?

Nach einer halben Stunde Vertiefen in die Spiegelungen des Wassers war ich immerhin so weit, Lotte zuzustimmen. Kriminalistische Neugier war die Triebfeder für diesen Versuch gewesen, an alte Zeiten anzuknüpfen. Das persönliche Interesse an Arnfried Nußbaum besaß eine absolut untergeordnete Bedeutung. Meine Fragestellungen bezüglich seines Charakters waren mitnichten persönlicher Natur.

Ich erhob mich und stiefelte weiter zum *Lindenrund*. Eine vier Meter hohe Hecke umschließt hier einen kreisförmigen Platz. In der Mitte des Rondells ist ein Beet angelegt. Dort holt eine steinerne Speerwerferin zum Wurf aus. Ich betrat das Rund durch einen der hineingeschnittenen Torbögen und bezog die nächste Bank.

Was war in mir vorgegangen? Ich legte einem Verdächtigen meine Rekonstruktion des Tathergangs auf den Tisch, zudem in einer Situation, in der er unmöglich darauf gefasst sein konnte. Welche Reaktion hatte ich erwartet? Dass er alles zugibt und mich bittet, ihn zur nächsten Polizeidienststelle zu bringen? Hätte ich Arnfrieds heftige Reaktion auf meine Anschuldigung nicht vorausahnen können, sogar müssen?

Naiv war ich gewesen. Ich hatte die Pizzeria mit dem geschützten Verhörraum im Polizeipräsidium verwechselt. Ein fataler Fehler. Allzu direkt war ich auf mein Ziel losgeschossen. Blind vor Ehrgeiz. Verblendet von der Verlockung des raschen Erfolgs. Darin lag mein Versagen.

Wie sollte ich dieses Gefühl des Unvermögens, das Gefühl, Verursacher oder zumindest Auslöser der amokartigen Flucht Arnfrieds mit dem schweren Unfall als Folge jemals loswerden? Würde es mich den Rest meines Lebens begleiten und in dunklen Momenten ans Licht hervorbrechen? Als weiterer Pfahl im Fleisch?

Je mehr ich darüber nachgrübelte, desto mehr wurde mir eines deutlich: Wenn ich jetzt aufgab, weiter zur Festsetzung des Mörders von Gertrud Fenger und zur Aufklärung seiner Verbindung zu Arnfried Nußbaum beizutragen, würde mir die ganze Geschichte mehr nachlaufen, als wenn ich meine Mission fortsetzte. Im Weitermachen lag die für mich richtige Therapie. Durch Arnfrieds Unfall war ich tiefer in den Sumpf hineingezogen worden, ihm beileibe nicht entronnen. Der Mordfall und seine Umstände waren kein neutraler Fall mehr, der sich irgendwo, irgendwann abgespielt hatte und der für mich kaum mehr war, als eine Tatsacheninformation. Ich steckte drin im Schlick, hatte mich eingemischt und um vor mir selbst zu bestehen, musste ich mich weiter nach Kräften einbringen. Allen gegenteiligen Versprechungen gegenüber Lotte, Möhrchen und Erich zum Trotz. Mein Naturell verlangte danach.

Ich verließ das *Lindenrund* und schlug den Weg in Richtung *Rollschuhbahn* ein, um von dort entlang der *Tummelwiese* wieder zum *Margarethensee* zurückzukehren. Seine Wasserfläche döste unverändert im Licht.

Unterwegs hing ich weiter meinen trüben Gedanken nach. Ich bezog erneut Stellung auf der ersten Bank. Eine Viertelstunde später stand mein Entschluss felsenfest: Ich würde die Untersuchung des Falls mit meinen eigenen bescheidenen Mitteln fortsetzten. Bis zu seiner Lösung. Ich konnte unmöglich aus meiner Haut. Das würde mich zumindest von meinen Schuldgefühlen ablenken.

***

Arnfrieds Unfall und meine Beteiligung daran, kamen zu Hause zum Glück nicht mehr auf den Tisch. Lotte mied das Thema und ich war froh, mich nicht weiter rechtfertigen zu müssen. Das nagte so schon genug an mir.

Ende der Woche meldete sich Erich. Mein Ex-Kollege informierte mich über Arnfried Nußbaums Gesundheitszustand. Schön von ihm, dass er Wort hielt. Die Ärzte hatten ihn in ein künstliches Koma versetzt. Seine Chancen, zu überleben, standen etwa fifty/fifty.

Erich hielt sich knapp am Telefon. Ich spürte deutlich, dass ihm unser Gespräch schwerfiel. Verdenken konnte ich ihm das nicht. Zu tölpelhaft war ich ihm in die Parade gefahren. Auf offizieller Seite hatte er das auszubaden. Ob sein geschönter Bericht unverdächtig bliebe?

Außerdem musste Erich natürlich den Eindruck gewonnen haben, ich würde seine Arbeit missachten, ihm die Lösung des Falls nicht zutrauen. Das war zugegebenermaßen eine der Triebfedern für meinen Versuch gewesen, Arnfried Nußbaum zu stellen. Wie überheblich von mir, mich von der Seite aus einzumischen. Ich hatte etwas gutzumachen.

Anhörung

Erichs Bericht hatte wohl doch Nachfragen seiner Vorgesetzten provoziert. An einem Morgen – Lotte war zum Glück arbeiten – erhielt ich seinen Anruf.

»Der Chef möchte mit dir sprechen.«

»Wann?«

»Morgen Nachmittag. So gegen dreizehn Uhr dreißig.«

»Muss ich etwas Besonderes beachten?«

»Nur, dass du mich raushältst und nicht in die Pfanne haust. Dazu solltest du dich natürlich hüten, von Dingen zu wissen, die nicht in der Zeitung standen. Und überlege dir, wie du an seine Adresse gekommen bist. Von mir hast du die auf keinen Fall erfahren, hörst du!«

»Ich gebe mein Bestes, Erich. Ehrenwort.«

»Könnte mir vorstellen, dass du mir das schuldig bist. Bis Morgen.«

Kurz angebunden war er wieder gewesen, der Erich. Es kochte unverändert in ihm.

Die Stunden bis zu meiner Anhörung vergingen mit dem Sortieren, was ich aus der Zeitung wusste und was mir Arnfried Nußbaum anvertraut haben könnte. Außerdem grübelte ich darüber nach, ob der angebliche Anlass für meinen ersten Besuch bei ihm unverfänglich schien oder Nachfragen provozieren könnte. Im letzten Punkt entschloss ich mich, bei der Foto-Geschichte zu bleiben. Das Glatteis der anderen Punkte lag spiegelblank vor mir. Nur nicht ausrutschen! Allein um Erichs willen.

Tags darauf trabte ich mit zwei Mettwurst-Pfannkuchen im

Bauch ins Polizeipräsidium. Ich meldete mich beim Pförtner an, was in mir das merkwürdige Gefühl verstärkte, als Normalsterblicher hier zu sein. Der Mann – ein junger Kerl, den ich noch nie gesehen hatte –, beschrieb mir ungefragt den Weg, den ich allzu gut kannte: Den zum Verhörraum. Bald saß ich auf einem der Stühle, der meinen Hosenboden bereits Stunden und Tage meines Lebens traktiert hatte. Allerdings in der Rolle des Ermittlers, nicht in der des Verdächtigen.

Erich kam zu spät. In seinem Windschatten segelte ein drahtiger Fiesling herein, der mich sogleich an meinen Ex-Chef Gelbarth erinnerte. Neben Erich sah er schmächtiger aus, als er tatsächlich war. Die Figur eines Marathonläufers. Arrogant und kalt musterte er mich, blieb ansonsten grußlos neben dem Tisch stehen.

Erich stellte mir den Fiesling als Herrn Hund vor, seinen Vorgesetzten. Ich stand auf und wollte dem Köter die Hand reichen, worauf er nicht reagierte. Ein ausgemachter Kotzbrocken. Der Zwillingsbruder von Gelbarth. Worauf war zurückzuführen, dass der Apparat heutzutage solche Typen produzierte?

Mein Ex-Kollege setzte sich auf den Stuhl, der in rechtem Winkel zu meinem angeordnet war. Ein stummes Nicken des Arroganten zeigte ihm an, dass er mit der Befragung beginnen sollte.

Erich hüstelte.

Ich merkte, dass ihm das Duzen in dieser Situation peinlich war. »Sigi, wir würden gern von dir wissen, aus welchem Grund du Arnfried Nußbaum aufgesucht hast.«

Das war einfach. Ich erzählte von Lotte und den Bildern. Dabei beobachtete ich das mit verschränkten Armen neben dem Tisch stehende Gelbarth-Double verstohlen aus den Augenwinkeln. Diesen Teil meiner Story schien er zu schlucken.

»War es Zufall, dass du so kurz nach seiner Entlassung aus der Untersuchungshaft bei ihm aufgekreuzt bist?«

Welches Risiko Erich einging, mir solche Fragen zu stellen! Ich nahm es als Vertrauensbeweis.

»Von seiner Untersuchungshaft wusste ich zu diesem Zeitpunkt nichts.«

»Wie hast du ihn gefunden? Er stand nicht unter seinem Namen im Telefonbuch.«

Gut, dass ich auf diese Frage vorbereitet war. »Irgendwo hatte ich gehört, dass er nach Werden gezogen war, in den Wesselswerth. Ich war lange genug Polizeibeamter, um zu wissen, wie man sich durchfragt.«

»Wo fragt man denn so?« Dies war der erste Einwurf vonseiten Hunds.

»Dort, wo die Leute ihre Adresse hinterlassen. In Apotheken, bei der Post, bei Ärzten ...«

»Schon gut. Weiter.«

Puuh. Er hatte es genauso gefressen, wie Gelbarth es gefressen hätte. Richtig spekuliert.

Erich setzte die Befragung fort. »Wie verlief das Gespräch, als du ihn das erste Mal aufgesucht hast?«

»Er wollte mich zunächst nicht hereinlassen. Als ich ihm ein Bild von Lotte gezeigt habe, wurde er zugänglicher. Er war damals in sie verschossen.«

»Hat er erwähnt, dass er unter Mordverdacht stand?«

Falle. Aufgepasst! »Nach einer Weile hat er mir alles erzählt. Er taute auf, wie man so schön sagt. Brannte ihm wohl auf der Seele.«

Der Hund: »Erinnern Sie sich bitte lückenlos an das, was gesprochen wurde. Jedes Detail.«

Ich berichtete ausgiebig von meinem ersten Gespräch mit Arnfried. Dabei schmückte ich die Erinnerungen an die gemeinsame Schulzeit etwas aus. Ich wusste, dass Hund das nerven würde. Als ich die bevorzugte Kragenform seiner Hemden beschrieb, schritt er ein, was mir innere Genugtuung war.

»Stopp, das reicht. Wie Sie wissen, war die Ermordete die Lebensgefährtin von Herrn Nußbaum. Was hat er Ihnen von ihr erzählt?«

Brav legte ich mein Wissen auf den Tisch. Was in diesem Bereich eher wenig war.

»Und zum Tatgeschehen? Was hat er da gesagt?«

»Nichts. Nur, dass er besoffen im Nebenzimmer gelegen hat.«

»Gut. Das kennen wir schon. Weiter mit dem Tag des Unfalls. Aus welchem Grund haben Sie Herrn Nußbaum in der Pizzeria getroffen?«

»Er hatte Fotos gefunden und wollte sie mir geben. Da habe ich ihn als kleine Entschädigung für seine Mühe eingeladen.«

Hund gab die Senkrechte auf, entflocht die Arme vor seiner Brust und stützte die Hände auf der Tischkante ab. In dieser gebeugten Haltung kam er mir mit seinem Gesicht so nahe, dass ich die strengen Falten um seinen Mund herum deutlich sah. Armer Erich! So einen Chef hatte er nicht verdient!

»Jetzt möchte ich gerne wissen, was in der Pizzeria gesprochen wurde. Haarklein.«

Ich sammelte Spucke im Mund. Beim Antworten bemühte ich mich um eine möglichst feuchte Aussprache. Blitzschnell suchte ich nach möglichst vielen Wörtern, mit »sp« und »p«.

»Ich sppreche nicht gerne davon. Ppeinlich ist mir das. Oberppeinlich!«

Treffer! Das Schlauberger-Gesicht verschwand mit angewiderter Miene vor dem meinen. Anfänger!

Hund zog ein Taschentuch hervor und wischte sich damit über die Stirn. »Sie sind hier zu einer Anhörung«, belehrte er mich von oben herab. »Auf Ihre persönlichen Gefühle können wir keine Rücksicht nehmen. Sie waren Polizist. Sie wissen das sicher noch.«

Ich zierte mich gekünstelt etwas. Dann gab ich das Gespräch wider, wie es verlaufen war. Allerdings erwähnte ich Berlin mit keiner Silbe.

Als ich am Ende der Schilderung meiner Märchenstunde über Prinz und Prinzessin angelangt war, schüttelte Hund den Kopf.

»Kein Wunder, dass Sie mein Vorgänger aus dem Dienst gedrängt hat. Was für eine abstruse Idee!«

»Welche?«, erkundigte ich mich, in meiner Ehre leicht gekränkt.

»Na, dass Nußbaum die Tür für den Täter offen stehen ließ. Der lag schließlich stinkbesoffen im Nebenraum.«

»Eine Flasche Wodka ist schnell geleert, wenn man es darauf anlegt.«

»Ach. Der Mann öffnet die Tür, legt den Motorradschlüssel heraus und besäuft sich anschließend, um ein Alibi zu haben? Höchst interessant. Das hieße, er hätte vorher jeden Schritt mit dem Mörder seiner Frau abgesprochen, wäre sozusagen Strippenzieher des Ganzen. Ich bitte Sie, Herr Siebert.«

Mir schwoll der Kamm. Dieser Kotzbrocken besaß genauso wenig Fantasie wie sein Vorgänger.

Erich kannte mich lange genug, um mein inneres Aufbegehren zu erahnen, und dass es kurz davorstand, nach außen zu dringen. Er bemühte sich, Ruhe in die Befragung zu bringen.

»Sigi, sei so nett, und schildere uns die Situation des Unfalls aus deiner Perspektive. Ab da, wo Nußbaum vom Tisch aufspringt.«

Clever, mein Sohn. Das schlechte Gewissen kühlte mein Mütchen. Das war ihm bewusst.

Tastend schilderte ich den Vorfall. Wie Arnfried aus dem Lokal stürzte, dass ich ein Bremsenquietschen hörte, dass ich mit den anderen hinausgespült worden war aus der Pizzeria und ihn vor dem Lieferwagen liegen gesehen hatte.

Hund mischte sich erneut ein. »Der ist durchgedreht nach dieser für ihn völlig überraschenden, aberwitzigen Beschuldigung. Kann man verstehen.«

Nein, er hatte sich ertappt gefühlt – dachte ich, hütete mich aber, Hund weiter gegen mich aufzustacheln.

»Sigi, wie ist deine Einschätzung? Selbstmord oder Unfall?«

Genau das, was mich seitdem beschäftigte. Ich gab ehrlich Antwort: »Ich weiß es nicht.«

Ausgerechnet der Köter erleichterte mein Gewissen. »Gemäß Zeugenaussagen, die uns vorliegen, hat Herr Nußbaum keinen Moment gezögert, auf die Straße zu rennen. Er hat nicht abgewartet, bis ein Fahrzeug kam. Zudem hatte der Lieferwagen überhöhte Geschwindigkeit. Die Straße ist abschüssig, der Asphalt war nass. Eindeutig ein Unfall.«

Durfte mich das wirklich beruhigen? Das Resultat blieb dasselbe: Arnfried lag mit eingeschränkten Überlebenschancen im Krankenhaus.

Hund setzte sich zu uns an den Tisch.

Er sah Erich an. »Haben wir noch irgendwelche Fragen, Herr Terschüren?«

»Ich glaube, das war's.«

»Haben Sie Ihrer Aussage etwas hinzuzufügen, Herr Siebert?«

Ich konnte nicht widerstehen. Die Zunge hätte ich mir abbeißen mögen. Dickschädeliger Trottel, der ich manchmal bin!

Und so sprudelte ich heraus, was mir nach dem erfreulichen Verlauf dieser Anhörung nur schaden konnte: »Ich bin unverändert von meiner Tathypothese überzeugt, Herr Hund.«

Erich schob mir einen bösen Blick über die Tischkante. Sollte er. Am Ende würde ich recht behalten.

»Schwachsinn«, schleuderte mir Hund entgegen wie ein Schuldirektor, der einen Sextaner abbügelt. »Herr Terschüren wird weiter dahingehend ermitteln, dass Frau Fenger ihrem Mörder die Tür geöffnet hat. Nur so wird ein Schuh draus. Und was Sie angeht, Herr Siebert: Mag der Staatsanwalt entscheiden, ob in ihrem bescheuerten Verhalten und ihren kranken Schlussfolgerungen ein strafrechtlich relevanter Tatbestand liegt. Ich würde Sie dafür drankriegen, verlassen Sie sich darauf. Ihnen eilt ja der richtige Ruf voraus.«

Mir wurde rot vor Augen. »Sie sind sicherlich darüber unterrichtet, Herr Hund, dass sich polizeiliche Arbeit nicht am Ruf einer Person festmacht, sondern an Fakten«, hörte ich mich in ätzendem Tonfall sagen.

Hund sprang auf. »Unverschämtheit! Schaffen Sie mir diesen Mann aus den Augen!«

Erich umfasste sanft meinen Unterarm und komplimentierte mich aus dem Verhörraum. Als die Tür hinter uns zuklappte, raunte er mir zu: »Verdient hat er es. Aber unvorsichtig warst du trotzdem.«

Ich kühlte herunter. Erich tat mir leid. »Um einen solchen Chef bist du nicht zu beneiden.«

»Du kennst dich ja aus damit.«

»Habe ich wenigstens in deinem Sinne ausgesagt?«

»Mir ist nichts aufgefallen, aus dem man uns einen Strick drehen könnte. Dann ist Hund auch nichts aufgefallen. Du schätzt ihn wahrscheinlich richtig ein: Der ist tatsächlich genauso fantasielos wie Gelbarth. Vielleicht war es sogar richtig von dir, ihn zu reizen. So waren wir schneller fertig.«

Wir schlenderten schweigend nebeneinander die Flure entlang. Vor unserem alten Büro verabschiedete sich Erich von mir.

»Tschüss Sigi. Jetzt ist aber Schluss mit Amtshilfe aus dem Ruhestand, hörst du?«

Seine Bemerkung versetzte mir einen Stich ins Herz. Meine Entscheidung war längst anders gefallen. Die Begegnung mit Hund und die absolut falsche Richtung, die er Erich für die weiteren Ermittlungen angewiesen hatte, gaben meinem Entschluss, das Verbrechen auf eigene Faust aufzuklären, den letzten Ruck. Mir hatte dieses Gespräch eines deutlich hinterlassen: Diesem Hund musste es mal jemand zeigen!

»Lass es dir gutgehen, Erich. Und grüß Möhrchen schön von mir!«

Ich verdünnisierte mich. Eine Stinkwut auf engstirnige Kriminalbeamte im Bauch, stampfte ich nach Hause.

Ein fremdes Leben

In letzter Zeit widmete ich beim Blättern in der Zeitung den Todesanzeigen einige Aufmerksamkeit. Etwas, das ich früher nie getan hatte. Hing das bei mir zusammen: der Ruhestand und die Gedanken an den Tod? Jedenfalls bildete dieser Teil der Tageszeitung regelmäßig den Abschluss meiner Frühstückslektüre.

Anschließend ging ich meistens aus dem Haus, besorgte, was Lotte mir aufschrieb oder stöberte einfach so in den Läden auf der Rüttenscheider Straße herum. Ich kochte meine einfachen Gerichte, ich saugte und wischte Staub. Alle Reinigungsarbeiten, die unter Einsatz von Flüssigkeiten erledigt werden wollten, trug mir meine Ehefrau, weise wie sie ist, nicht mehr auf. Dabei hatte ich mich ein-, zweimal ziemlich ungeschickt angestellt. Meine beiden sprichwörtlichen linken Hände! Nachdem ich den Wohnzimmerteppich unter Wasser gesetzt hatte, war Schluss damit gewesen. Aber ansonsten erfüllte ich meine hausmännlichen Pflichten gewissenhaft, wenn auch die Endkontrolle durch meine Angetraute gelegentlich Spielräume bis zur Erreichung ihrer Qualitätsnormen aufzeigte.

In meinen freien Stunden drehte ich Runden im Viertel – Joggen traute ich mich mit dem neuen Knie nicht mehr – oder fuhr am liebsten mit dem Rad hinaus. Die Bahnen im nahe gelegenen *Grugabad* genoss ich in der Freibadsaison sehr. Bei schlechtem Wetter las ich gerne. Dieser Sommer hatte dazu bisher wenig Gelegenheit geboten.

In den letzten Tagen erwischte ich mich häufig dabei, wie ich den Faden in Bezug auf den Mordfall Gertrud Fenger fortspann. Ab und zu zog ich den Notizzettel hervor und dachte über die erledigten Punkte nach. Auf der materiellen Seite fehlte unbedingt noch die Tatwaffe. Die würde spätestens gefunden werden, wenn man den Mörder festgesetzt hatte. Falls sie nicht wie das Motorrad in der Spree versenkt worden war.

Was mich viel mehr beschäftigte, war unverändert die Frage nach dem Warum. Welches Motiv hatte Arnfried Nußbaum, seine Lebensgefährtin ans Messer zu liefern? Was hatte ihn dazu bewegt, gemeinsame Sache mit dem Killer zu machen? Und wer oder was steckte hinter diesem Killer? In welche Machenschaften war Arnfried verstrickt? Mir fehlte die Story hinter den Ereignissen. Viel umfassender noch: Mir fehlte jede Idee einer Stoßrichtung. So sehr ich mein Gehirn zermarterte – das mentale Dickicht blieb undurchdringlich.

***

Ungefähr eine Woche nach dem Unfall erhielt ich nachmittags einen Anruf von Möhrchen. »Wie geht es dir mittlerweile, Sigi?«

»Wie soll es einem Rentner gehen? Ich schlage die Zeit tot.«

»Das meine ich nicht. Bist du ein wenig über den Unfall hinweg?«

»Ehrlich? Ich denke täglich daran.«

Eine kurze Pause am anderen Ende der Verbindung. Dann: »Erich hat einen Anruf vom Krankenhaus erhalten. Arnfried Nußbaum wird den Unfall überleben. Noch wissen sie nicht, ob und welche Schäden er zurückbehält. Erich hat mich gebeten, dir das auszurichten.«

»Liegt er immer noch in Werden im Krankenhaus?«

»Ja. Auf der Intensivstation.«

»Danke, Möhrchen. Und sonst?«

Die kleine Rote druckste herum. »Bei der Anhörung mit Erichs Chef hast du dich wohl ganz gut geschlagen ...«

Ich hörte einen Unterton heraus. »Aber?«

»Nun. Nach Ansicht von Hund hast du beinahe einen Zeugen in den Tod getrieben.«

»Einen Zeugen? Eher einen Mittäter.«

»Er sagt Zeuge. Trotzdem bemüht sich Erich, dich da rauszuhauen. Ist übrigens kein leichtes Unterfangen. Gestern erst war er mit Hund beim Staatsanwalt deswegen!«

Mein Mund wurde spontan trocken. »Kann ich mir vorstellen, wie schwierig das ist. Meinst du, ich sollte mal mit Erich reden?«

»Ich informiere dich, wenn es dafür günstig steht, okay? Im Moment bringt das nichts.«

Ich verstand. »Danke, Möhrchen. Nett, dass du zwischen uns vermittelst. Das rechne ich dir hoch an. Ganz bestimmt!«

Vor meinem geistigen Auge sah ich das kleine, wissende Lächeln, das gerne ihre Mundwinkel umspielte, während sie sagte: »Ihr Zwei seid doch meine einzigen Männer. Was bleibt mir anderes übrig, als den Kitt zwischen euch zu spielen. Sonst verliere ich ja einen von euch und das täte mir echt weh!«

Nachdem wir uns voneinander verabschiedet hatten, drückte Möhrchen das Gespräch weg. Ich hielt das verstummte Telefon noch einen Moment lang gerührt am Ohr. Meine liebe, kleine Ex-Kollegin. Mir täte es ebenfalls weh, sie zu verlieren.

Irgendwann, das war mir klar, müsste ich mich auf Erich zubewegen. Er durfte mir nicht auf ewig gram bleiben. Doch das verdrängte ich lieber für ein Weilchen.

***

Mein schlechtes Gewissen nagte während dieser Zeit weiter an mir. Es wurde Zeit, Arnfried im Krankenhaus zu besuchen. Wenigstens einen Blick wollte ich riskieren und mit eigenen Augen sehen, wie es um ihn stand.

So bestieg ich am nächsten Morgen mit ziemlich gemischten Gefühlen mein Rad und fuhr hinunter nach Werden. Ich stellte den Drahtesel vor der Klinik ab und erkundigte mich an der Rezeption, wo ich den gesuchten Patienten finden könnte. Die Frau beschrieb mir den Weg zur Intensivstation. Dort meldete ich meinen Besuch bei einer Schwester an.

»In welcher Beziehung stehen Sie zu Herrn Nußbaum?«

»Ich bin ein alter Bekannter. Wir haben uns kurz vor dem Unfall getroffen.« Beides war weder gelogen, noch traf es die ganze Wahrheit.

»Sie wissen, dass er in seinem Zustand nicht mit Ihnen sprechen kann?«

»Darüber bin ich im Bilde. Ich möchte ihn nur sehen. Mich überzeugen, dass er atmet, sozusagen.«

»Versprechen kann ich nichts. Ich frage zuerst einen Arzt. Warten Sie bitte so lange auf dem Gang.«

Die Schwester verschwand und ich fing nach fünf Minuten Warten damit an, den Flur auf- und abzuschreiten.

Eine Viertelstunde war ungefähr vergangen, als eine neue Besucherin auftauchte. Sie war etwas jünger als ich und recht korpulent, was ihre komplett schwarze Kleidung nur wenig kaschierte. Sie trug eine Kurzhaarfrisur, blond gefärbt, und an ihren Ohrläppchen baumelten dicke Ohrringe. Ich nickte ihr stumm zu.

Die Korpulente meldete sich ebenfalls bei der Schwester an, die unmittelbar auf mich zeigte. Die Frau kam auf mich zu. Wer war das?

»Guten Morgen. Die Schwester meint, Sie wollen auch zu Arnfried?«

»Ja. Siebert ist mein Name. Ich bin ein Klassenkamerad.« Das genügte für den Augenblick an Information.

Die Frau überlegte. »Mmh. Ich wüsste nicht, dass Arnfried Ihren Namen irgendwann erwähnt hätte.«

»Das glaube ich gerne. Wir hatten damals alle einen Spitznamen. Er wird mich Sigi nennen. Ich bin zufällig auf ihn gestoßen. Das ist eine längere Geschichte. Wie stehen Sie zu ihm, wenn ich fragen darf?«

»Ich bin seine zweite Frau. Geschiedene Frau.«

Aus dem Stand erwachte meine kriminalistische Leidenschaft. Ihr spontan nachzugeben, wäre allerdings kontraproduktiv gewesen. Ich zügelte mich.

Die Schwester winkte uns von einer Tür aus zu. Sie führte uns zu einem Krankenzimmer. Unterwegs hörten wir ihre Ermahnung an: »Nur zwei Minuten bitte. Und den Patienten weder anfassen noch ansprechen!«

Ich trat hinter Arnfrieds Ex-Frau ein. Ein dicker Klops schnürte meinen Hals zu. Da lag der Verunfallte, angeschlossen an ein Bündel Strippen. Durchsichtige Schläuche, in denen Flüssigkeiten waberten und elektrische Kabel. Er trug eine Atemmaske auf dem Gesicht. Die Geräte neben seinem Bett blinkten, blubberten und zischten. Auf einem Monitor wurden zackige Kurven dargestellt. Ich war nicht darauf gefasst gewesen, Arnfried in diesem erbärmlichen Zustand anzutreffen.

Seine Frau verbarg ihr hübsches Gesicht hinter einem Taschentuch, das sie vor den Mund presste. Aus dem rechten Auge tropfte gelöste Wimperntusche hinein. Die Bestürzung war ihr anzumerken.

Wie lang zwei Minuten dauern können! Mir kamen sie jedenfalls länger vor als alle anderen zwei Minuten, die ich jemals irgendwo zugebracht hatte. Als die Schwester uns hinausbat, war das eine regelrechte Erlösung für mich. Ich weiß nicht, ob ich die ganze Zeit bei Arnfried geblieben wäre, hätte nicht seine Ex neben mir gestanden. Im Grunde hatte ich nur durchgehalten, um sie nicht alleinzulassen. Ich wäre am liebsten davongelaufen. Es ist etwas anderes, nur um seine Schuld zu wissen oder das Ergebnis seines Fehlverhaltens so offensichtlich vor Augen geführt zu bekommen. Trotz meiner Verdächtigungen bedauerte ich Arnfried ehrlich.

»Was machen wir jetzt?«, fragte mich die Frau, als wir wieder im Flur vor der Intensivstation standen. Der Ton ihrer Frage verriet, dass sie nicht einfach mit dem Bild des Kranken im Kopf nach Hause fahren wollte. Sie hatte Gesprächsbedarf.

Ich riss mich zusammen. »Wenn Sie mögen, können wir einen Kaffee trinken gehen.«

»Gerne. Einfach so aufbrechen jetzt – das käme mir irgendwie unpassend vor. Wo gehen wir hin?«

»Das Wetter ist schön. Setzen wir uns in die Fußgängerzone in der Altstadt. Besser als hier in die Cafeteria. Länger im Krankenhaus zu bleiben, das würde mich bedrücken. Wissen Sie dort ein passendes Lokal?«

Arnfrieds Ex-Frau nannte den Namen eines Traditions-Cafés.

»Dann los.«

Wir machten uns auf den Weg. Über den Fußgängerweg »Haus Fuhr« erreichten wir den Einstieg zur Fußgängerzone. Wir schlenderten an Fachwerk- und Schieferfassaden vorbei. Einige der Häuser zeigten der Straße ihre Giebelseite. In den Erdgeschossen Geschäfte. Klamotten, Geschenke, Bücher, was zu beißen.

Unterwegs tischte ich der Frau den bekannten Vorwand auf, warum ich Arnfried aufgesucht hatte. Mein Türöffner-Märchen von den alten Fotos. Vom Treffen in der Pizzeria erwähnte ich dagegen nichts. Welche Verdächtigungen ich gegen ihn hegte und dass ich Mitschuld an seinem Unfall trug, hätte unseren frischen Kontakt abrupt beendet. Ganz uneigennützig begleitete ich seine Ex schließlich nicht.

»Was hat Sie ins Krankenhaus geführt?«, versuchte ich das Gespräch in meine Richtung voranzutreiben.

»Arnfried hat meine Adresse im Portemonnaie bei sich getragen. Er hat mich als diejenige benannt, die im Notfall zu kontaktieren wäre. Warum, kann ich mir selbst nicht erklären. Wir sind seit vier Jahren geschieden und sind nicht unbedingt im Guten auseinandergegangen.«

»Besuchen Sie ihn öfter?«

Die Frau schnäuzte sich. »Es ist erst das zweite Mal. Am Tag, als mich die Polizei wegen Arnfrieds Unfall anrief und heute. Dieser Zettel hat bei mir Merkwürdiges ausgelöst. Ich fühle mich irgendwie verantwortlich für Arnfried, denn jemand anderen scheint er nicht zu haben. Warum sonst sollte er ausgerechnet mich benennen? Oder ist der Wisch einfach in seinem Portemonnaie geblieben, nach der Scheidung? Hat er nicht ausgemistet? Jedenfalls werde ich mich regelmäßig im Krankenhaus erkundigen, ob es ihm besser geht.«

Am Ende der kurzen Fußgängerzone erreichten wir das Café.

Es gab die Möglichkeit, draußen in der Sonne zu sitzen. Wir wählten einen Tisch, setzten uns gegenüber und bestellten jeder einen Kaffee. Ich hätte zu gerne gewusst, ob Erich bereits mit meiner Tischnachbarin gesprochen hatte. Ob sie über den Mord an Gertrud Fenger unterrichtet war?

»Als ich das von seinem Unfall erfahren habe, wusste ich sofort: Wenn kein anderer da ist, dann kümmere ich mich«, unterrichtete mich die Frau mit entschlossener Miene.

»Hat er denn keine Freunde?«

Nun kam sie richtig ins Reden. »Arnfried war im Grunde immer ein Einzelgänger. Man könnte fast meinen, für ihn wäre es bloß ein Sport, Freundschaften zu schließen oder Bindungen einzugehen. Genauso lief's zwischen ihm und mir. In der Anfangsphase unserer Beziehung hat Arnfried sich ins Zeug gelegt. Bei einem Tanzkurs haben wir uns kennengelernt. Tango. Ich war überrascht, wie schnell er lernte, sich elegant über's Parkett zu bewegen. Das hat mir imponiert. Er machte den Anfang und sprach mich an. Wir wurden ein Paar.

Zu Beginn unserer Beziehung machte mir Arnfried schon mal kleine Geschenke – einen Blumenstrauß, eine schöne Teetasse –, nichts Teures oder Aufwändiges. Wir gingen zusammen aus, tanzen, ins Theater, ins Kino. Auch wenn er eher ein schweigsamer Mensch ist, verstand er es, Komplimente zu verteilen. Ja, er versuchte sogar, mir Wünsche von den Lippen abzulesen. In dieser Phase war Arnfried voller Charme und Zuvorkommen. Wir beschlossen, zu heiraten.

Beinahe schlagartig, sozusagen am Tag danach, war die aufmerksame Seite an meinem Ex verpufft. Er lebte neben mir her, hüllte sein häufiges abendliches Verschwinden in ein Geheimnis, blieb immer öfter zu den Mahlzeiten aus, versetzte mich, wenn wir uns – selten genug – in der Stadt verabredet hatten. Seine Dienstmagd war ich, mehr nicht. Als ich ihn deswegen zur Rede stellte, tat er ganz überrascht. So, als sei alles in bester Ordnung.

Zu diesem Zeitpunkt musste ich den Eindruck gewinnen, dass Arnfrieds eigentliche Leidenschaft seinem Motorrad galt …«

Ich horchte auf. »Er besaß ein eigenes Motorrad?«

Meine Gesprächspartnerin lachte trocken auf. »Eins? Ha! Jedes Jahr tauschte er seine Karre gegen eine neue ein. Damit gurkte er jede freie Minute herum. Die Motorradtreffs der Umgebung waren eher sein Zuhause, als unsere gemeinsame Wohnung.«

»Als ich Arnfried besucht habe, schien er kein eigenes Motorrad mehr zu besitzen.«

»Die letzte Maschine mussten wir verkaufen. Da hatte ich lange gewusst, dass die Rumgurkerei nur ein Teil seiner Geheimnisse vor mir war. Arnfried war spielsüchtig. Er hat sich in dunklen Hinterräumen rumgetrieben und gepokert. Dahinter bin ich erst gekommen, als unsere Ehe bereits ziemlich am Ende war. Das erklärte die Ebbe auf unserem gemeinsamen Konto. Wissen Sie, wir hatten beide ganz gute Jobs und mir war es lange ein Rätsel, warum am Monatsende nichts vom Gehalt übrig blieb. Über seine großen Barabhebungen habe ich mich gewundert, ihn jedoch aus Feigheit nicht zur Rede gestellt.

Warum ich so blind war? Keine Ahnung!

Jedenfalls hatte Arnfried trotz seiner beträchtlichen Barabhebungen Spielschulden angehäuft. Die Gläubiger waren ihm auf den Fersen. Ein mieses Volk. Die hätten kurzen Prozess mit ihm gemacht, wenn er nicht gezahlt hätte. Dabei ist das letzte Motorrad draufgegangen. Geld für ein neues war nicht mehr vorhanden.

Kurz nach dem Verkauf der Maschine wurde Arnfried arbeitslos. Aber meinen Sie, er hätte sich bei der vielen freien Zeit im Haushalt nützlich gemacht? Dafür hatte er sein Aschenputtel: mich. Wenn er nicht zu Fuß oder per Fahrrad zum Biker-Treff am *Haus Scheppen* aufgebrochen ist, hing er im Wohnzimmer auf der Couch ab. Mir ist plötzlich klargeworden: Mit diesem Mann hältst du es keinen Tag länger aus. Ich hatte genug davon und habe ihn verlassen.«

Die Bedienung brachte den Kaffee. Beide tranken wir ihn schwarz. Wir nippten vorsichtig daran.

»Hatte Arnfried denn keine Freunde in der Motorradszene?«, verfolgte ich den Gesprächsfaden weiter.

»Weiß ich nicht. Mir hat er nie jemanden aus diesen Kreisen vorgestellt. Wie gesagt: Mittlerweile sind wir vier Jahre geschieden. Ein Jahr zuvor bin ich ausgezogen. Er musste irgendwann die Wohnung aufgeben. Wegen Hartz IV. Ich habe ihn danach aus den Augen verloren. Es bestand kein Kontakt mehr zwischen uns.«

Die Gelegenheit war günstig. Fiel mir noch etwas ein, was ich aus der Frau herausquetschen sollte?

»Arnfried hat mir erzählt, er bliebe nicht mehr lange in Essen. Ich glaube, er wollte zu einem Freund nach Hamburg. Wer könnte das sein?«, flötete ich so unschuldig wie möglich. Innerlich lauerte ich wie der Fuchs auf's Karnickel.

»Aus seiner Zocker-Zeit kannte er jemanden. Das wäre der

einzige, den er ‚Freund' genannt haben könnte. Volker Endruschat. Genauso verrückt nach Karten wie Arnfried. Aber der Typ wohnte damals in Herten.«

Ich notierte mir den Namen im Geiste.

Eine Gesprächspause entstand. Jeder von uns schaute vor sich auf den Tisch, den eigenen Gedanken nachhängend. Ich haderte damit, ob ich den Mord an Getrud Fenger auf den Tisch bringen sollte. Ach was, vielleicht wusste sie es doch, hatte es aus irgendwelchen Gründen bisher nur nicht angesprochen.

»Ein paar Wochen vor Arnfrieds Unfall wurde seine Lebensgefährtin ermordet. Die Polizei hat die Leiche in der gemeinsamen Wohnung gefunden. Haben Sie davon gehört?«

Die graublauen Augen der Frau weiteten sich. »Nein. Das ist mir völlig neu.«

»Vielleicht haben Sie davon in der Zeitung gelesen? Wie gesagt, es ist ein Weilchen her.«

Mich wunderte, wie gelassen meine Gesprächspartnerin im Grunde mit dieser Nachricht umging. Als überrasche sie in Bezug auf ihren Ex-Mann nichts mehr.

»Ich halte keine Tageszeitung. Mir reichen Krieg und Streit im Fernsehen. Sagen Sie: Hatte Arnfried was mit dem Mord zu tun?«

Es fiel mir richtig schwer, meiner Stimme einen möglichst neutralen Klang zu verleihen: »Würden Sie ihm das zutrauen?«

Zweifel standen in ihrem Gesicht geschrieben. Meine Spekulation war ihr sichtlich unangenehm.

»Ich habe viel mit Arnfried durchgemacht. Wenn er manchmal spät in der Nacht von seinen Touren zurückkehrte, dann hatte er etwas Wildes, Unbeherrschtes im Blick. Richtig Angst konnte einem das machen. Allerdings hat er mich nie angerührt, blieb auf Distanz. Ehrlich? Ich weiß es nicht! Wissen Sie, ob er unter Verdacht steht?«

»Zumindest hat ihn die Polizei kurzzeitig festgenommen. Er hat alkoholisiert nebenan geschlafen, als der Mörder eingedrungen ist …«

Die Frau ermunterte mich mit ihrem Blick, weiterzuerzählen. Es traf sie wirklich nicht besonders hart, vom Ableben der neuen Lebensgefährtin ihres Ex-Mannes zu hören.

Ich ließ nur das Notwendigste raus. »Die Polizei konnte Arnfried keine Tatbeteiligung nachweisen und hat ihn laufen lassen. Kurz danach bin ich zufällig bei ihm hineingestolpert.« Mir war die Frau sympathisch. Deshalb schämte ich mich für das »zufällig«.

»Das ist ja kaum auszuhalten. Wissen Sie, ob die Polizei einen Zusammenhang mit Arnfrieds Unfall sieht?«

Ich hüstelte. »Bestimmt nicht.«

Die Kellnerin trat an unseren Tisch und fragte, ob wir noch einen Wunsch hätten. Arnfrieds geschiedene Frau bestellte ein Mineralwasser, mir war nach einem Schnaps zumute. Ich wählte einen Williams Christ. Hunger hatten wir beide nicht.

Mein Kriminalistenhirn verlangte nach weiterer Nahrung. Wenn es eine enge Verbindung zwischen Gertrud Fenger und Arnfried Nußbaum gegeben hatte, dann war sie über das Hobby Motorrad zu suchen. Lag darin der Schlüssel zum Tatgeschehen?

»Sagen Sie, hat Arnfried irgendwann vor ihrer Scheidung den Namen der Ermordeten erwähnt? Gertrud Fenger?«

Die Frau überlegte. »Ich kann mich an nichts dergleichen erinnern.«

»Vielleicht hat er von einer Gerti gesprochen. Oder einer Rockerbraut. Etwas in dieser Art.«

»Nein. Mein letztes Gespräch mit Arnfried liegt Jahre zurück. Und über seine Motorrad-Bekanntschaften hat er mit mir sowieso nie geredet. Das hielt er immer schön im Nebulösen. Hätte mich auch wenig interessiert.«

»Glauben Sie, er hat die Verbindung zu dieser Szene später aufgegeben?«

»Kann ich mir kaum vorstellen. Wie gesagt: Motorradfahren war seins. Wenn ich allein an die Berge von Heften denke, die bei uns zu dem Thema herumlagen. Der wäre noch auf Krücken zum *Haus Scheppen* gehumpelt.«

Ich überlegte, ob ich im Wesselswerth Motorradliteratur gesehen hatte. Aber ich war ja nur in die Küche vorgelassen worden. Dort war nichts dergleichen zu entdecken gewesen. Allerdings auch nicht zu erwarten.

Die graublauen Augen musterten mich. Ihr Blick war im Vergleich zum Anfang unseres Gesprächs etwas kühler geworden. »Sagen Sie, Herr Siebert, woher wissen Sie das alles? Mit dem Mord und so? Haben Sie etwas mit der Polizei zu tun?«

Hui. Jetzt wurde es unangenehm.

»Nein«, schummelte ich, und wurde dabei wahrscheinlich leicht rot, auch wenn das formal der Wahrheit entsprach. Schließlich bin ich nicht mehr im Dienst.

»Ich habe bloß Zeitung gelesen und Arnfried hat mir bei meinem ersten Besuch alles andere erzählt.«

»Warum wissen Sie das denn alles so genau? Gehören Sie zu den Zockern und wollen vorfühlen, ob es bei mir was zu holen gibt?«

Das wurde ja immer schlimmer! »Aber nicht doch! Was denken Sie von mir? Mache ich einen solch zwielichtigen Eindruck?«

Der Ausdruck ihrer Augen wurde wieder etwas wärmer. Zu warm, für meinen Geschmack.

»Dann ist ja gut. Sie sind eigentlich sowieso zu nett, als dass man Ihnen etwas in dieser Richtung zutrauen würde. Trotzdem: Als alleinstehende Frau kann man heutzutage nicht vorsichtig genug sein. Kaum trifft man einen Mann, der freundlich zu einem ist, steht die nächste Enttäuschung bevor.«

»Es liegt mir wirklich fern, Sie zu enttäuschen. Ich führe nichts Unredliches im Schilde«, beteuerte ich meine lauteren Absichten.

Ein kokettes Lächeln huschte über das hübsche Gesicht. »Sagen Sie, können wir uns vielleicht wiedertreffen? Es war sehr angenehm, mit Ihnen zu plaudern.«

Mir wurde heiß und kalt. Ich und die Ex von Arnfried Nußbaum!

»Entschuldigen Sie bitte. Das wäre meiner Frau nicht recht. Ich bin glücklich verheiratet, müssen Sie wissen.«

»Ach, schade!«

So schnell stand die Enttäuschung zwischen uns!

Das Gespräch hakte von nun an. Es kreiste noch ein wenig um Arnfrieds Leben und wie es für ihn wohl weitergehen würde. Dann ging uns der Gesprächsstoff endgültig aus. Ich winkte die Kellnerin herbei und zahlte unsere Getränke zusammen, was die Frau nach anfänglichem Protest schließlich duldete. Ziemlich schweigsam gingen wir nebeneinander zum Krankenhaus zurück. Was wir redeten, blieb an der Oberfläche.

Wir verabschiedeten uns vor der Klinik voneinander. Arnfrieds Ex fuhr mit ihrem Auto davon, während ich zurückblieb und am verhakten Kettenschloss meines Fahrrads rumfummelte.

Ein Krösken! Das hätte mir in meiner Sammlung noch gefehlt!

Suche nach Verbindungen

Auf dem Weg nach Hause bewegte ich nur einen einzigen Aspekt im Oberstübchen: Die Leidenschaft Arnfrieds für das Motorradfahren und welche Tür davon ausgehend zur Aufklärung des Falls aufspringen könnte. Mein Entschluss stand fest: In den nächsten Tagen würde ich dem Biker-Treff am *Haus Scheppen* einen Besuch abstatten. Vielleicht waren dort Leute zu finden, die Arnfried kannten und weitere Details aus seinem Leben zur Abrundung meines Bildes von ihm beisteuerten. Vielleicht gab es unter den Bikern sogar jemanden, der einen konkreten Hinweis in Bezug auf seine Motivation für den Verrat an Gertrud Fenger lieferte.

Erst zu Hause drängten sich mir die Aussagen von Arnfrieds zweiter Ehefrau auf, die seine Spielsucht betrafen. Wäre hier ein möglicher Motor für sein Handeln zu finden? Für Beihilfe zu einem Mord? Ich kramte Lucys alten Laptop hervor und pflanzte mich damit in den Wohnzimmersessel.

Was ich während der nächsten Stunde im Internet recherchierte, schockierte mich. Es war mir unheimlich und rätselhaft, wie Menschen in eine Spielsucht gerieten. Ich fand bedrückende Beispiele gebrochener Seelen, Selbstauskünfte von Betroffenen – hauptsächlich von Personen, die geheilt waren (oder sich als geheilt bezeichneten) –, und eindringliche Warnungen, eine sich abzeichnende Spielsucht nicht auf die leichte Schulter zu nehmen. Häufig führten Lebensumstände und Schicksalsschläge in eine Abwärtsspirale. Außenseiter und Menschen mit Minderwertigkeitskomplexen waren anscheinend besonders anfällig dafür. Schuldgefühle, Ängste oder Depressionen wurden versucht, durch Spannung und Erregung beim Spiel zu kompensieren.

Ich fand auch Berichte von Menschen, deren Lebensumstände unkompliziert schienen und die trotzdem in eine Suchtsituation geraten waren. Die Risikobereitschaft schien im Verlaufe der Entwicklung stetig zu steigen. Zudem hatte das Internet – immer und überall verfügbar in abgeschlossenen, privaten Räumen –, die Barrieren, süchtig zu werden, deutlich verringert. Heutzutage befriedigte man seinen krankhaften Spieltrieb online.

Oft führte Spielsucht zur Zerrüttung von Lebensgemeinschaften, weil Partner finanziell in Regress genommen wurden. Verwandte oder Bekannte wurden angepumpt und irgendwann verprellt, weil die Begleichung der Schulden unter immer neuen Ausreden über die Geduldsschwelle der Gläubiger hinaus ausblieb. Lügengebäude stürzten ein, wenn allzu offensichtlich wurde, was wirklich hinter den Betteleien steckte. Am Ende standen Erscheinungen wie bei jedweder anderen Form von Sucht: Entfremdung, Entzugserscheinungen, Kontrollverlust, Verwahrlosung.

Aufgekratzt klappte ich den Laptop zu. Ja, Süchte waren ein starker Motor, Ziel und Maß zu verlieren. Dass sogar die Sucht zu spielen solche Macht über Menschen erlangen konnte, hätte ich vor meiner Recherche nie für möglich gehalten. Je nachdem, welche Stufe der Entwicklung Arnfried Nußbaum erreicht hatte, war plötzlich vieles vorstellbar. Motorrad fahren und Spielsucht – das Gespräch mit seiner Ex war äußerst ergiebig gewesen.

Die neuen Informationen machten mich auch in anderer Beziehung nachdenklich. Wie weit war ich gegangen, um diesen Mord aufzuklären? Lotte gegenüber verhielt ich mich absolut schäbig. Sie war nicht im Bilde über das, was ich in der von ihr unbeobachteten Zeit trieb. Ich versteckte es vor ihr. Was stachelte mich derart an? Der Mord an Gertrud Fenger und seine Umstände hatten von mir Besitz ergriffen wie eine Sucht. Litt ich unter so etwas wie einer »Ermittlungs-Sucht«? Einem inneren Zwang, Kriminalfällen auf den Grund zu gehen?

Wieder einmal kam ich mir selbst gegenüber fremd vor. Wie damals im Nordkap-Fall. Nichts dazugelernt, der Sigi Siebert. Ich schüttelte mich, wollte lieber nicht tiefer darüber nachdenken. Zu diesem Zeitpunkt ahnte ich noch nicht, wie tief ich im weiteren Verlauf meiner Schnüffelei noch sinken würde!

Plötzlich fiel mir der frische Name im Geschäft ein. Volker Endruschat. Allzu häufig sollte ein so ausgefallener Name kaum vorkommen. Ob ich den mal anrief?

Ich klappte den Computer wieder auf und startete ihn neu. Mit drei, vier Klicks war ich im Hamburger Telefonbuch. Es existierte tatsächlich nur ein einziger Eintrag, der auf Volker Endruschat lautete. Ob das mein Mann war?

Ich holte mir das Mobilteil des Telefons ins Wohnzimmer, bezog erneut auf dem Sessel Stellung und wählte die Nummer. Eine ganze Minute lauschte ich dem Freizeichen und wollte gerade auflegen. Da meldete sich jemand.

»Kolle.«

»Guten Tag Frau Kolle. Hier ist Siegfried Siebert. Ich rufe aus Essen an. Kann ich bei Ihnen Herrn Endruschat erreichen?«

»Der liegt besoffen im Bett«, lallte die Frau, dass ich

annehmen musste, sie sei aus genau diesem Bett gepurzelt.

»Ich habe eine wichtige Nachricht für ihn. Haben Sie was zu schreiben? Ich gebe Ihnen meine Handynummer.«

Es raschelte im Telefonhörer. Dann: »Legen Sie los.«

Ich diktierte der Frau die Ziffern.

»Bitte nicht vergessen. Es ist wirklich wichtig!«

»Moin.« Der Apparat verstummte.

Eine feine Gesellschaft, bei der Arnfried hatte unterkriechen wollen. Wenn ich den richtigen Mann gefunden hatte.

Am Nachmittag kehrte Lotte von der Arbeit heim.

»Na, mein Lieber. Schönen Tag gehabt?«

»Ich habe Arnfried im Krankenhaus besucht.«

»Wie geht es ihm?«

»Ich durfte nur kurz zu ihm. Er liegt unverändert im Koma.«

»Wird er wieder?«

»Keinen blassen Schimmer. Einen Arzt habe ich nicht gesprochen.«

»Und. Ist die Einmischung in Erichs Angelegenheiten damit abgeschlossen?«

Böse Falle. Ich schluckte. »Lotte, bitte. Ich habe Scheiße gebaut und das tut richtig weh. Dringe bitte nicht weiter in mich.«

»Na gut. Ist vielleicht gar nicht schlecht, dass du nächste Woche Tom und Lucy beim Umzug hilfst. Da kommst du auf andere Gedanken.«

Dass in diesem Fall eine Verbindung nach Berlin bestand, band ich meiner Holden lieber nicht auf die Nase. Das hätte ihren Argwohn nur weiter geschürt.

***

Nach meinen erkenntnisreichen Fortschritten verspürte ich meinen Monatsbrand. Gegen Abend rief ich Ecki an. Er hatte übermorgen Zeit. Erich anzubimmeln traute ich mich nicht. Stattdessen fühlte ich bei Möhrchen vor.

»Hallo meine Gute«, fing ich das Gespräch scheinheilig an, »alles im Lack bei euch?«

»Nanu, Sigi. So unverbindlich?«

Na klar.

Der kleinen Roten machte ich nichts vor. »Ich wollte mich nur erkundigen, ob du Erich für einen Männerabend freigibst.«

»Darüber bestimmt er selbst. Ruf ihn an.«

Ich druckste herum. »Ehrlich, Möhrchen? Ich traue mich nicht.«

»Das Ei, mein Allerbester, musst du selber legen!«

»Wie beurteilst du die Aussichten?«

Ein perlendes Lachen erklang vom anderen Ende der Verbindung. Möhrchen hatte während unserer gemeinsamen Dienstzeit oft genug den Prellbock zwischen uns Männern gespielt. Die Rolle kannte sie gut.

»Möchte mal sagen, Sigi: Ich würde den Dingen etwas Zeit geben. Geh mit Ecki eine Runde ohne Erich trinken!«

»Verbindlichsten Dank, meine Liebe. Ich werde deinen Tipp beherzigen.« Und dann, erleichtert, bei Erich nicht in einen Fettnapf treten zu müssen, erkundigte ich mich völlig arglos: »Wie geht es im Dienst voran?«

»Sigi, du Trampel. Du sitzt wohl kaum dem Irrglauben auf, dass ich dir auch nur den kleinsten Fingerzeig gebe.«

So plump wickelte man Möhrchen natürlich nicht um den Finger. Dazu war sie zu clever. »Bist ein kluges Mädchen.

Trotzdem möchte ich einfach nur so wissen, ob Erich weiterkommt.«

»Kommt er.«

»In großen oder in kleinen Schritten?«

»Sigi. Ich krieche gleich durch den Apparat. Frag doch Erich. Der, da bin ich mir sicher, wird dir allerdings überhaupt nix sagen.«

»Dann bleibe ich armer alter Kollege also auf meiner Wissbegierde sitzen? Rentnerquälerei ist das! Sollte man unter Strafe stellen.«

»Dafür wird höchstens ein Bußgeld verhängt. Übernehme ich gerne.«

»Ich hätte dem Erich übrigens noch etwas zu sagen. Zum Fall meine ich.«

Möhrchen war entrüstet. »Hast du etwa doch weiterspioniert?«

»Nein«, versicherte ich, der Wahrheit aus dem Weg gehend. Hier war eine kleine Notlüge erlaubt. Schließlich lag mir wirklich nur die Aufklärung des Mordes am Herzen.

»Mir ist der Name des Freundes eingefallen, zu dem Arnfried Nußbaum ziehen wollte. Volker Endruschat. Arnfried wollte bei ihm in Hamburg unterschlüpfen.«

»Soso. Und das soll ich Erich stecken?«

»Bitte. Tust du das für mich?«

»Meinetwegen. Hast du noch etwas Vernünftiges auf Lager?«

Ich erkundigte mich, wie es ihnen im Allgemeinen ging und die kleine Rote berichtete von ihren Urlaubsplänen. Im Herbst wollte sie mit ihrem Mann in die Toskana fahren. Sie freute sich schon darauf.

»Nehmt ihr den Wagen?«

»Das haben wir vor.«

»Ist aber weit!«

»Wir legen einen Zwischenstopp in München ein. Eine Runde Oktoberfest.«

»Damit könnte man mich jagen. Rumtata-Musik und Bier in Eimern. Da lobe ich mir unsere Bierkultur im Pott, die kleine, schlanke Pilstulpe!«

»Ich steh da auch nicht so drauf. Aber wenn Erich es gerne will …«

»Viel Spaß dabei. Bis dann mal. Tschüss Möhrchen.«

Als auch meine Gesprächspartnerin sich verabschiedet hatte, drückte ich das Gespräch weg. Diese Quelle für meine privaten Ermittlungen war verstopft. Für den Mord an Gertrud Fenger jedenfalls.

Bikerszene Essen

Ich hielt es nur bis zum nächsten Tag aus. Sobald Lotte die Platte Richtung Broterwerb geputzt hatte, wuchtete ich mein Fahrrad aus dem Keller und spurtete los.

Ich nahm Kurs auf die Sternwarte, fuhr am Ende des Wolfsbachtals allerdings nicht die Hauptstraße entlang, sondern querte sie und erreichte das Ruhrufer.

Der Weg führt hier an der idyllisch gelegenen *Papiermühlenschleuse* vorbei, der ich einen Blick gönnte. In Fortsetzung schob ich meinen Drahtesel über den Fußgängerabzweig weiter am Ufer entlang. Ein anderer Radfahrer stieg nicht ab, überholte mich und klingelte, weil ich ihm wohl zu weit in der Mitte unterwegs war.

»Hier ist Fußgänger«, rief ich ihm nach.

Er zeigte mir einen Vogel. In solchen Momenten steigen auch beim gutmütigsten Zeitgenossen Aggressionen auf.

»Arschloch«, schimpfte ich ihm hinterher.

Ich blieb ordnungsgemäß zu Fuß und schob mein Rad die steile Rampe zur Ruhrbrücke hinauf. Oben saß ich wieder auf und mischte mich unter den Verkehr. Am Werdener Markt, direkt gegenüber der Bushaltestelle, bog ich nach links in die Heckstraße ab.

Diese Zufahrt zu Ruhr und *Baldeneysee* ist gespickt mit historischen Gebäuden. An der ersten Straßenkreuzung führt gegenüber *Haus Fuhr* die Fußgängerzone in die beschauliche Altstadt, wo ich gestern dem Anbandelungsversuch von Arnfrieds Ex entgangen war. Es folgt rechts die imposante evangelische Kirche. Auf der gegenüberliegenden linken Seite liegt

Haus Heck, ein schmuckloser Bau aus Bruchsteinen mit rundem Turm, Überbleibsel eines ehemaligen Adelssitzes.

Ich radelte weiter die Straße entlang und erreichte *St. Lucius*, die vermutlich älteste Pfarrkirche nördlich der Alpen. Kurz darauf links das *Bürgermeisterhaus*, vor beinahe zweihundert Jahren von einem Tuchfabrikanten errichtet, später vom Bürgermeister Werdens als Wohnhaus genutzt. Hier finden heute Konzerte und Lesungen statt. Ich hatte es selbst schon mit Lotte besucht, denn wir kannten zufällig die Eltern einer Folkwang-Schülerin, die mit ihrer Violine als Mitstreiterin in einem Streichquartett aufgetreten war. Uns hatte eher die Neugier hergeführt, wie weit es das Mädchen mit ihrer Kunst gebracht hatte, als dass wir ein echtes Interesse an klassischer Musik besäßen. Die Eltern waren jedenfalls stolz wie Oskar gewesen! Das durften sie auch, soweit ich das als Laie bezüglich der Fähigkeiten ihrer Tochter beurteilen konnte.

Am Ende der Heckstraße erreichte ich die *Neukircher Mühle*. Der weiß gekälkte Ziegelbau liegt neben einer ehemaligen Schleuse, die vor über zweihundert Jahren gebaut worden war, um als Teil einer Kette weiterer Schleusen den Kohlentransport über die Ruhr zum Rhein zu ermöglichen. Der Fluss hat lange seine Funktion als Transportweg verloren.

Ich folgte dem Radweg nach rechts und erreichte das Wehr des *Baldeneysees* mit dem Wasserkraftwerk und den drei mächtigen Walzen-Toren. Ein Heer von Arbeitern hat das Bett des Stausees in den dreißiger Jahren mit Spaten und Spitzhacke geformt. Eine Arbeitsbeschaffungsmaßnahme, die heute unvorstellbar wäre.

Im weiteren Verlauf der Strecke bleibt man immer dicht am See. Ich genoss den Blick hinüber auf die andere Seite, wo das künstlich angelegte Gewässer wie diesseits von bewaldeten Höhen begrenzt wird. Auf dem Wasser schwammen Enten, ein Paar schwarzer Schwäne glitt majestätisch vorbei. Auf einem Ponton entdeckte ich Kormorane, von denen ich wusste, dass sie im Vogelschutzgebiet *Heisinger Bogen* nisten.

Wassersportvereine und ein Campingplatz suchten die Nähe zum See und seiner Freizeitqualität. Mir kamen Radfahrer und Inlineskater entgegen, Spaziergänger flanierten am Ufer. Mein Blick fiel auf die Regattabahn, wo sportliche Wettkämpfe ausgetragen werden. Auf der Höhe dahinter erschien wie eine Fata Morgana die *Villa Hügel*, das größte Einfamilienhaus Essens mit 269 Zimmern, ehemals Stammsitz der Unternehmerdynastie *Krupp*. Der Lärm des Strandbades schallte zu mir herüber. Die Kinder hatten ordentlich Spaß. Seit 2017 kann man auf einem angekippten Sandstrand liegen und schwimmen gehen. Die Ruhr besitzt heute Badequalität!

Mein Fahrrad-Tacho hatte vier Kilometer weitergezählt, seit ich dem Seeufer folgte. Vor mir tauchte ein kleiner Platz auf. Eine Handvoll Motorräder war darüber verteilt abgestellt. Zwei Imbissbuden warteten auf Gäste. Ein Schild wies den Weg über eine Brücke in die Ruinen von *Haus Scheppen* zur gleichnamigen Gastronomie. Natürlich kannte ich die Stelle von vielen Ausflügen her. Das hier war der Biker-Treff, bekannt bis über die Grenzen von Nordrhein-Westfalen hinaus.

Angespannt stellte ich mein Rad an einem Verkehrsschild ab. Zunächst warf ich ein Auge auf die Motorräder. Dass nichts Besonderes auf den Parkstreifen herumstand, erkannte ich selbst als Banause, was motorisierten Straßenverkehr angeht. Die Fahrer lümmelten auf Bierzeltgarnituren vor einem der Imbisse herum. Es wäre schon ein besonderer Zufall, ausgerechnet von den paar Männekes hier etwas Verwertbares in Mordangelegenheiten zu erfahren.

Ich gab mir einen Stoß. Vielleicht war heute einer dieser besonderen Ermittler-Glückstage. Davon hatte es in meiner aktiven Zeit immer mal wieder einen gegeben. Ich ging zu der Bierzeltgarnitur hinüber, an der die Biker Versammlung abhielten. Sie saßen in einer Traube um den Tisch herum, alle in Lederkluft. Viele ihrer Jacken und Hosen waren mit Nieten verziert. Es waren keine Frauen dabei. Trotzdem einige versuchten, sich durch Tätowierungen, struppige Bärte und lange Haarmatten ein gefährliches Aussehen zu geben, unterhielten sich die Männer eher gemütlich. Schätzungsweise alle über fünfzig.

Spontan legte ich mir einen einigermaßen pfiffigen Vorwand zurecht und sprach die Biker an: »Guten Tag die Herren. Entschuldigen Sie, dass ich störe. Ich bin Journalist und arbeite gerade an einem Artikel über weibliche Motorradfans. Leider sehe ich hier keine. Wären Sie bereit, mir Ihre Einstellung zu Bikerinnen zu verraten?«

»Wat willze genau wissen?«, fragte einer der Männer in breitestem Ruhrpottslang zurück.

»Na, zum Beispiel interessiert mich, ob eure weiblichen Sportsfreunde grundsätzlich anders ticken, als ihr. Ob sie nach einem anderen Kick suchen.«

»Für sowat kommse her? Klar ticken die anders. Sin doch Weiber!« Die Runde spendete ihrem Vorredner in Form einer bescheidenen Lachsalve Applaus.

»Nur in Bezug auf euer gemeinsames Hobby, meine ich natürlich.«

»Pass auf. Is ganz ainfach. Wir fahrn Karre, um Ruhe vor die

Weiber zu ham. Die Weiber fahrn Karre, ummen Kerl abzukriegen.«

Lachsalve, Steigerungsform.

»Dann ist von den Damen der Bikerszene wohl keine auf einen von euch spitz? Ich sehe jedenfalls keine.«

Der Vorredner sprang auf. »Hey, hey. Gezz pass mal auf, watte sachs!«

Sein Kumpel, der neben ihm saß, fasste ihn am Jackenärmel. »Ruhig Blut, Toby. Der war doch gar nicht mal schlecht.«

Toby lupfte den Oberlippenbart zu einem Grinsen. Dabei legte er eine braune Raucherkauleiste frei, in der ein Schneidezahn fehlte.

»Nee. Hasse recht. Schlecht war der nich.«

Ich hatte gleich gespürt, dass seine vorlaute Klappe nur Masche war. Toby setzte sich wieder.

»Hock dich zu uns«, forderte mich eine andere Stimme auf. Schon saß ich mitten zwischen Lederkluften, Schweißgeruch und Raucheratem.

»Noch mal konkreter, liebe Leute. Ihr Männer, habe ich bei anderen Interviews herausgehört, fahrt Motorrad wegen dem Gefühl der Freiheit, der Überlegenheit auf der Straße, dem Tempo, dem Fachsimpeln unter Gleichgesinnten, dem Gefühl der Stärke. Trifft das für die wenigen Frauen in euren Reihen auch zu? Oder treibt die etwas anderes?«

»Hab' ich nie drüber nachgedacht«, antwortete Tobys Kumpel. Allgemeines Kopfschütteln in der Runde.

»Kennt ihr denn überhaupt Frauen, die Motorrad fahren?«

»Ich kenn' zwei, drei«, sagte der Mann neben mir. »Tofte Kumpel. Sind eigentlich genauso drauf wie wir. Nur von der Technik haben sie weniger Ahnung.«

Aus einer anderen Ecke: »Hab' nix gegen die. Wollen einfach Karre fahren. Wie wir.«

Eine raue Stimme: »Soll sogar welche geben, die eine Antriebskette wechseln können.«

»Tauchen hier denn bei Gelegenheit Frauen auf? Trefft ihr euch hier mit ihnen?«

Die raue Stimme: »Sind schon mal welche da. Warum?«

Ich legte unbeirrt meine Netze aus. »Weil ich sie selber befragen will. Neulich hatte ich Kontakt zu einer. Wohnte hier ganz in der Nähe, in Werden. Mit der hatte ich einen Interviewtermin. Leider ist sie vor ein paar Wochen umgekommen.«

»Die Weiber könn ebent nich fanünftich faan«, zog Toby den falschen Schluss.

Ein Steilpass für mich. »Sie hatte keinen Unfall. Sie wurde ermordet.«

Die Lässigkeit am Tisch schlug für einen kurzen Moment in Betroffenheit um. Dann stellte Tobys Nachbar fest: »Der meint die Gerti.«

Ich beglückwünschte mich im Stillen. Jetzt hatte ich die Runde da, wo ich sie hinhaben wollte. »Gertrud Fenger hieß sie. Nanntet ihr sie Gerti?«

»Die kannte hier jeder. Ein Pfundskerl. Weißt du noch Toby, wie sie dir dieser Arnie ausgespannt hat?«

Arnie? Arnfried? Arnfried Nußbaum? Meine Mission entwickelte sich erfolgreicher, als ich es zu erträumen gewagt hatte. Dranbleiben!

Tobys Gesicht nach zu urteilen war da eine Rechnung offen. Er mahlte mit den Zähnen, erwiderte jedoch nichts auf die Anspielung.

Ich ging endgültig zum Duzen über. »Meinst du diesen Arnfried Nußbaum? Der hatte neulich einen Unfall. Als Fußgänger, der Hirnie! Liegt im Krankenhaus.«

»Das hat der verdient. Gibt doch eine höhere Gerechtigkeit«, bemerkte jemand am anderen Tischende.

»Wie soll ich das verstehen?«

»Immer große Fresse. Rumgestänkert hat er. Hat unsere Karren madig gemacht. Dabei hatte der zuletzt gar keine eigene mehr. Wenn ihm die Gerti nich ihre geliehen hat, dann kam er zu Fuß hergedackelt.«

Die raue Stimme: »Der gehörte nie richtig dazu. Angeber. Zuerst jedes Jahr eine neue Maschine. Plötzlich war es aus damit. Hat die Gerti umgarnt, damit er mitfahren durfte. Auf dem Sozius. En Kerl auf'm Sozius. Zum Gespött hat er sich gemacht.«

Toby gab seinen Senf dazu: »Die Gerti hatter damit rumgekricht. Ausgefuchste Sau. Rosen-Arnie hamwern genannt.«

Dann eine nachdenkliche Wortmeldung aus der Runde: »Die Gerti ermordet. Der Arnie einen Unfall. Was ist da los?«

»Mord und Unfall stehen in keinem Zusammenhang«, beeilte ich mich, die Gedanken meiner Gesprächspartner vor einer falschen Richtung zu bewahren.

»Woher weiße dat?«

»Ich habe Connections zur Polizei. Bin eben Reporter.«

Ich war froh, dass keiner der Biker nachhakte.

»Komisch ist das trotzdem«, hörte ich jemanden sagen.

Ich sah den hageren Mittfünfziger mit den struppigen, aschblonden Haaren, der das im selben nachdenklichen Ton wie seine erste Äußerung angemerkt hatte, frontal an. In seinem Gesicht zeigte alles nach unten: Die Mundwinkel, die Spitzen seines Oberlippenbarts, die Tränensäcke, die Backen – sie hingen herunter wie nach starker Gewichtsabnahme. Selbst seine Nasenform folgte dem allgemeinen Trend.

Himmel. Wie sollte ich jetzt die richtige Frage formulieren? Ich traute mich. »Warum ist das komisch? Gibt es Gründe, dass jemand den beiden an die Wäsche wollte?«

Der Mann zuckte zusammen. »Nein, nein. Ich meine ja nur.«

Toby, der anscheinend so etwas wie der Anführer der Truppe war, blies zum Aufbruch. »Genuch gelabert, Jungs. Haltenwer fest: Unterschiede zwischen Männlein und Weiblein auf'm Motorradsattel gibbet nich. Nix für dein Schmierblatt dabei. Un gezz los, Männers. Sattelnwer die Zossen un ab dafür.«

Ohne langes Federlesen erhoben sich die Biker und ließen mich einfach sitzen. Jeder ging zu seiner Maschine. Eine nach der anderen wurde gestartet. Die Luft vibrierte von Knattern, Brabbeln und hochdrehenden Motoren. Auf dem Platz formierte sich eine Kolonne. Dann betätigten die Männer ein paarmal die Gashebel und brausten ab.

Mir gelang es soeben, das Mülheimer Nummernschild des Struppigen zu lesen. Ich sprach mir die Kombination mehrfach murmelnd vor und prägte sie mir auf diese Weise ein. Zu Hause würde ich sie mir notieren. Ansonsten hatte ich nur Andeutungen eingesammelt. Keine stichhaltigen Informationen. Wie kam ich nun weiter?

Erfahrungsgemäß waren Imbissbetreiber eine ergiebige Quelle, was Auskünfte anging. Ich ging zum ersten hinüber, wurde aber enttäuscht von der Aussage. Die kleine Hübsche hinter dem Tresen behauptete, sie hälfe nur gelegentlich aus und kenne niemanden der Gäste persönlich. Sie schlug mir vor, morgen wiederzukommen und den Chef zu fragen. Also trottete ich zum zweiten Stand hinüber. Hier kannte man weder die Namen Gerti noch Arnie. Niemand wollte jemals von einer Gertrud Fenger oder einem Arnfried Nußbaum gehört haben.

Nach dieser Auskunft reichte es mir erst mal. Ich schlenderte zum Seeufer und setzte mich auf eine der Bänke. Der Fähranleger träumte im Sonnenschein. Segelboote und Wasservögel zogen ihre Bahnen. Idylle pur. Nur in meinem Kopf nicht. Dort herrschte das Chaos unsortierter Eindrücke. Im Moment war ich eher verwirrt, als dass ich die gesuchte Spur gefunden hätte.

Nach dem erfolglosen Ausloten des Gehörten auf meiner Bank bestieg ich mein Fahrrad und fuhr weiter am Hardenbergufer entlang, parallel zur Streckenführung der *Hespertalbahn*. Gelegentlich verkehren hier Museumszüge vom alten Bahnhof in Kupferdreh aus zum *Haus Scheppen*. Über die Fußgänger- und Radbrücke am Ende des *Baldeneysees* gelangte ich auf die andere Seite. Dort hielt ich mich in Richtung Rellinghausen. Wenig später bog ich in die Straße zur *Roten Mühle* ein und radelte durch die Ruhrauen. Am Ende des Weges überquerte ich die auslaufende Fahrbahn der Konrad-Adenauer-Brücke und erreichte den Einstieg zur ehemaligen Bahntrasse, die mich in sanfter Steigung heimführte.

Früher, als ich noch kein künstliches Knie hatte, war ich die acht Kilometer von zu Hause zur *Roten Mühle* gejoggt. Hin und zurück!

Vergangene Heldentaten.

Durst und neue Informationen

Am nächsten Abend stand ich mit Ecki an Guidos Tresen. Ich erzählte ihm von Arnfrieds Unfall und wie ich darin verwickelt war. Unser Lieblings-Kneipier stellte soeben zwei frische Pils vor uns hin.

»Mensch, Sigi. Da hast du einen schönen Bockmist angestellt«, kommentierte Ecki.

Ich nahm einen Schluck. »Das weiß ich selber. Ich fühl mich immer noch mies deswegen.«

»Solltest du auch. Ganz nebenbei hast du durch deine Einmischung dem Erich für die nächste Zeit einen vielleicht wichtigen Zeugen genommen.«

»Und ihn obendrein ziemlich vergrätzt.«

»Was hast du dir dabei gedacht, diesem Nußbaum seine eigene Tat vor Augen zu führen? Wenn es überhaupt so gewesen ist. Hast du geglaubt, der würde dich bitten, ihn im Polizeipräsidium abzuliefern?«

»Ich habe die Wirkung auf Arnfried falsch eingeschätzt. Ich hatte angenommen, er wäre einsichtig und würde sich stellen.«

Ecki stieß Luft aus. Bei seinem Körpervolumen war das ziemlich viel Luft.

»Haben sie dich schon vorgeladen? Wegen deiner Eigenmächtigkeiten, meine ich.«

»Ja. leider.«

Ich berichtete von meinem unangenehmen Zusammentreffen mit Hund.

Eckis Blick wurde zusehends nachdenklicher. »Du darfst Erich echt dankbar sein. Der wird hinter den Kulissen ganz schön rödeln, damit deine Einmischung in die Angelegenheiten der Polizei nicht allzu heftig hochkocht.«

Ich wurde kleinlaut. »Das weiß ich nur zu gut. Dafür bin ich ihm wirklich dankbar.«

»Das musst du ihm unbedingt irgendwann sagen. Wenn die Wogen zwischen euch ein wenig geglättet sind.«

»Klaro.«

Ich bestellte zwei Samtkragen und wir spülten das Thema damit hinunter.

Anschließend kauten wir belangloses Zeug durch. Ecki hatte seinen uralten Röhrenfernseher durch einen Flachbildschirm ausgetauscht. Er beklagte den schlechten Ton des neuen Geräts. Im Geschäft hatte man ihm geraten, eine Soundbar unter den Fernseher zu stellen. »Die sind doch bekloppt. Erzählen dir, die Dinger nehmen weniger Platz weg als die alten und schwatzen dir im gleichen Atemzug neues Gedöns auf, damit du noch mehr Platz zum Aufstellen brauchst. Am besten installierst du gleich so'n Fünf-Punkt-Eins-System. In jedem Winkel ein Lautsprecher, unter dem Fernseher einer und irgendwo unterm Sofa ein Kühlschrank von Brüllwürfel, damit der Nachbar den Bass gleich mitklatschen kann. Gibt doch nur Ärger! Zusätzlich Kohle kostet das sowieso.«

Irgendwann wurde es mir zu bunt und ich lenkte Ecki von seinem Nörgeln ab. Einigermaßen geschickt zwang ich ihn in eine Kurve, um Fragen zu beleuchten, die mir unter den Nägeln brannten.

»Sag mal, Ecki. Ich bin neulich am See Fahrrad gefahren und am *Haus Scheppen* in diesen Biker-Treff hineingeraten. Macht der euch eigentlich manchmal Ärger?«

Ecki zuckte die Schultern. »Nur das Übliche. Die Anwohner

im Pörtingsiepen beklagen sich, wenn die Leutchen mit ihren Knatterkisten abends nicht die Zeiten einhalten. Gemäß Beschilderung soll um zehn Schluss sein. Fährt da mal einer um fünf Minuten nach zehn durch, hängt garantiert jemand von den Anwohnern am Telefon. Ach und neulich haben irgendwelche Chaoten die Müllcontainer vom Imbiss nachts in den See geschoben.«

»Mischereien?«

»Lang schon nicht mehr.«

»Werden Kontrollen durchgeführt?«

»Nur Fahrzeugkontrollen. Die Schrauber übertreiben manchmal.«

»Ihr habt die Lage am Biker-Treff also im Griff?«

»Ist zwar nicht mein Revier, aber ich weiß es nicht besser.«

Ich prostete dem Großtrommelträger enttäuscht mit meinem Pils zu und er prostete zurück. Was hatte ich erwartet?

Ecki verspürte Druck im Unterleib und verschwand an die Fliese. Gedankenversunken sah ich mich in der Kneipe um. Wenige Schritte entfernt stand ein Vierertrupp Männer, altersmäßig rentennahe Jahrgänge. Das bestätigten mir die Gesprächsfetzen, die ich mitbekam.

»Wenn ich nächstes Jahr aufhöre, dann suche ich mir ein Ehrenamt. Ich finde gut, was die beim *BUND* machen. Umwelt, Naturschutz, das könnte was für mich sein«, tönte der adrett gekleidete, drahtige Kerl aus der Runde. Er trug das Haar genauso kurz geraspelt wie ich das meine. Darunter trug er deutlich den Stolz zur Schau, ein Bestimmer zu sein. Man sah ihm an, dass er in seinem auslaufenden Job anderen sagte, wo's langging.

»Haha, könnt ihr euch so was vorstellen? Michael watet mit

Gummistiefeln über einen Acker, taucht den Spaten in den matschigen Boden und pflanzt Bäume?«, amüsierte sich ein anderer aus der Runde.

»Das hast du falsch verstanden. Michael sitzt im Besprechungsraum und zeigt auf der Landkarte, wo Bäume gepflanzt werden«, tönte der Dritte.

Der Vierte, in dessen gutmütiges Gesicht sich im Laufe seiner Jahre tiefe Lachfalten eingegraben hatten, setzte noch einen drauf: »Michael? So konkret? Wenn der bei denen in der Besprechung sitzt, entscheidet der doch höchstens: Wir pflanzen Buchen!«

Eine Lachsalve übertönte alle anderen Stimmen in Guidos Kneipe. Der Verhöhnte verzog die Mundwinkel zu einem pflichtschuldigen Lächeln. Die Anspielung seiner Kumpel war bei ihm angekommen.

Ich hörte nicht weiter hin. Nein, so einer war ich nie gewesen, jemand, der sagt: Wir pflanzen Buchen. Ich war der, der in Gummistiefeln auf dem Acker stand und im Matsch nach dem Täter suchte. Das war immer meine Rolle gewesen. Eine Rolle, die mir entsprochen und die ich leidenschaftlich ausgefüllt hatte. Was die Bestimmer dachten und meinten, anweisen zu müssen, war mir piep egal gewesen.

Als Ecki von der Fliese zurückkehrte, schwelgten wir noch in ein paar Erinnerungen an frühere Tage. Dann beendeten wir die Lage mit zwei Samtkragen. Diesmal gelang es mir, das Bett zu erreichen, ohne meine Holde zu wecken. Nur über meine Fahne beklagte sie sich am nächsten Morgen. Mehr aus Routine als aus echter Empörung.

Gut gegangen!

***

Als ich das Frühstücksgeschirr wegräumte – noch im Bademantel –, gab mein Handy Laut. Der Anrufer meldete sich mit seinem Namen. Ich erstarrte. Mit dieser Kontaktaufnahme hatte ich im Grunde nicht gerechnet.

»Endruschat hier. Aus Hamburg. Meine Tusse hat mir Ihre Nummer gegeben. Was wollen Sie von mir?«

»Siebert. Guten Morgen. Sie sind Volker Endruschat?«

»Sicher, Mann. Schießen Sie los!«

»Haben Sie früher in Herten gewohnt?«

Der Anrufer wurde vorsichtig. »Warum wollen Sie das wissen?«

Ich hörte aus seinem ruppigen Ton heraus, dass ich richtiglag. Heureka! Ich hatte tatsächlich Arnfrieds Freund an der Strippe.

»Arnfried Nußbaum hat mir Ihren Namen gegeben. Er hat mir gesagt, er wolle zu Ihnen nach Hamburg ziehen.«

»Deswegen hat gestern schon die Polente angerufen. Ich weiß, dass Arnfried einen Unfall hatte.«

Seinem Tonfall nach zu urteilen, war der Grad seiner Betroffenheit darüber eher bescheiden. Ich registrierte beiläufig, dass Erich meinen Informationen immerhin noch Gewicht beimaß.

»Das war der Grund meines Anrufs. Ich wusste nicht, dass die Polizei diese Information an Sie weitergeben würde. Arnfried liegt schwer verletzt im Krankenhaus. Da Sie miteinander befreundet sind, dachte ich, ich sollte Ihnen das sagen.«

»War's das?«

Es juckte mich, einen Versuchsballon von der Leine zu lassen.

Sollte ich?

Ach was! Hatte ich etwas zu verlieren?

»Arnfried hat mir erzählt, er würde zu Ihnen ziehen. Musste hier wohl wegen seiner Spielschulden verschwinden.«

Der Mann am anderen Ende der Verbindung wurde unwirsch. »Schuldet er Ihnen Knete? Rufen Sie deshalb an? Bei mir is nix zu holen. Ich trete auf keinen Fall für Arnfrieds Rückstände ein.«

Mein Kriminalistenherz machte einen Hüpfer. Richtig kombiniert! Vor Stolz straffte ich meine Haltung am Telefon.

»Beruhigen Sie sich. Damit habe ich nichts zu tun. Ich habe eher Schiss davor, dass mir die Zocker auf die Bude rücken. Arnfried hat denen in seiner Not meinen Namen genannt. Ich würde für seine Schulden einstehen, hat er denen weisgemacht.«

»Dann verpissen Sie sich lieber. Die nehmen Sie hops, wenn Sie nich blechen. Suchen Sie sich schon mal einen Sarg aus.«

»Ob ich zur Polizei gehen sollte?«

»Träumer! Die haben Verbindungen, Mann ...« Endruschat ließ den Satz gefährlich offen.

»Dann muss ich wohl mächtig auf der Hut sein.«

»Mein Rat? Falls Sie die Knete haben, drücken Sie sie einfach ab. Egal, ob Sie es denen schulden oder nicht. Nur dann werden Sie in Ruhe gelassen.«

»Danke für den Tipp. Auch wenn es ein Scheißtipp ist. Haben Sie noch so einen auf Lager?«

Der Anrufer legte grußlos auf.

Ein weiteres Mosaiksteinchen war gefunden. Endruschat hatte sofort eingeleuchtet, dass sein Freund Spielschulden hatte. Oder er wusste konkret davon. War er etwa ebenfalls in diesen Kreisen unterwegs? War er selbst auf der Flucht vor den Gläubigern? Eher unwahrscheinlich, denn dann hätte er auf einen Eintrag im Telefonbuch verzichtet. Was interessierten mich seine Lebensumstände überhaupt? Das Wissen darum würde mich in puncto meiner eigentlichen Fragen nicht weiterbringen.

Was hatte ich ermittlungstechnisch Relevantes erfahren? Arnfried benötigte wahrscheinlich dringend Geld. Wie passte das mit dem Mord an Gertrud Fenger zusammen? Arnfrieds Spielsucht war sicherlich eine Facette des Geschehens. Doch warum musste seine Lebensgefährtin dafür sterben? Ein Geheimnis mehr, das es zu lüften galt.

Wie gerne ich jetzt Erich aufgesucht hätte. Die alten Zeiten! Ich hätte meine Tathypothesen über den Schreibtisch hinweg geäußert, er hätte nur zuhören müssen. Möhrchen würde hereinkommen mit einer Kanne frischem Kaffee. Sie würde mich damit verwöhnen und in die Diskussion der neuen Erkenntnisse einsteigen. Und plötzlich wüsste ich, wie wir weiter vorgehen sollten. Wir wären auseinandergegangen, jeder mit seinem Päckchen Aufgaben.

Ich schüttelte den Tagtraum aus meinem Kopf. Vergangenheit. Vorbei. Stattdessen stand jetzt die Besorgung eines Handtuchhakens an. Der alte war Lotte gestern abgebrochen.

Ich tauschte den bequemen Bademantel gegen Straßenklamotten. Ein neuer Haken sollte auf der Rüttenscheider zu erstehen sein.

***

Lustlos schlenderte ich die »Rü« entlang. Ich blieb vor dem

Schaufenster eines Ladens stehen, der Krimskram verkaufte. Existierte der an dieser Stelle schon lange? War mir vorher zumindest nie aufgefallen.

In dem Moment, in dem mein Blick auf den kleinen Kasten mit dem Schmetterling fiel, kam mir die Idee. Bei mir stehen die kleinen bunten Falter synonym für Spuren-As Hartmut Dreute. Ich betrat das Geschäft und erstand die Insektenmumie für kleines Geld, meine Eintrittskarte in Hartmuts Reich. Natürlich würde er mich auslachen. Das musste mir der Versuch aber wert sein.

In Vorfreude auf meine kleine Scharade vergaß ich glatt, den Haken zu besorgen. Das schmierte mir Lotte sofort aufs Butterbrot, als sie von der Arbeit heimkehrte und ihre Hände wusch. »Das Handtuch liegt ja immer noch auf dem Wannenrand. Hast du keinen Haken bekommen?«

Um langen Diskussionen vorzubeugen, gab ich mich handzahm.

»Entschuldige, Schatz. Ich bin abgelenkt worden. Sofort tigere ich los und besorge einen. Die Geschäfte haben ja lange auf.«

Mir blieben zweieinhalb Stunden. Wenn ich das Rad nahm genug Zeit, um Falter in seiner Wohnung in Holsterhausen aufzusuchen und anschließend meine kleine Besorgung zu erledigen.

Ich schnappte mir den Schmetterling im Kasten und packte ihn in einen Baumwollbeutel, den ich an den Lenker hängte. Hartmut wohnt in Nähe der Gemarkenstraße. Wenige Minuten später stand ich vor dem Haus und schellte bei ihm. In der zweiten Etage öffnete sich ein Fenster und ein mir wohlbekanntes Gesicht erschien im Rahmen.

»Sigi? Du?«

»Tagchen Hartmut. Ich hätte da mal eine Frage. Darf ich hochkommen?«

»Da bin ich aber gespannt. Warte, ich drücke auf.«

Der Türsummer brummte und ich lehnte mich gegen die Haustür. Ich betrat das typische Treppenhaus einer Mietskaserne: muffig, düster, Renovierungsrückstand. Falter erwartete mich auf dem Treppenabsatz vor seiner Wohnung. »Was verschafft mir die Ehre?«

»Ein kleines Meisterwerk der Natur. Wirst du gleich sehen.«

Hartmut begleitete mich in seine Bude. Hier hatte sich seit meinem letzten Besuch vor bestimmt zehn Jahren nichts verändert. Alle Wände waren oberhalb der Türen komplett mit Holzkästen drapiert, aus denen mich tote Insektenaugen anglotzten. Ein privates Schmetterlings-Mausoleum hatte sich Hartmut über die Zeit eingerichtet.

Ich wurde ins Wohnzimmer geführt. Dort packte ich meinen kleinen Türöffner aus und legte ihn wie eine Trophäe auf den beige gekachelten Tisch mit Untergestell in Gelsenkirchener Barock.

Der Besuchte verdrehte die Augen. »Toll! Fantastisch! Einen *Aglais urticae* hast du aufgetan.«

»Kannst du mir noch mehr über das Tierchen sagen?«

»Auf Deutsch nennt man ihn Kleinen Fuchs. Dürfte so ungefähr der am häufigsten anzutreffende Schmetterling in unseren Gefilden sein.«

Sah ich Häme in seinen Augen aufleuchten?

Ich reagierte nicht darauf und tat enttäuscht. »Schade. Ich dachte, der wäre was Besonderes. Muss ich mich nach einem anderen Geschenk für Lotte umschauen.«

»Für deine Lotte war der gedacht? Warum bist du nicht gleich zu mir gekommen? Da will ich doch mal nachsehen …«

Au Weh! Das hier nahm eine Wendung, die ich nicht vorausgesehen hatte. Um in meiner Rolle zu bleiben, würde ich die zu erwartende Prozedur mannhaft durchstehen müssen.

Hartmut verschwand und kehrte mit einem Kästchen in Händen zurück, das leicht die vierfache Grundfläche von meinem besaß.

Hinter der Verglasung war eine wesentlich größere, imposantere Schmetterlingsmumie aufgespießt. »Schau hier. Das ist *Urania ripheus*. Den habe ich doppelt. Könnte ich dir günstig überlassen.«

Leichte Bewunderung auf die Stimmbänder zaubern! »Das ist ja ein phänomenales Prachtexemplar! Habe ich noch nie gesehen. Wo kommt der her?«

»Der stammt von Madagaskar.«

»Was willst du dafür haben?«

»Gib 'nen Zwanni. Unter Freunden. Mit Kasten natürlich.«

Ein Argument, warum ich auf den Erwerb des viel eindrucksvolleren Schmetterlings verzichten wollte, dieses einmalige Schnäppchen, fiel mir auf die Schnelle nicht ein. Murrend drückte ich den Zwanziger ab. Das hob Hartmuts Laune sichtlich. Meine sank dafür in den Keller.

Vielleicht wirkte sich das Geschäft wenigstens positiv auf Falters Plauderbereitschaft aus.

»Wie läuft es denn so an meiner alten Wirkungsstätte?«, fragte ich ihn, während ich den unfreiwilligen Neuerwerb und das mitgebrachte Kästchen zusammen in den Baumwollbeutel schob.

»Kannst du dir das nicht denken?«

Erst der unfreiwillige Schmetterlingskauf, dann die berühmt berüchtigte Quizstunde. Mir blieb nichts erspart heute!

»Ihr habt alle viel zu tun«, bezog ich einen Gemeinplatz.

»Genau. Erich, scheint mir, ist besonders ausgelastet.«

»Woran forscht er denn?«

»Die Berliner ziehen nicht so mit, wie er sich das wünscht. Neuerdings scheint auch Hamburg im Fall eine Rolle zu spielen. Der kackt sich mir gegenüber ja nicht aus.«

»Spurentechnisch ist da nichts Weiteres aufgetaucht?«

»Wie man's nimmt. Ich habe deinen Verdacht wegen der Abdrücke übrigens durch einen Eigenversuch nachgeprüft.«

»Mit welchem Ergebnis?«

»Darauf kommst du bestimmt ohne meine Hilfe.«

Das nervte derart!

»Nein, tue ich nicht. Bin ich zu blöd zu. Bricht dir ein Zacken aus der Krone, wenn du es mir einfach sagst?«

»Die Abdrücke könnten gut von Überschuhen mit einer stabilen Einlage in Fußform stammen. Ich habe mir welche angezogen und eine dicke Korksohle hineingelegt. Die Fußtritte, die man damit auf Rasen hinterlässt, sehen denen auf den Fotos vom Tatort verdammt ähnlich.«

»Na also. Ein weiterer Hinweis darauf, dass in Werden Profis am Werk waren. Genauer: Ein Profi.«

»Davon scheint Erich mittlerweile ebenfalls überzeugt zu sein. Er findet nur kein Motiv.«

Also war mein Ex-Kollege nicht weiter als ich!

»Das wächst sich zum Knackpunkt der ganzen Angelegenheit aus. Wenn Erich die Gründe für den Mord nicht aufdeckt, wird er niemals Rückschlüsse auf die Beteiligten ziehen können.«

»Genau. Am meisten wurmt ihn, dass Arnfried Nußbaum nicht vernehmungsfähig ist. Hat er mir gegenüber durchblicken lassen.«

Das hörte ich weniger gern.

»Habt ihr denn eine Tatwaffe gefunden?«

»Was schätzt du?«

»Wenn es ein Profi war, eher nicht.«

»Der Kandidat hat hundert Punkte.«

Auweh. Jetzt verteilte Quizmaster Hartmut Dreute schon wieder Punkte. Mit steigender Anzahl von Dienstjahren wurde der Knabe immer schrulliger!

»Ich muss jetzt. Kannst ja mal durchklingeln, wenn du Sehnsucht nach mir hast.«

»Gerne, Sigi. Viel Spaß mit *Urania ripheus*.«

Ich sah zu, dass ich Land gewann. Jetzt hieß es, die Schmetterlingsmumien wieder loszuwerden. Wenn ich Lotte so etwas ins Haus brächte, wäre ich geliefert!

Zum Glück hatte die Ladenbesitzerin, bei der ich meinen Lockvogel erstanden hatte, ein Einsehen und tauschte ihn um. Den Neuerwerb von Hartmut bot ich ihr zusätzlich zum Kauf an. Zehn Euro wollte sie dafür geben. Besser als leer ausgehen. Ich akzeptierte das Angebot. Unterm Strich hatte ich die andere Hälfte vom Zwanziger in den Sand gesetzt. Dafür wusste ich jetzt, woran Erich zurzeit knackte.

Beinahe hätte ich wieder vergessen, einen Haken zu kaufen. Zum Glück fiel er mir rechtzeitig ein. Der Laden, in dem ich ihn fand, schloss die Tür hinter mir ab. Gerade so geschafft. Zu Hause machte ich mich sofort daran, ihn im Badezimmer anzukleben.

»Du warst gang schön lange weg. War es schwierig, das Ding zu kaufen?«, fragte Lotte.

»Ich habe Hartmut getroffen«, blieb ich nahe an der Wahrheit. »Wir kamen ins Reden und Schwups war eine Stunde um.« In diesem Moment hängte ich Lottes Handtuch am neuen Haken auf. Das war ganz nach ihrem Geschmack. Sie vergaß glatt, ihren Argwohn weiter auszuwalzen.

»Siehste, geht doch. Komm, wir essen.«

Bei Butterbroten und Bier besprachen wir ein paar Details in Bezug auf den Umzug von Lucy und Tom. Meine Aufgabe würde hauptsächlich darin bestehen, schleppen zu helfen. Ich würde mittwochs mit dem Zug vorfahren. Lotte käme am Samstag mit dem Auto nach, um beim Putzen und beim Bestücken der Schränke zu helfen. Als Schlafplatz war für uns jeden bestimmt eine Luma vorhanden. Kostete wenigstens nichts.

Kinobesuch mit Aussprache

Am darauffolgenden Samstag ging ich mit Lotte in eines der Essener Programmkinos. Die besitzen eine gewisse Tradition in der Stadt. Allen voran die *Lichtburg* mit dem größten Kinosaal Deutschlands. Hier haben schon etliche Filme ihre Premiere gefeiert und ihre Stars waren bei uns im Pott zu Gast. Darunter internationale Berühmtheiten wie *Gary Cooper*, *Romy Schneider*, *Curd Jürgens*, *Lex Barker*, *Pierre Brice*, *Bud Spencer*, *Terence Hill* - um nur einige zu nennen, die mir aus meiner Kindheit und Jugendzeit geläufig sind. Jedes der traditionellen Kinos zeigt einen eigenen Charakter. Von glänzend renoviert bis in Ehren ergraut, empfangen sie ihr Publikum allesamt mit dem Charme der jungen Bundesrepublik. Ein für mich nicht unwesentlicher Aspekt: Hier liegt kein Popcorn herum.

Das Licht wurde gedimmt und zunächst Werbung gezeigt. Zwischen dem Werbeblock und dem Beginn des Hauptfilms verkaufte ein Mann Eis. Es wurde durch die Reihen gereicht und auch ich verlängerte den Arm des Verkäufers zu meinem Nachbarn zur Linken, nachdem Lotte abgewinkt hatte.

Die Atmosphäre des Kinosaals ließ die Jahrzehnte zusammenschmelzen. Während des Vorspanns tastete ich im Dunkeln nach der Hand der jungen, schüchternen Charlotte neben mir. Die Freude des Wiedersehens, das süße Prickeln einer kleinen Berührung – den Polstern hier sind sie bekannt. Sie schienen uns zuzuzwinkern, verheimlichten uns die verstrichene Zeit und empfingen uns als frisch verliebtes Paar. Hatten wir nicht genau hier gesessen bei *Zwei wie Pech und Schwefel*? Lotte war wegen der blauen Augen von *Terence Hill* gekommen, ich wegen der Action-Szenen. Beide aufgekratzt, denn wir hatten unser Rendezvous vor den Eltern verheimlicht. Beide glücklich, trotz der Unsicherheit, wie man sich gegenüber dem anderen Geschlecht richtig verhielt.

Als das Licht wieder eingeschaltet wurde, war der Zauber dahin. Wir beschlossen, noch etwas trinken zu gehen. Der Film heute hatte keine großartigen Gedanken oder Gefühle in mir freigesetzt. Er war seicht dahingeplätschert, mit etwas plumpem Humor. Für den sofortigen Konsum produziert.

In einer der überschaubar wenigen Kneipen der Innenstadt besetzten wir ein kleines Tischchen in Tresen-Nähe. In Essens City brummt das Nachtleben nicht. Vor unserer Haustür in Rüttenscheid ist mehr los. Die Abwechslung macht's.

Ich bestellte mir ein Pils, Lotte einen Weißwein. Wir waren mit der Straßenbahn hergekommen, da durfte sie, die sonst den Fahrdienst übernimmt, sich mal einen genehmigen.

Meine Holde druckste herum. Sie hatte etwas auf dem Herzen. Mich beschlich eine gewisse Ahnung. Mist. Auf diese Art von Gespräch hatte ich heute Abend so gar keinen Bock.

Es ging los. »Was ich dich länger mal fragen wollte, Sigi: Bist du eigentlich zufrieden damit, wie du deine Tage verbringst?«

Auf Begriffsstutzig schalten war eine der Taktiken, solchen Ansinnen ernsthaften Gedankenaustauschs zu entgehen.

»Wie meinst du das?«

Diesmal ließ sich Lotte nicht derart leicht entmutigen. »Ich stelle mir vor, es ist manchmal langweilig, den ganzen Tag abzuhängen ohne eine wirkliche Aufgabe.«

»Du deckst mich doch mit reichlichen Aufträgen ein.«

»Und damit bist du zufrieden? Mit ein wenig Haushalt und ein wenig einkaufen?«

»Du vergisst die Reparaturen. Wie gerade eben den Haken im Bad.«

»Jetzt bitte ich dich! Wenn wir da im Schnitt auf einen Handgriff pro Monat kommen, ist das viel. Bist du nun zufrieden oder nicht?«

So schwer von Begriff, wie es nötig gewesen wäre, durfte ich mich nicht stellen. Lotte würde sonst den Braten riechen. Taktikwechsel: Die Frage selbst infrage stellen.

»Zufrieden. Wer ist schon allzeit zufrieden? Das gibt es nur im Film.«

»Im Anfang, als sie dich frisch vom Dienst freigestellt hatten, da warst du ganz auf deine Gesundheit fixiert. Okay, habe ich gedacht, das kann ich verstehen. Das bedrückt ihn, wenn er Schmerzen hat und sein Bewegungskreis eingeschränkt ist. Ich habe dich bewundert dafür, wie konsequent du für dein Knie gekämpft hast.

Dann ging es dir immer besser. Heute kannst du wieder lange Radtouren fahren, kilometerweit spazieren gehen. Ich hätte mir gewünscht, dass deine Laune dadurch besser wird. Das Gegenteil scheint mir der Fall. Du wirst immer stiller, verschlossener. Fängst an, dich in die Arbeit deiner Ex-Kollegen einzumischen. Suchst alte Schulkameraden auf, die du jahrzehntelang nicht gesehen, deren Namen du sogar vergessen hast. Kommst du nicht klar mit deinem Ruhestand?«

Ich wand mich. »Ich weiß, dass mein Arbeitsleben hinter mir liegt.«

Lotte durchbohrte mich mit ihrem Blick. »Du verstehst mich nicht, Sigi. Oder du willst mich wieder mal nicht verstehen. Es geht mir nur um dich. Darum, ob du dich in deiner Haut, mit der Gestaltung deiner Tage wohlfühlst.«

Ich gab alles Taktieren auf und kürzte dieses Verhör ab.

»Du willst wissen, ob ich eine Beschäftigung vermisse. Ob ich aus purer Langeweile versuche, wieder Polizeiarbeit zu machen.«

Meine Angetraute lächelte mich wissend an. »Erkannt. Und?«

Was sollte ich erwidern? Ich verstummte.

Lotte blieb dran: »Und?«

Sie würde keine Ruhe geben, ehe ich ihr Rede und Antwort stand. Sie hatte heute eindeutig ihren Hartnäckigen. Und sie würde mich beim Schummeln erwischen. Das wollte ich lieber nicht riskieren.

Um Zeit zu gewinnen, bestellte ich mir zunächst per Handzeichen ein frisches Pils. Dann sammelte ich mich, um meiner Göttergattin zu antworten.

»Ich habe einen Sinn in meiner Arbeit gesehen, Lotte. Ich habe als ein kleines Rädchen dazu beigetragen, dass in unserer Gesellschaft Gerechtigkeit herrscht, dass Verbrecher zur Verantwortung gezogen werden für ihre Taten. Dafür habe ich mich eingesetzt und ich glaube, ich habe einigermaßen Talent zu diesem Job gehabt.«

»Nur zu«, ermunterte mich Lotte.

»Da ist diese Leere, weißt du? Mir reichen diese tausend kleinen Handgriffe des Alltags nicht. Mein Kopf muss etwas zu tun haben. Dass ich mich viel bewege, ist kein Ersatz. Und dann dieser merkwürdige Zufall, Arnfried Nußbaum zu kennen. Erichs Unbeholfenheit, einen Mann auszuquetschen, die mir gut aus unserer gemeinsamen Zeit im Gedächtnis ist. Ich hatte den Eindruck, der Fall wird falsch angegangen. Das hat mich herausgefordert.«

Lottes Blick wurde steinhart. »Sigi, der ergraute Bulle. Der Meisterdetektiv auf Abruf. Kommst du dir nicht lächerlich vor in dieser Rolle?«

Peng. Mir schwoll der Kamm. »Ach, so siehst du das! Ich bin ein oller Polizeikater, der das Mausen nicht sein lassen kann. Aus purer Langeweile. Dass ich nicht selbst draufgekommen bin!«

»Mir gefällt das jedenfalls nicht. Du hast Arnfried Nußbaum immerhin so weit zugesetzt, dass er kopflos auf die Straße gerannt ist. Du hast deine kriminalistischen Qualitäten ausgespielt, aber du hast den Menschen Arnfried dabei nicht ins Kalkül gezogen. Er hat anders reagiert, als du es dir erhofft hattest. Verschätzt hast du dich, Sigi Siebert. Ziehst du daraus wenigstens eine Lehre?«

Zielsicher hatte Lotte meinen wunden Punkt freigelegt, mein Versagen aufgespießt wie Falter einen Schmetterling für seine Sammlung. Meine Schuldgefühle, gut versteckt hinter dem Eifer, die Zusammenhänge im Fall zu klären, schlugen über mir zusammen.

Lotte bemerkte, dass ihre Ansprache bei mir angekommen war. Fertig war sie noch nicht mit mir. Sie glaubte offensichtlich, den Boden ausreichend für ihre eigentliche Botschaft präpariert zu haben.

»Dir fehlt ein Hobby, Sigi, dir fehlen Menschen. Nur Ecki meldet sich bei uns, diese Saufziege. Mit Erich und Möhrchen herrscht augenblicklich eher Funkstille, habe ich den Eindruck. Such dir was, was dich interessiert und gib das private Schnüffeln auf. Für jeden geht die Zeit des Berufs einmal zu Ende. Begreife es als Chance und trauere nicht den alten Zeiten nach.«

Ich verschanzte mich hinter meinem legendären Trotz. »Das verstehst du nicht.«

Lotte zog ihren letzten Trumpf, der meistens stach. Sie setzte meinem Trotz keine weiteren Ermahnungen und Beschimpfungen entgegen, sondern wechselte ins Süße, Verständnisvolle.

»Ich verstehe dich manchmal besser, als du es selber tust, mein Schatz. Wehre dich nicht länger dagegen, dass deine Tage als Ermittler gezählt sind. Hör auf mich. Du wirst mir sonst noch ganz trübsinnig. Bald bin ich auch zu Hause. Dann habe ich mehr Zeit für uns.«

Was von Lotte als Aufmunterung gedacht war, wirkte auf mich vor dem Hintergrund meiner weiteren Pläne in Bezug auf den Mordfall wie eine Drohung. Noch mehr unter Beobachtung? Noch enger an die Kette gelegt?

Mein Protest fiel unangemessen scharf aus: »Du musst mir meine Freiheiten lassen, Lotte. Der alte Wolf will manchmal ungestört durch die Wildbahn ziehen. Akzeptiere das bitte!«

»Aber sicher, mein Schatz.« Die Augen meiner Besten sagten etwas anderes. Sie war verschnupft.

Auf beiden Seiten missgestimmt über den Ausklang des Abends, brachen wir kurz danach Richtung Heimat auf. Ich beeilte mich, vor Lotte ins Bett zu kriechen. Als sie wenig später das ihre bezog, stellte ich mich schlafend. Sie hatte mit ihrem Bemühen, mich vom Schnüffeln abzuhalten, genau das Gegenteil bewirkt. Ich würde allen zeigen, dass ich mein Metier nicht verlernt hatte. Sigi Siebert würde diesen Fall aufklären – mit und ohne dem Einverständnis seiner Familie, mit und ohne Hilfe seiner alten Kollegen, mit und ohne Zugriff auf ermittlungstechnische Erkenntnisse. Ich würde zu alter Hochform auflaufen. Der einsame Wolf würde seine eingesammelten Indizien zusammenpuzzeln.

War Puzzeln nicht eine sehr beliebte Beschäftigung bei Rentnern?

***

Am Sonntag überredete ich Lotte zu einer Fahrradtour. Als ich ihr die Route vorschlug, verzog sie das Gesicht.

»Um den See herum? Heute? Das ist mir zu voll.« Ich musste sie erst kräftig bearbeiten, bis sie einwilligte.

Natürlich waren die Wege um den *Baldeneysee* herum angefüllt mit Menschen. Der typische Sonntagsausflug mit der Familie schien eine nicht aussterbende Tradition zu sein. Viele kleine Kinder liefen uns vor die Räder. Wir mussten höllisch aufpassen. Das Radfahren machte hier wirklich keinen Spaß.

Mir war natürlich der Biker-Treff im Kopf herumgespukt, als ich die Route vorgeschlagen hatte. Heute war der Platz am *Haus Scheppen* vollgestellt mit Motorrädern. Eine Menge Chrom funkelte in der Sonne. Je nach Betrachtungswinkel wurde man aus verschiedenen Richtungen geblendet.

Als ich die lange Schlange vor den Imbissbuden sah, wusste ich, dass dort niemand für mich Zeit haben würde. Außerdem hatte ich Lotte im Schlepp. Um wenigstens ein kleines Weilchen am Ort meines Interesses verbringen zu können, täuschte ich vor, mich für die Maschinen zu interessieren.

»Was ist mit dir los, Sigi? Alles, was mit Motoren zu tun hat, geht dir doch sonst am Arsch vorbei?«

»Ich finde, von Motorrädern geht eine gewisse Ästhetik aus. Eleganz. Findest du nicht?«

»Du spinnst!«

Nach der Aussprache von gestern Abend hätte Lotte mich gewürgt, wäre sie hinter mein wahres Ansinnen gekommen, irgendeine kleine, ermittlungstechnische Beobachtung aufzuschnappen. Dem Burgfrieden zuliebe zog ich unverrichteter Dinge mit ihr weiter.

Nach Berlin

Am Montag und Dienstag schiffte es aus Kübeln. Ein beinahe tropischer Regen flutete unsere Straße. Bei so einem Wetter würde niemand den Biker-Treff aufsuchen. Ich verspürte außerdem keine Lust, nass wie ein Fisch durch die Lande zu radeln. Trotz aller kriminalistischen Neugier vertagte ich weitere Erkundungstouren an den *Baldeneysee* auf die nächste Woche, wenn wir aus Berlin zurück wären.

Am Mittwoch ließ der Regen endlich nach. Lotte brachte mich mit meinem spärlichen Gepäck zum Bahnhof und verabschiedete mich im Auto mit einem Kuss. Ich suchte meinen Bahnsteig. Der Zug kam tatsächlich pünktlich. Als ich meinen Fensterplatz im Großraumwaggon bezog, war ich irgendwie doch froh, meinem Gedankenkreis für ein paar Tage durch den Ortswechsel zu entkommen.

Der ICE benötigt keine vier Stunden von Essen nach Berlin. Bis Dortmund wurde er seiner nachgesagten Geschwindigkeit nicht gerecht. Ab dort nahm der Zug Fahrt auf und die Landschaft rauschte an meinem Fenster vorbei. Zwischendurch kramte ich Lottes Carepaket aus der Vordertasche des Koffers. Brote mit Leberwurst und Schinken, ein gekochtes Ei, eine Miniportion Salz, eingewickelt in Alufolie, ein Apfel. Dazu eine Thermoskanne mit Kaffee. Meine bessere Hälfte weiß, was ich unterwegs brauche!

Kurz nach Mittag kam ich am Berliner Hauptbahnhof an. Auf der Tiefebene. Ich nahm mein Gepäck und stieg mit dem Strom der Reisenden aus. Auf dem Bahnsteig stellte ich mich auf die Zehenspitzen, um Tom oder Lucy zu entdecken. Ich sah die beiden entspannt an der Rolltreppe stehen. Ein kurzes Zuwinken und wir setzten uns zueinander in Bewegung. Ich schloss meine Kleine in die Arme.

»Lucy. Bin ich froh, bei euch zu sein.«

»Tag Paps. Nett, dass du kommst, um uns zu helfen.«

Ich streckte meine Arme aus, ohne die Hände von ihren Schultern zu nehmen, und sah mir meine Tochter an. Letztes Jahr hatte sie ihren dreißigsten Geburtstag gefeiert und im Dezember den Doktor in ihrer Fachrichtung gebaut. Lotte und ich sind geplatzt vor Stolz. Im Frühjahr hatte Lucy am Institut eine Stelle als Wissenschaftliche Mitarbeiterin ergattert. Was aus unserem kleinen, zierlichen, etwas verpeilten Töchterchen geworden ist! Ich, da bin ich ganz ehrlich, hätte ihr diesen Fleiß und dieses Durchsetzungsvermögen nicht zugetraut. Im Gegensatz zu Lotte. Mutterinstinkt!

Nun kam Tom an die Reihe, Lucys langjähriger Freund. Ich weiß noch genau, wie sie ihn uns vorgestellt hat. Ganz schüchtern ist er an den Osterfeiertagen bei uns aufgelaufen. Das war zu der Zeit, als ich den Nordkap-Fall frisch aufgerollt hatte. Tom hatte mich damals unbewusst darin bestärkt, auf eigene Faust daran zu arbeiten. Was er wohl zu den Vorfällen in Werden sagen würde? Halt bloß die Schnauze Sigi. Vermeide tunlichst alles, was über Umwege Lottes Aufmerksamkeit erregen könnte!

Ich mochte Tom von Anfang an. Richtig ans Herz gewachsen ist mir der Bursche. Er hat im letzten Winter die Schule gewechselt und eine Vollzeitstelle als Gymnasiallehrer angetreten. Ich drückte ihn ebenso herzlich an die Brust wie unsere Tochter. Tom ließ es sich nicht nehmen, meinen Koffer hinter sich herzuziehen.

»Wir gehen erst mal zu einer Bude, einen vernünftigen Döner verdrücken. Dann fahren wir zu unserer neuen Wohnung raus, einverstanden?«

Der Plan war nach meinem Geschmack. Ich hatte nichts einzuwenden.

Wir verließen den Bahnhof und steuerten eine Dönerbude an, die Tom kannte. Hier, schwärmte er, gäbe es besseren Döner als in seiner Heimatstadt Gelsenkirchen. Ja, Tom ist ein Sohn des Ruhrgebiets. Er stammt aus der Nachbarschaft. Seine Eltern und Geschwister haben wir mittlerweile auch kennengelernt. Eine wirklich nette Familie.

Jeder mit einem Döner bewaffnet, postierten wir uns vor der Bude an einem Stehtisch. Mir fiel beim ersten Hineinbeißen Salat aus der Teigtasche. Die Kinder lachten herzlich darüber und Tom zeigte mir, mit welcher Technik man solche Ungeschicke vermied. Mir gelang es trotzdem nicht, mein Mittagsmahl kleckerfrei zu mir zu nehmen. Für mich gehören Döner und Flecke auf den Klamotten zusammen wie Dick und Doof. Bei Currywurst vom Plastikgäbelchen ergeht es mir selten besser. Meine Angetraute wird das gerne bestätigen.

Während des Essens unterhielten wir uns über die Ereignisse des letzten halben Jahres. Ich sah den gegenseitigen zärtlichen Blicken der Kinder an, wie verliebt sie waren. Beide versicherten mir, gut in ihren neuen Stellen angekommen zu sein. Diesen einschneidenden Veränderungen konnte ich natürlich wenig Spannendes aus der Heimat entgegensetzen. Über den Mord in Werden hatte ich mir striktes Redeverbot erteilt. Der Rest meines Lebens verlief, gemessen an dem ihren, ereignislos.

Nach dem Döner war ich richtig satt – trotzdem mir ein

beträchtlicher Anteil davon im Magen fehlte. Ich folgte Lucy und Tom zur Straßenbahnhaltestelle. In Berlin benötige niemand ein Auto, hatten sie mir mal versichert. Davon hatte ich mir des Öfteren ein eigenes Bild machen können. Ich, ein überzeugter Verweigerer des motorisierten Straßenverkehrs, wäre glücklich gewesen, wenn das bei uns auch so prima geklappt hätte mit S- und U-Bahn, Straßenbahn und Bus. Berlin kennt an vielen Stellen den Fünf-Minuten-Takt. Bei uns wartet man überall länger auf den Anschluss und gegen Abend dünnt der Fahrplan mächtig aus.

Wir bestiegen einen Zug der M10 und fuhren nach Friedrichshain hinaus. Die Kinder priesen die gute Stadtanbindung ihres neuen Domizils.

Unterwegs fing es an zu nieseln. Natürlich hatte niemand von uns einen Schirm dabei. Wenige hundert Meter von unserer Zielhaltestelle entfernt, erreichten wir in mittlerweile klammen Klamotten ein Haus aus der Gründerzeit. Tom trug meinen Koffer eine knarrende Holztreppe hoch in die vierte Etage. Eine ehrwürdige Holztür führte ins frisch angemietete, neue Reich. Stolz führte mich Lucy durch die Räume.

Sie und Tom würden jeder ein eigenes Arbeitszimmer beziehen. Dafür nahmen sie mit einer Wohnküche vorlieb, die allerdings für zwei Personen üppig dimensioniert war. Die moderne Küchenzeile war im Mietpreis enthalten. Das Badezimmer besaß leider keine separate Dusche, nur eine Badewanne. Vom Schlafzimmer aus gelangte man auf einen kleinen Balkon, der einen hübschen Ausblick ins umliegende Wohnquartier bot. Auf dem Boden lagen ein Schaumstoffpolster – das aussah, als wenn es zu einem Gartenmöbel gehörte –, und ein Schlafsack für mich bereit.

Tom stellte den Koffer daneben ab. »Hier kannst du erst mal schlafen. In der alten Wohnung ist zu wenig Platz. Da würden wir uns nur gegenseitig auf den Füßen stehen.«

Die Wohnverhältnisse der Kinder waren mir bekannt. Die Butze war wirklich eng. Eine Studentenbude halt. Wenn Lotte und ich uns zu Besuch in Berlin aufgehalten hatten, waren wir im Hotel untergebracht gewesen.

Ich registrierte dankbar, dass alle Zimmer in der neuen Wohnung frisch gestrichen waren. Tom merkte an, dass er dafür die halben Sommerferien verbraten hatte.

»Bei meinem Talent, mit Farbe umzugehen, hättest du die Herbstferien zusätzlich einplanen müssen, mein Junge. Allein, um die Farbspritzer wegzukratzen. Du hast ein wohlbesonnenes Werk getan«, zwinkerte ich ihm zu – eingedenk einschlägiger Erfahrungen in der eigenen Behausung.

Die Kinder lächelten verschmitzt. Sie wussten von meinen beiden linken Händen. Ob sie sich des Risikos bei der Wahl ihres Umzugshelfers bewusst gewesen waren?

Lucy klärte mich über die weiteren Pläne für den Tag auf. »Wir dachten, heute Nachmittag gehen wir ins *Neue Museum*. Da steht die *Nofretete*. Und der *Goldhelm* ist dort ausgestellt. Vor allem schauen wir uns die neue Vitrine an. Bei der Zusammenstellung und Erläuterung der Exponate durfte ich das Museum beraten.«

Begeisterung weckte der Vorschlag nicht gerade bei mir. Mich hätte eher die Besichtigung des Spreeabschnitts interessiert, wo Gertrud Fengers Motorrad versenkt worden war. Aber durfte ich Lucy enttäuschen? Ihr Herz schlug nun einmal für Kunst und Kunstgeschichte. Ihren Vater ein wenig an ihr Thema heranzuführen, das wünschte sie sich wahrscheinlich.

So verbrachten wir den Nachmittag im *Neuen Museum* auf der *Berliner Museumsinsel.* Lucy war ganz in ihrem Element. Sie schien einen schier unerschöpflichen Vorrat an Deutungen von Kunstobjekten und historischen Hintergründen abgespeichert zu haben. Der Vortrag über »ihre« Vitrine, keinen Meter breit, dauerte allein eine geschlagene halbe Stunde. Warum ein Figürchen darin ausgestellt war und ein anderes nicht, welche kultische Bedeutung es in seiner Zeit gehabt hatte, wie es angemalt gewesen war, wieso ein Väschen danebenlag. Ich traute mich nicht, Laut zu geben, dass es mir zu viel wurde. Dankbar sah ich Tom an, als er verbal das symbolische Stopp-Schild hochhielt.

Ich muss zugeben, dass ich das Gebäude selbst spannender fand, als alles, was darin ausgestellt war. Inklusive der *Nofretete*, die einen eigenen Raum einnahm. Der Architekt, *David Chipperfield*, dessen Name mir zufällig vom Bau des *Museums Folkwang* in Essen her geläufig war, hatte dem Gedanken eines Normalbürgers wie mir widerstanden, dass man ein kriegsbeschädigtes Gebäude in die alte Pracht zurückversetzen müsste. Stattdessen hatte er das Innere mit Beton stabilisiert und dafür gesorgt, dass der Nachkriegszustand möglichst unverfälscht erhalten blieb, mit allen Spuren der Verwitterung und Zerstörung.

Am meisten beeindruckte mich das Treppenhaus. Zwischen dem sichtbaren Ziegelmauerwerk führen ausladende Stufen aus Betonkunststein in die Etagen. Der einzige Wandschmuck im Treppenhaus besteht aus ein paar Gipsreliefs. Sogar die Einschusslöcher, die von den Kämpfen deutscher und russischer Soldaten stammen, die hier aufeinandergeprallt waren, befinden sich in unretouchiertem Zustand.

Im Anschluss an den Museumsbesuch lud ich die Kinder zu einem Italiener ein. Wir beendeten den Tag bei Pizza, Rotwein und Panna Cotta, auf die ich verzichtete. Hundemüde lieferten mich Lucy und Tom in ihrer neuen Wohnung ab und ließen einen Schlüssel da.

»In der Küche stehen eine Dose mit Kaffee, ein Wasserkocher und ein Handfilter. Damit du was zum Wachwerden hast. Wir holen dich morgen früh zum Frühstück ab. Ist neun recht?«

»Passt. Bemüht euch nicht weiter. Ich komme klar.«

Die Kinder verabschiedeten sich und ich hatte ihr neues Reich für mich allein. Im Badezimmer packte ich meinen Kulturbeutel aus, vollzog eine Katzenwäsche und plumpste anschließend auf mein spartanisches Lager. Verdammt, war das tief. In meinem Alter lernt man zunehmend die Annehmlichkeiten des eigenen Zuhauses schätzen!

Fußangeln eines Umzugs

Ich bin definitiv zu alt für eine Schlafstatt auf dem nackten Boden!

Nach einer fürchterlichen Nacht voller Wälzen und Herumrutschen, stand ich bereits vor fünf von meinem viel zu weichen Lager auf. Wenn ich meine bevorzugte Seitenposition eingenommen hatte, war ich an Schultern und Hüfte der Härte des Fußbodens ausgesetzt gewesen. Nur auf dem Rücken liegend war mir das erspart geblieben. Leidiger Punkt: Ich bin kein Rückenschläfer!

Ein Wannenbad könnte Linderung bringen.

Ich humpelte ins Badezimmer und ließ mir Wasser ein. Schön heiß. Als ich eine Dreiviertelstunde später den Fluten entstieg, fühlte ich mich besser. Hauptsächlich die Müdigkeit steckte mir noch in den Knochen. Dagegen half eine Kanne Kaffee, die ich mir als Nächstes aufbrühte. Die restliche Zeit bis zum Eintreffen von Lucy und Tom verbrachte ich mit einem Krimi aus meinem Gepäck.

Pünktlich um neun ging die Türklingel. Tom meldete sich an der Sprechanlage.

»Kommst du mal bitte, Sigi. Wir haben den Esstisch und Stühle im Auto. Wenn wir die hochtragen, können wir mit dir gemeinsam das erste Frühstück in der neuen Wohnung einnehmen. Lucy ist unterwegs und kauft Brötchen.«

Mir stand mit dem ersten Frühstück ein Eintrag in der Chronik der Familie Siebert zu! Eine tolle Überraschung.

Ich ging hinunter auf die Straße. Tom hatte in zweiter Reihe einen Kleintransporter geparkt. Den schien er für die Umzugsaktion ausgeliehen zu haben. Ich half ihm, den Tisch aus dem Laderaum zu wuchten. Beim Raufschleppen erfasste ich, was es hieß, in den vierten Stock zu ziehen. Das konnte heiter werden!

Beim nächsten Gang schleppte jeder von uns zwei Stühle hoch. Die Sitzgruppe war komplett. Aber: Hatte ich nicht mehr Möbel im Nutzabteil gesehen?

Tom bestätigte mir, was ich zu sehen geglaubt hatte. »Solange Lucy nicht da ist, können wir weitermachen. Das Bett kommt als Nächstes dran.«

Die Kinder besitzen ein Metallbett. Schön verschnörkelt und … schwer! Wir trugen zuerst das Kopfteil hoch, dann das Fußende. Anschließend die Seitenteile. Jeder Weg ließ meine Arme gefühlt um Millimeter länger werden. Das war bestimmt messbar! Ich ächzte und schwitzte und bettelte immer häufiger auf den Treppenabsätzen um eine Pause.

Als wir alles oben hatten, war ich durch. Die Segnungen des Wannenbads waren schon vor dem Frühstück aufgezehrt. Sitzgruppe und Bett hätten mir als Tagesprogramm gereicht. Eine Äußerung in diese Richtung vermied ich jedoch strikt. Schließlich wollte ich nicht als Schlappschwanz dastehen.

Ehe Tom auf neue dumme Gedanken kommen konnte, traf Lucy mit den Brötchen ein. Sie brachte die Kühltasche aus dem Auto gleich mit.

»Morgen Paps. Jetzt gibt es was zu beißen.«

Töchterchen übernahm die Regie in der Küche. Sie zauberte drei Gedecke hervor, packte die in der Kühltasche mitgebrachten Lebensmittel dekorativ auf den Tisch und sorgte zugleich für Kaffee-Nachschub. Ganz leise, ganz organisiert. So hatte ich sie zu Hause nie erlebt!

Wir frühstückten und plauderten ein wenig dabei. Lucy schmiedete Pläne für die nächste Fuhre: »Soll ich die Sachen mit Paps holen? Du könntest währenddessen das Bett aufbauen.«

»Gute Idee«, fand Tom. »So machen wir das.«

Na prima. Ich war hier eindeutig als Lastesel abkommandiert. Der Filigrantechniker hieß Tom. Mir schien seine Aufgabe zumindest körperlich weniger anspruchsvoll.

Nachdem das Geschirr im Abwaschbecken und die Lebensmittel im Kühlschrank verstaut waren, setzte ich mich zu Lucy ins Auto und wir fuhren zur alten Wohnung. Dort schleppte ich mit ihr zwei Sessel in den Kleintransporter. Damit war seine Kapazität erschöpft. Lediglich zwei Umzugskartons passten noch auf die Sitzflächen der Möbel.

Zurück, marsch, marsch.

»Wo bleibt ihr denn, ihr Schnecken?«, frotzelte Tom, als wir mit einem der Sessel hochgewuchtet kamen. Das Bett stand fertig im Schlafzimmer, Gartenstuhlauflage und Schlafsack waren in eines der Arbeitszimmer umgezogen.

»Schlepp du doch, Großmaul. Bringt mir aber erst die Umzugskartons hoch. Der Kram gehört in die Küchenschränke.«

Vier Etagen runter, vier Etagen rauf. Wir setzten die Kartons im Flur ab. Vier Etagen runter, vier Etagen rauf. Ein Sessel mehr in der Wohnküche.

»Ich brauche ein paar Minuten zum Einräumen«, informierte uns Lucy. »Fahr du diesmal mit Paps los!«

Bemerkte denn niemand, dass meine Körperhaltung langsam für eine Hollywood-Rolle als *Quasimodo* perfekt wäre? Ich verkniff mir tapfer das Stöhnen.

Ächzend sackte ich neben Tom ins Auto. Der nächste Akt

bestand aus einem Sofa und drei Umzugskartons, ebenfalls Küchenausstattung. Prustend hievten wir das Sitzmöbel Stufe um Stufe die Treppe hoch. In den Etagen zwei und drei erflehte ich eine Pause, die mir Tom mit verständnislosem Blick gewährte. Oh Wunder der Jugend! Der Bursche war verdammt fit.

Dieses Hin- und Her ging bis zum frühen Nachmittag weiter. Transport um Transport nahm meine Fortbewegung mehr Ähnlichkeit mit der eines Gibbons am Urwaldboden an. Natürlich war sie deutlich weniger elegant und flott – dafür passte die Armlänge!

Irgendwann trat ich aus lauter Verzweiflung in den Streik. »Kinder, ich kann nicht mehr. Die nächste Fuhre übernehmt ihr und ich strecke mich ein wenig auf dem Sofa aus. Bringt auf dem Rückweg was zu Essen mit.«

»Kannst du nicht was besorgen?«, murrte Lucy.

»Auf keinen Fall. Dein alter, knochenlahmer Vater muss jetzt ein Nickerchen halten.«

Lucy tätschelte mir die Wange. »Armer alter Mann! Sollst ja dein Mittagsschläfchen haben.«

Tatsächlich.

Einen kurzen Moment, nachdem ich mich aufs Sofa geflätzt hatte, war ich weggeduselt. Ich erwachte davon, dass ein breit grinsender Tom und eine verständnisvoll dreinblickende Lucy neben meiner Schlafstatt standen.

Ich rappelte mich hoch. »Wie lange wart ihr weg?«

Meine Tochter lachte und zeigte dabei ihr makelloses Gebiss von einem Ohr bis zum anderen.

»Anderthalb Stunden, würde ich schätzen. Hier habe ich ein halbes Grillhähnchen für dich. Vom Frühstück müssten Brötchen übrig sein. Wir haben unterwegs gegessen. Und stell dir vor: Im Kühlschrank liegt eine eiskalte Flasche Bier.«

Während ich in die Küche ging, um Nahrung und Lebenselixier zu holen, merkte ich, dass mein Kreuz etwas abbekommen hatte. Der Schmerz in Höhe der Lendenwirbel zog sich nicht zurück. Das würde heiter werden!

Ein Grillhähnchen, zwei Brötchen und eine Flasche Gerstensaft später half ich Tom und Lucy ein letztes Mal für heute, Kartons in die Wohnung zu schleppen. Dann war der Ofen aus.

»Morgen ist auch noch ein Tag. Lasst uns ein paar Bier trinken gehen und dann ist Schluss.«

»Wir wollten dich eigentlich ins Kino entführen«, sagte Tom enttäuscht.

»Lasst mal, Kinder.«

Lucy hatte eine Neuigkeit.

»Mama hat übrigens angerufen. Sie hat Morgen den Dienst mit einer Kollegin tauschen können und kommt schon am frühen Nachmittag hier an.«

So kannte ich das. Schlug ich Lotte vor, zu versuchen, den Dienst zu tauschen, klappte das nie. Rief unsere Tochter um Hilfe, war plötzlich alles möglich.

Es wurde trotz des Feuers im Kreuz ein gemütlicher Abend. Wir gingen in eine Kneipe ganz in der Nähe, die mich an Guidos erinnerte. Nur das Berliner Bier wollte mir nicht richtig schmecken. Zuerst hegte ich die Hoffnung, dass es beim Dritten, Vierten besser damit würde. Nach dem Siebten oder Achten gab ich diese voreilige Einschätzung auf. Man hat eben auf seinen eigenen Sorten gelernt. Das steckt irgendwann in den Genen.

Als mich die Kinder wieder in ihrem neuen Domizil ablieferten, fiel mir die Flautsche von Schaumstoffmatratze ein. »Ihr habt nicht zufällig was zum Aufpolstern hier?«

Tom machte sich ans Suchen. Nachdem er etliche Kartons geöffnet hatte, hielt er mir eine Textilrolle entgegen.

»Du könntest dir die Luma hier aufblasen.«

»Eine Luftpumpe hast du nicht zufällig parat?«

»Sorry. Die liegt anscheinend noch zu Hause.«

»Na, werde schon klarkommen. Schlaft schön, Kinder.«

»Nacht Paps. Bis Morgen.«

»Schlaf gut, Sigi!«

Schon stand ich allein in der halb eingeräumten Wohnung. Die butterweiche Schlafunterlage grinste mich frech an. Auf der Couch würde ich die Nacht nicht besser überstehen. Bei meinem Mittagschläfchen hatte ich die Fersen auf der Seitenlehne abgelegt, denn die Couch war ein paar Zentimeter zu kurz für mich.

Letzter Hoffnungsschimmer: die Luma.

Beim Aufblasen kam mir fast die Lunge heraus. Ich kam auf den Trichter, die Luma zuunterst auf den Boden und das Schaumstoffteil als Topper draufzulegen. Tatsächlich bekam diese Konstruktion dem Liegekomfort gut. Ich schlief zwar kaum besser, als in der Nacht zuvor, dafür ohne Bodenkontakt.

Lotte reist an

Das Frühstück vollzog sich wie am Morgen zuvor. Dann ging es weiter mit der Knechterei.

Heute waren die Umzugskartons mit den Büchern der Kinder dran. Der komplette Bestand zweier studierter Leute. Von Tom aus mangelnder Erfahrung oder überschüssiger Kraft – was im Ergebnis auf's selbe hinauslief –, zu zahlreich in die Kisten gestopft. Mit jedem Treppenabsatz legten die Kisten an Gewicht zu.

Hechelnd wie ein Wolf nach der Hetzjagd, landete ich meinen Anteil der ersten Autofuhre in der Wohnung an. Tom legte in derselben Zeit zwei Spurts mehr zurück. Dann ging es los, die zweite Ladung holen. Anschließend hieß es Regale in der alten Wohnung abbauen, hinüberschaffen, und in der neuen Wohnung wiederaufbauen. Das dauerte so lange, bis Lotte eintrudelte.

»Hallo meine Lieben. Fleißig?«

Ihr munterer Ton verstimmte mich. »Tag Charlöttchen. Kannst dich gleich nützlich machen.«

Meine Angetraute weiß, dass »Charlöttchen« Alarmstufe gelb bedeutet. Sie verkrümelte sich zu Lucy ins Arbeitszimmer, wo sie ihr dabei half, Bücher in das soeben fertiggestellte Regal einzuräumen.

Mein Kreuz gab mittlerweile Pfötchen.

Ich hatte das Gefühl, jede Treppenstufe verursache einen neuen stechenden Schmerz. Lange würde ich das nicht mehr aushalten. Welche Tiere haben eigentlich noch längere Arme als Gibbons?

Als wir endlich den Feierabend einläuteten, machte Tom Bestandsaufnahme in der alten Wohnung.

»Diese Kartons hier sind noch übrig. Die nehmen wir gleich mit. Anschließend der Schrank für mein Arbeitszimmer und Lucys Schreibtisch. Der Schrank ist zerlegbar. Der Schreibtisch ist leider massiv. Sie hat ihn auf dem Trödel erstanden. Echte deutsche Wertarbeit.«

»Das kriegen wir locker hin«, sprach ich mir selber Mut zu. Tom verzog das Gesicht wegen des deutlich hörbaren ironischen Untertons.

Als wir mit den restlichen Umzugskisten zur neuen Wohnung zurückkehrten, überraschten uns die Frauen mit Spaghetti Bolognese, Salat und Fruchtquark zum Nachtisch. Während wir unterwegs gewesen waren, hatten die beiden eingekauft und gekocht.

Beim Öffnen einer Rotweinflasche passierte mir das erste kleine Malheur dieses Arbeitseinsatzes. Für alle, die mich kennen, mag es verwunderlich genug sein, dass meine beiden linken Hände erst jetzt Unfug anstellten, hatten sie doch bereits vorher Gelegenheit genug erhalten. Der Korken saß etwas fest und meine vom Möbelpacken müden Arme hatten dem wenig entgegenzusetzen. Nach drei Fehlversuchen ruckte ich zu derb am Stöpsel. Sein plötzliches Nachgeben brachte mich nebst Flasche aus dem Gleichgewicht. Ich schlug hintüber und landete auf dem kaputten Rücken. Ein derber Stich durchzuckte meine Wirbelsäule bis in den Kopf. Die Flasche vermochte ich soeben festzuhalten, aber durch die Turbulenz meiner Fallbewegung ausgelöst, formte sich in ihrem Innern eine Fontäne. Sie spritzte rot und süffig aus dem Hals heraus.

Und welchen Landeplatz suchen sich Rotweinfontänen?

Richtig! Immer die, wo sie den größtmöglichen Schaden anrichten können. Ich verzierte die frisch getünchte Wand in der noch nicht bezogenen Wohnung mit einem ansehnlichen, dunkelroten Fleck.

Unbeholfen, durch Schmerz und die Mühen des Tages in der Wirbelsäulengegend versteift, drehte ich mich um und sah, was ich angerichtet hatte. Der Rotwein an der Wand zog bereits Fäden gen Fußboden.

Lotte schnappte sich eine Küchenrolle und begann hektisch an der Wand herumzuwischen.

»Sigi, du Trottel!«

»Nichts passiert, nichts passiert«, stammelte ich.

»Dir vielleicht nicht. Aber schau mal an die Wand!«, kreischte Lotte.

»Das streiche ich über. Dann hat es sich«, blieb Tom ruhig und sachlich. Unausgesprochen sendete ich ihm Dankesworte.

»Der stellt immer solchen Blödsinn an!«, keifte Lotte.

Lucy lachte lauthals auf. »Noch nicht ganz eingezogen und schon richtig Tullus in der neuen Wohnung. So kenne ich das von früher!«

Erst schaute Lotte ihre Tochter verdutzt an. Den Bruchteil einer Sekunde später schaute ich meine Tochter verdutzt an. Und dann fielen wir beide in Lucys perlendes Lachen ein. Jetzt war es an Tom, kariert zu gucken.

***

Die größte Blamage stand mir allerdings noch bevor.

Am nächsten Tag brachen Tom und ich uns zunächst die

Finger an einem Schrank, dessen Schöpfer sicherlich preisgekrönter Meister darin war, ein komplexes Spanplattengebilde möglichst kleinteilig zerlegbar zu konstruieren, um Transportkosten zu sparen. An die Montage dieses Monstrums am Aufstellungsort, hatte sein weiser Konstrukteur gewiss zuletzt gedacht. Noch weniger an seine Demontage.

Sogar Tom verlor zwischendurch die Nerven.

»Verfluchtes Drecksteil. Hast du eine Idee, Sigi, wie das hier auseinandergeht?«

Nein, hatte ich nicht. Also transportierten wir das Mittelteil am Stück in den Kleintransporter – bestimmt zwei Meter fünfzig hoch und einen Meter breit. Die Heckklappe musste offenbleiben. Notdürftig befestigten wir sie mit einem Stück Kordel.

Wider Erwarten ging es trotzdem gut. Wir brachten das Ding wohlbehalten an den Ort seiner Bestimmung. Dann holten wir die zweite Last Schrank.

Das Zusammensetzen kostete uns den halben Nachmittag. Trotzdem bestand Tom darauf, noch den Schreibtisch zu holen. »Komm, Sigi. Machen wir den Sack zu. Dann haben wir es hinter uns.«

»Das würde uns auch besser passen«, mischte sich Lotte von der Seite ein, »dann haben wir morgen freie Bahn zum Putzen.«

Es war zu verlockend, der Tortur endlich das Finale zu bescheren. Also willigte ich trotz mulmiger Gefühle, von der Mehrheit überredet, ein.

Schon beim Einladen des Schreibtischs merkte ich, dass er meinem Rücken den Gnadenstoß versetzen würde. Er war zwar nicht sperrig, wie das Mittelteil des eben transportierten

Schranks. Dafür wog er mindestens anderthalbmal so viel. Am Zielort angekommen, zerrten wir ihn von der Ladefläche. Da stand er nun vor uns auf der Straße: Eiche, stabil, ehrwürdig, wilhelminisch.

»Lass uns die Schubladen herausnehmen. Dann wird er leichter«, schlug Tom vor.

Ich dachte an die vier Etagen. Zweimal hoch? Heute nicht mehr!

»Ach was. Das bisschen Mehrgewicht macht den Kohl nicht fett. Wir drehen den Schreibtisch so, dass die Vorderfront nach oben zeigt. So fallen sie nicht heraus.«

Bereits auf dem ersten Treppenabsatz ahnte ich, dass es nicht gut gehen würde. Wir stellten das Aushängeschild traditioneller Schreinerkunst ab und atmeten durch.

Tom berappelte sich natürlich wieder eher als ich: »Komm, weiter!«

Gab man sich gegenüber dem Schwiegersohn in spe freiwillig Blößen? Beim finalen Akt? Niemals!

Ich lupfte meine Seite des Klotzes an und wir nahmen die nächste Etappe in Angriff. Jeder Muskel in meinem Körper war angespannt. Auf dem nächsten Treppenabsatz ließ ich meine Seite des Möbels unsanft aus den Händen gleiten. Rumms. Meine Lungen pumpten wie Blasebälge.

Drei Geschosse lang ging das gut. Genauer: Bis zur Mitte der Treppe zur vierten Etage. Um ganz genau zu sein: Bis zur drittletzten Treppenstufe zur vierten Etage. Dort ereignete sich das Malheur.

Auf meiner Schulter lastete der Schreibtisch, denn ich ging unten. Ich stolperte nur noch die Stufen hoch, war froh um jede, die ich traf. Die Drittletzte zur vierten Etage fand mein

Fuß nicht, sondern nur ihre Kante. Ich versuchte, mich mithilfe eines Ausfallschrittes zu fangen. Der Schreibtisch wankte bedrohlich. Das brachte mich endgültig aus dem Gleichgewicht. Tom versuchte krampfhaft, das Kippen des Klotzes abzuwenden, aber sogar der Junge war am Ende seiner Kräfte angelangt. Der Schreibtisch vollzog in unseren Händen eine Vierteldrehung. Die Vorderfront, gemäß intellektuellem Masterplan immer schön nach oben zeigend transportiert, lag nun zum Treppengeländer geneigt. Da meine Arme durch das Drehmanöver in eine unmögliche Verrenkung geraten waren, versuchte ich, umzufassen. Darauf war Tom wiederum nicht gefasst gewesen. Die Vorderfront verrutschte weiter, die Unterkante des Schreibtischs schlug gegen die Wand. Durch diesen Stoß animiert, sausten die Schubladen aus ihren Führungsschienen heraus, knallten auf die Treppenstufen und polterten anschließend an mir vorbei zurück in die dritte Etage. Eine von ihnen knickte auf ihrer Talfahrt eine Strebe des Geländers. Holz splitterte. Zum Glück war Tom in der Lage, den Schreibtisch festzuhalten - sonst wäre ich der Abwärtsbewegung der Schubläden gefolgt und wahrscheinlich unter dem boshaften Möbelstück begraben worden.

Auf der dritten Etage wurde eine Tür geöffnet. Ein beleibter Kerl erschien im Treppenhaus. Das vorgehaltene Badetuch, das er hinter dem Rücken mit der linken Hand festhielt, verbarg seinen üppigen Wanst vor unseren Blicken. Ansonsten war er unbekleidet.

Der Halbnackte erfasste die Situation messerscharf.

»Deppen«, schimpfte er und verschwand direkt wieder in seiner Höhle.

Da der Frottee seinen Äquator nicht komplett umspannte,

präsentierte er dabei ungeniert seinen Münzeinwurf. Tom und ich waren baff.

Jetzt fehlte gemäß Drehbuch bloß noch eine einzige Einstellung. Prompt fing der fiktive Kameramann die Szene ein. Die Tür zur neuen Wohnung wurde hastig aufgestoßen. Lucy blickte bestürzt in den Hausflur hinaus.

»Mein schöner Schreibtisch!«, schrie sie hysterisch.

»Müssen wir ins Krankenhaus fahren?«, setzte Lotte aus dem vor der Objektivlinse verborgenen Off hinzu.

»Helft uns lieber, den Rest retten. Ich kann kaum noch halten«, schnauzte Tom unwirsch.

Die beiden Frauen fassten oben mit an und es gelang uns, weiteres Ungemach zu verhindern. Ich setzte mich, platt wie eine Briefmarke, auf die oberste Stufe und rieb mir die schmerzenden Handgelenke. »Habt ihr hier denn keine weiteren Helfer?«

Lucy reagierte überrascht auf meine Frage.

»Natürlich. Ganz viele Freunde haben uns ihre Hilfe angeboten. Aber Mama hat gemeint, das würdet ihr alleine hinkriegen. Du hättest Erfahrung.«

Ich drehte mich zu Lotte um. Mein Gesicht muss dem eines blutrünstigen Berserkers ähnlichgesehen haben, denn sie suchte augenblicklich und wortlos die Sicherheit der Wohnung. Lotte stumm und auf Rückzug: Eine Reaktion, die man getrost rot im Kalender anstreichen durfte.

Nachdem mir Lucy einen Kaffee in den Flur gebracht hatte, den ich auf dem Treppenabsatz sitzend trank, verfrachteten Tom und ich den Schreibtisch an seinen vorgesehenen Platz. Lucy sammelte die beiden Schubladen ein. Diejenige, die für die Beschädigung des Treppengeländers verantwortlich war, hatte ihren Boden eingebüßt. Den Schlag bei der Kollision mit der Geländerstrebe hatte zum Glück die Rückseite abbekommen. Diese Beschädigung würde im Korpus des Monstrums verschwinden.

Tom tröstete seine Freundin: »Den Boden klebe ich wieder ein. Das kriege ich hin.«

»Und die Treppe melde ich meiner Haftpflicht«, beeilte ich mich, hinzuzusetzen.

Lotte, erstaunlich schnell wieder in alter Form, fasste gleich Pläne für den nächsten Tag: »Ich schlage vor, ihr Männer verschwindet Morgen von hier. Beim Wienern und weiteren Einräumen steht ihr sowieso nur im Weg. Das bewerkstelligen Lucy und ich alleine.«

Ich erkannte am Blick meiner Tochter, dass ihr das wenig gefiel. Sie wagte jedoch nicht, ihrer Mutter zu widersprechen. Was mich wiederum trotz des schmerzenden Rückgrats frohgemut den morgigen Tag erwarten ließ.

Bikerszene Berlin

Die nächste Nacht verbrachten Lotte und ich auf ordentlich aufgepumpten Lumas mit Gartenstuhl-Topper, sie in Lucys, ich in Toms Arbeitszimmer. Die Kinder bezogen den Schlafraum im neuen Heim.

Ich ruhte zum ersten Mal seit meinem Eintreffen richtig aus. Erst um acht sah ich auf den Wecker. Beim Umdrehen spürte ich erneut einen heftigen Stich im Lendenbereich. Im Hintergrund hörte ich meine Mitbewohner herumwuseln. Ich gönnte mir eine weitere halbe Stunde, ehe ich wagte aufzustehen.

Die Aufrechte erlangte ich durch langsames Hochrobben an der Wand oberhalb des Kopfendes meines Lagers. In der Zeit, die ich dafür benötigte, hätte man locker den Leitartikel der Tageszeitung lesen können. Mit Trippelschritten ging ich hinaus auf den Flur, die Lage checken. Meine Lieben waren alle angezogen und erwarteten mich am Frühstückstisch. Zeichen für mich, nach einem flüchtig in die Küche gerufenen Morgengruß ebenfalls in die Puschen zu kommen.

Zum Glück lösten sich die Verspannungen in meinem Rücken etwas, während ich die notwendigen Handgriffe der Morgentoilette vollzog. Es gelang mir sogar, wenn auch von der vorderen Sitzkante eines Stuhls aus, aus eigener Kraft die Socken überzustreifen. Ausstaffiert für den Tag, nahm ich bei meiner Familie Platz.

Die Gespräche kreisten um den Umzug. Alle Beteiligten waren froh, dass die Transporte endlich aufhörten. Lucy und Tom staunten darüber, dass die Möbel aus ihrer kleinen Studentenbude die doppelt so große Wohnung derart komplett erscheinen ließen. Lotte schmiedete ausgeklügelte Putzpläne. Sie und Lucy würden heute reichlich Beschäftigung finden.

Gegen zehn hob Tom die Frühstückstafel auf.

»Wohin würdest du denn gerne gehen?«, fragte er mich.

Der Gedanke kam mir spontan. Eine Rückbesinnung auf den Fall zu Hause in Essen, sozusagen.

»Gibt es in Berlin einen angesagten Biker-Treff?«

»Bestimmt. Ich könnte mal googeln.«

Tom spielte an seinem Smart Phone herum.

»Ah. Hier: *Spinner Brücke.* Habe ich schon mal was von gehört.«

»Wo liegt das?«

»Das ist ganz in der Nähe des *Wannsees.*«

»Fährt man da lange?«

»'ne Stunde vielleicht. Erst mit der Straßenbahn, dann mit der S-Bahn.«

»Spricht etwas dagegen, wenn wir uns das heute ansehen?«, lauerte ich.

»Du musst wissen: Sigi interessiert sich neuerdings für stinkende Knatterkisten«, klärte Lotte den Jungen auf.

»Ich finde Motorräder auch toll. Warum nicht? Das Wetter scheint schön zu werden und wenn es uns dort nicht gefällt, wandern wir einfach durch den *Grunewald.* Oder wir nehmen Schwimmzeug mit und gehen baden.«

Ich wehrte ab. »Biker-Treff und Wandern gerne. Aber nicht am Samstag mit hunderttausend Rotznasen in den See. Das fehlt mir wirklich nicht. Und mein Rücken, glaube ich, benötigt eher Wärme als kalte Nässe.« Lotte grinste wissend.

»Könnt ihr uns denn wirklich entbehren?«, sicherte Tom den Freifahrtschein für den heutigen Tag gegenüber Lucy ab.

Lotte kam unserer Tochter zuvor. »Haut bloß ab. Wir machen das hier. Wenn ihr wiederkommt, blitzt und blinkt die ganze Hütte!«

Über Nacht schien unsere Tochter keineswegs mehr Begeisterung für Mutters avisierte Putzschlacht entwickelt zu haben. Überzeugt sah sie beileibe nicht aus. Missmutig brummelte sie Zustimmung.

***

Ich wusste zwar nicht genau, wonach ich auf dem Biker-Treff suchte. Es war mehr mein Instinkt, der mich dorthin trieb. Zu offensichtlich bestand eine Verbindung zwischen dem Mord an Gertrud Fenger und der einschlägigen Szene. Es lohnte immer, solchen Eingebungen nachzugehen. Viele aufschlussreiche Spuren hatte ich während meiner aktiven Zeit derartigen Eingebungen zu verdanken gehabt.

Keine Viertelstunde später verließ Tom mit mir das Haus. Wir stiegen in die Straßenbahn ein und fuhren hinaus zum Treff. Unterwegs zeigte mir der Junge einige der markanten Bauten Berlins. Ich hörte nicht richtig hin, war zu abgelenkt von der erwartungsvollen Spannung, die sich langsam in mir aufbaute.

Wir tauschten Straßenbahn gegen Zug. Am S-Bahnhof *Nikolaussee* stiegen wir aus und überquerten die *AVUS* über eine Fußgängerbrücke. Ein Fußweg schloss sich an und bald konnten wir durch Büsche und Bäume einen ersten Blick auf einen Parkplatz erhaschen, der mit Motorrädern übersät war.

Ich schritt mit Tom die Reihen ab. Mir sagten viele der Markennamen nichts. BMW war mir ein Begriff, auch Harley

Davidson. Yamaha, Kawasaki, Honda – okay. Dann wurde es dünn. Hoffentlich stieß Tom nicht auf meine Lücken, sonst liefe ich Gefahr, dass mein geheucheltes Interesse entlarvt würde.

»Schau mal, da steht eine Guzzi. Mit V2-Motor. Den Sound würde ich gerne mal hören! Mensch, guck da – eine Ducati!«

Tom steigerte sich in echte Begeisterung hinein. Vor beinahe jeder fünften Maschine blieb er stehen, wies mich auf technische Besonderheiten hin und betete mir ihre Vorzüge herunter. Er vertraute mir an, dass er sich schon immer ein richtig großes Motorrad gewünscht hatte. Lucy hielt nichts davon. Ihr Zuliebe verzichtete er.

Tom war vom vielfältigen Angebot für Auge und Ohr derart abgelenkt, dass ich mich einigermaßen unbeobachtet umsehen konnte. Ich studierte Kennzeichen, sah mir Fahrer und Beifahrer genau an. Während Tom über Tankform, Lenker, Motorenbau, Kette, Zahnriemen oder Kardan philosophierte, achtete ich mehr auf die Größen von Packtaschen und schätzte ab, wie viel Volumen sie besaßen. So schritten wir die Reihen der Maschinen ab, jeder von uns mit seinem speziellen Blickwinkel. Die Minuten schlichen dahin. Während Tom auf seine Kosten zu kommen schien, war mein Ergebnis eher mau.

Dann kam er, der eine kurze Moment, einer von denen, in dem ein einziges Bild unmittelbar zu einer Explosion von Erkenntnissen führt. Einer, der ehemalige Kriminalhauptkommissare zutiefst befriedigt. Das Bild flackerte wirklich nur ganz kurz auf. Ich durfte von Glück sagen, dass ich zufällig hingesehen hatte. Trotzdem machte es unmittelbar »Klick« bei mir.

Was ich gesehen hatte?

Ein Biker war mit lässigem Tempo auf den Parkplatz gefahren. Er hatte meine Schulter nur knapp verfehlt – es ging hier ziemlich gedrängt zu und die Fußgänger verengten die Fahrgasse zusätzlich. Mag sein, dass ich nur deshalb im richtigen Moment hinsah, aufmerksam geworden durch das Ausweichen.

Der Fahrer fuhr Schritttempo und blickte sich suchend um. Dann schien er entdeckt zu haben, wonach er Ausschau hielt. Er rollte seitlich an ein geparktes Motorrad heran und wechselte einen abschätzenden Blick mit seinem Besitzer. Dann griff er in die Seitentasche seiner Maschine und warf dem anderen Mann – klick! – einen Rucksack zu, den dieser sofort in seinem Gepäckfach verstaute. Das war das Bild, das sich mir einbrannte. Ein Kurier übergibt seine Fracht an einen anderen. Unmittelbar danach brauste der Fahrer mit Karacho vom Parkplatz. Der, dem er den Rucksack zugeworfen hatte, fuhr ein Motorrad mit einem Kennzeichen aus dem Ruhrgebiet. Ich kannte Mann und Maschine.

Tom hatte nichts davon mitbekommen. Unvermindert begeistert erklärte er mir gerade die Wasserkühlung einer Honda. Er war mit den Objekten seiner Männerfantasie ausreichend beschäftigt. In meinem Kopf arbeiteten andere Dinge.

***

Unser Berlin-Ausflug endete in perfekter Harmonie. Tom tigerte im Anschluss an unseren Besuch des Biker-Treffs mit mir ein Stück durch den *Grunewald.* Unterwegs legte sich seine Begeisterung etwas und wir kamen dazu, andere Themen zu besprechen. Er schilderte mir die Probleme des Lehrerberufs, was mich genauso wenig zu fesseln vermochte, wie seine technischen Erläuterungen auf dem Parkplatz. Ich hoffte, ich ließ es ihn nicht spüren!

Wir kehrten müde und hungrig in eine aufgeräumte, saubere Wohnung zurück. Lotte sah glücklich, Lucy geschafft aus. Tom und ich hängten noch ein paar Lampen auf, wobei mir die Rolle des Leiterhalters zugewiesen wurde. Darauf verstand ich mich. Übrig blieb am Schluss nur das Anbringen von Bildern. Das würde Tom alleine hinkriegen. Um Vorhänge hatten sich die Kinder bislang nicht gekümmert.

Den Abend ließen wir in einem urgemütlichen Restaurant ausklingen. Am späten Vormittag des Folgetages dampften Lotte und ich Richtung Heimat ab. In der Gegend von Hannover schlief ich auf dem Beifahrersitz ein und kam erst bei Dortmund wieder zur Besinnung.

Eine halbe Stunde später kamen wir zu Hause an.

Ermittlungen mit Seeblick

Klick! ... Von nun an besetzte meine Beobachtung vom Biker-Treff in Berlin jede meiner grauen Zellen. Es fehlte nicht mehr viel. Gertrud Fenger hatte mit Sicherheit ebenfalls solche Kurierfahrten übernommen. Was wurde da transportiert? Nichts Legales – so viel stand nach dem vorsichtigen Verhalten der beiden Motorradfahrer fest. Irgendwie war auch Arnfried Nußbaum darin verwickelt. Nicht als Kurier, sondern auf eine andere Weise. Ich würde der Sache auf die Spur kommen.

Der Werden-Fall hielt mich fest in seinen Klauen. Genau wie es seinerzeit der Nordkap-Fall geschafft hatte. Ich betete mir immer wieder vor, dass ich Lotte und mir geschworen hatte, es käme nie wieder so weit. Ein Versprechen gegenüber meiner Frau, das mir wirklich wichtig war.

Vergeblich!

Ich war zu schwach – das spürte ich deutlich. Nach diesem »Klick« in Berlin war es mir endgültig unmöglich, wegzusehen.

Fort mit allen guten Vorsätzen! Ich war mittendrin, war wieder bereit, Heimlichkeiten gegenüber Lotte zu hegen, war wieder bereit, Risiken einzugehen und Gefahren zu ignorieren, war wieder bereit, alle Regeln zu missachten. Ich hasste mich selbst für diese Zwänge, blieb ihnen jedoch machtlos ausgeliefert. Irgendetwas in meinem Kopf schien nicht richtig verdrahtet zu sein. Doch eine Form von Sucht?

Dem Spiegel im Badezimmer gegenüberstehend, hielt ich mir das mehr als einmal selber vor. Du bist durchgeknallt, Sigi Siebert – schleuderte ich dem Sechziger, der mich daraus ansah, entgegen. Du gerätst in einen unheilvollen Sog und kommst nicht gegen diese Zwänge an. Blödmann! Süchtel!

Allein, es half nichts. Der Keim des Werden-Falls hatte mich gründlich infiziert, meinen Körper zu seinem Wirt degradiert. Er tobte in meinem Inneren, und ich hatte ihm keine Abwehrkräfte entgegenzusetzen.

Es brannte in mir, die Bikerszene am *Baldeneysee* genauer unter die Lupe zu nehmen. Ich hoffte, dort weitere Antworten zu finden. Ich würde die Leute anhauen, sie ausfragen, Puzzleteilchen für das Geschehene einsammeln und mein Bild zusammenfügen. Nur: Wie verhinderte ich, dass meine Göttergattin skeptisch wurde?

Zu Glück kam es nicht so weit, dass ich Lotte gegenüber eine Notlüge erfinden musste, um mir Zeit für die anstehenden Beobachtungen zu verschaffen. Das hätte mich ihr gegenüber noch mehr erniedrigt.

Am Dienstagnachmittag kam meine Angetraute geknickt nach Hause geschlichen. »Mist, Sigi. Eine Kollegin ist längerfristig erkrankt und die andere hat ihren Jahresurlaub genommen. Ich muss beide vertreten. Das heißt, ich werde Spätschicht schieben müssen.«

Lotte hasst es, in den Abendstunden zu kassieren. Viel lieber geht sie vormittags aus dem Haus. Da der Laden, in dem sie beschäftigt ist, bis neun Uhr geöffnet hat, heißt Spätschicht mit Geldzählen und Aufräumen, dass sie selten vor halb zehn loskommt. Sie ist dann erst kurz vor zehn zu Hause. In der Regel sucht sie nach solchen Abenden ohne Umwege die Koje auf. Mir passte das natürlich bestens in den Kram. Freiraum für meine Nachmittagsgestaltung.

Mit Unschuldsmiene heuchelte ich entgegen meinen wahren Gefühlen Mitleid. So weit war ich zu diesem Zeitpunkt bereits gesunken!

»Du Arme. Wie lange wird das gehen?«

»Die nächsten zwei Wochen. Mindestens. Mein Chef wusste nicht, wie ernst die Erkrankung der Kollegin ist. Dass es länger dauert, hat sie ihm bereits gesteckt.«

»Ich brüh uns erst mal einen Kaffee auf den Schock. Das wirst du schon meistern, Schatz.«

»Was bleibt mir sonst übrig?«

Missmutig ließ sich meine Angetraute auf den Küchenstuhl plumpsen.

***

Lottes Pech verschaffte mir die Zeit, die ich für mein Vorhaben benötigte. Zunächst verbrachte ich sie mit Ausspionieren am *Haus Scheppen* und Umgebung. Jetzt, Ende Juli, wurden die Nächte bereits merklich kürzer. Ich kaufte mir ein batteriebetriebenes Fahrradlicht. So raubte mir der Dynamo nichts von der Kraft, wenn ich in die Verlegenheit kam, in Dämmerung oder Dunkelheit nach Hause zu radeln.

Einen meiner Inspektionsbesuche nutzte ich, um mit den Imbissbetreibern zu reden. Ein Angestellter erinnerte sich an Gertrud Fenger und war über ihr Schicksal im Bilde. Um die Lücke zwischen der Mordgeschichte und möglichen Geheimnissen Arnfried Nußbaums zu schließen, reichten seine Auskünfte leider nicht aus. Beide waren wohl nie als Paar hier aufgetaucht und hatten an diesem Ort offensichtlich nie über den jeweils anderen gesprochen.

Ich schwatzte auch mit ein paar Bikern. Das blieb ebenfalls

ohne rechten Erfolg. Einige bezeugten die Leidenschaft, mit der Gertrud Fenger Motorrad gefahren war und ihre umgängliche, hilfsbereite Art.

»Dass die Gerti Feinde gehabt haben soll, sogar solche, die ihr nach dem Leben trachten könnten, ist für mich unvorstellbar«, vertraute mir ein beinahe siebzigjähriger Motorradfahrer an, der auf einer uralten BMW unterwegs war.

Die Äußerungen über Arnfried fielen anders aus. »Jemand, der immer den Eindruck hinterließ, etwas zu verbergen.« »Vorne lachen, hinten treten.« »Der hätte jemanden abgemurkst dafür, ein Motorrad in die Hände zu kriegen.« »Ein Idiot. Durch und durch.«

Gut, diese Aussagen entsprachen nicht unbedingt dem, was man als objektive Information in einen Kriminalbericht aufnimmt. Dafür zeichneten sie den Charakter Arnfrieds im subjektiven Empfinden der Biker nach, was mir eine Einschätzung seines Verhaltens erleichterte.

Auf den Ausflügen an den *Baldeneysee* rundete sich so das Bild ab, das ich für mich von Gertrud Fenger und Arnfried Nußbaum in groben Zügen skizziert hatte. Ihre Beziehung zueinander schien eher von der zweckgetriebenen Sorte gewesen zu sein. Gut vorstellbar, dass Arnfried seine Partnerin manipuliert und ihre Leidenschaft für's Motorradfahren geschickt ausgenutzt hatte.

Was ich eigentlich hier beobachten wollte, ereignete sich zu meinem Leidwesen in diesen ersten Tagen nicht. Natürlich musste ich höllisch aufpassen, nicht als Fremdkörper in den Bikerkreisen wahrgenommen zu werden. Die meiste Zeit über hielt ich mich an die Fußwege entlang dem Pörtingsiepen, schlug mich bisweilen sogar in den Wald.

Besonders der Truppe, die ich bei meinem ersten Aufkreuzen vor Wochen hier kennengelernt hatte, ging ich systematisch aus dem Weg. Schließlich war es einer dieser Motorrad-Jünger gewesen, den ich in Berlin bei der Überreichung des Rucksacks erkannt hatte. Diese Typen erschienen ungefähr alle zwei, drei Tage hier, aßen und tranken etwas, palaverten miteinander, palaverten mit anderen Gleichgesinnten und verschwanden in der Regel nach einer Stunde.

Irgendwann würde ich meinen Mann stellen!

***

Ich schaffte es regelmäßig, vor Lotte zu Hause zu sein. Zwei, drei Hände kaltes Wasser durchs Gesicht und ab in den Wohnzimmersessel.

Keine zehn Minuten später ging die Tür auf.

»Hi, Sigi. Das war ein Tag!«

Manchmal holte sich Lotte noch ein Glas Wein und setzte sich zu mir. Meistens verschwand sie ohne Umschweife im Badezimmer und drückte mir keine Viertelstunde später einen Gutenachtkuss auf.

Im Gegenzug änderte sich unser Morgenritual. Lange am Frühstückstisch sitzen, zusammen einkaufen gehen, wenn nichts anderes anlag, ein Spaziergang. Regelmäßig gab es etwas Gutes zu Mittag, denn Zeit, frisch zu kochen, war reichlich vorhanden.

Nach dem Essen lauerte ich auf Lottes Aufbruch. Kaum war sie mit dem Auto losgefahren, holte ich mein Fahrrad aus dem Keller und verschwand in Richtung See und Biker-Treff.

Dieses Doppelleben führte ich eine knappe Woche. Die Ergebnislosigkeit bei so hohem Aufwand frustrierte mich. Sollte ich einfach Möhrchen einen Tipp geben und aufhören?

Dann, eines Abends – die Dämmerung setzte bereits ein – kam endlich Bewegung in die Angelegenheit.

Es waren ereignisarme Stunden am See gewesen, ohne irgendeine neue Erkenntnis. Nur wenige hatten den Tag über *Haus Scheppen* aufgesucht.

Ich strolchte seit einer geraumen Weile auf dem Besucherparkplatz herum und war beinahe entschlossen, nach Hause aufzubrechen.

Wieder hörte ich ein Motorrad den Pörtingsiepen entlangtuckern – wie so oft in den letzten Tagen. Das mittlerweile Tausendste seit meinem Aufenthalt hier, schätzte ich. Meine Ohren reagierten kaum noch darauf. Der Fahrer legte auf der Zufahrt zum Parkplatz eine Vollbremsung hin und rutschte mit seiner Maschine auf den Parkstreifen. Er blieb vornan stehen und schaltete den Motor aus. Mir stockte der Atem. Es war mein Mann. Er nahm einen Rucksack aus einer der Gepäcktaschen, schnallte ihn sich auf den Rücken und verschwand zu Fuß in die Richtung, aus der er herangebraust war.

Ich eilte möglichst lautlos zum Motorrad hinüber. Das Kennzeichen kannte ich mittlerweile gut. Meine Bestätigung dafür, was ich aus der Entfernung zu erkennen geglaubt hatte: Die Maschine des Struppigen mit den herunterhängenden Gesichtszügen.

Gespannt folgte ich dem Kerl. Er legte ein zügiges Tempo vor. Ich war gezwungen, in Trab zu verfallen, um näher an ihn heranzukommen. Den Struppigen in dieser ihn belastenden Situation aus den Augen zu verlieren, durfte ich mir auf gar keinen Fall erlauben. Der Vorrat meiner wegen Lottes Überstunden unbeobachteten Nachmittage war begrenzt.

Endlich sah ich Hängegesicht vor mir herlaufen. Wo wollte der Bursche hin? Pinkeln hätte er auch auf den ersten Metern können, dafür war der Busch am Straßenrand dicht genug. Ich hätte mein Triumpfgefühl hinausschreien mögen. Kein Zweifel: Es ging um den Rucksack!

Der Verfolgte schlug einen Haken und setzte in langen Schritten einen schmalen Waldweg hinauf. Ich blieb so weit zurück, dass ich Gefahr lief, ihn zu verlieren. Andererseits wollte ich unter keinen Umständen entdeckt werden. Beide Aspekte wohl abwägend, setzte ich meine Beschattung fort.

Plötzlich blieb der Struppige stehen. Ich duckte mich gerade rechtzeitig weg, als er einen prüfenden Blick auf den Weg hinter ihm warf. Er hatte mich nicht gesehen. Mit einem Sprung über einen gefällten Baum, der am Wegesrand herumlag, verschwand er im Wald.

Was sollte ich tun? Weiter den Weg entlanglaufen und in Gefahr geraten, entdeckt zu werden?

Nein. Ich versteckte mich lieber hier und wartete, bis der Mann zurückkehrte. Er würde nicht ohne sein Motorrad abziehen und das stand ja auf dem Parkplatz.

Es dauerte nur kurz. So lange, wie man benötigt, etwas an abgesprochener Stelle im Unterholz zu deponieren. Hängegesicht kehrte auf dem Waldweg zurück. Ich kauerte mich noch tiefer in mein Versteck. Als er an mir vorbei war, riskierte ich ein Auge. Volle Bestätigung: Er trug keinen Rucksack mehr.

Ein neuer Schauer des Triumpfs lief mir über den Rücken. »Klick« hatte es auf dem Biker-Treff in Berlin bei mir gemacht. Hier fand das Klicken seine Bestätigung. Der hiesige Biker-

Treff war, wie der in Berlin, Umschlagplatz für irgendetwas! Was sie transportierten, wäre bestimmt herauszufinden. Ich tippte auf Drogen.

Für meinen Mordfall war das nicht unbedingt wichtig. Viel bedeutender wäre es herauszufinden, was die Biker mit dem Geld anstellten, das sie für ihre Fahrten erhielten. Denn weder bei Gertrud Fenger, noch bei Arnfried Nußbaum hatten die Kollegen nennenswerte Summen gefunden.

Ich schwankte, ob ich den Struppigen verfolgen oder lieber hier warten sollte, wer den Rucksack abholte. Wo würde Hängegesicht schon hinwollen? Natürlich zu seiner Maschine und dann ab durch die Mitte. Verfolgen konnte ich ihn mit meinem Fahrrad nicht. Viel wesentlicher wäre es zu erfahren, wer seine Hinterlassenschaft an sich nehmen würde. Um das herauszufinden, musste ich nur hier sitzen bleiben und weiter warten. Ich suchte mir eine neue Stelle, an der ich den Blicken von Fußgängern verborgen blieb, die den Waldweg benutzten, gleichzeitig aber die Stelle, an der mein Struppiger im Wald verschwunden war, gut einsehen konnte.

Bis es so weit war, wurde es stockfinster. Ich war kurz davor, aufzugeben. Dann tauchte unvermittelt ein zuckendes Licht im Wald auf. Es näherte sich vom Pörtingsiepen her. Ein Mann mit einer Taschenlampe ging den Waldweg hinauf. Ich konnte ihn nur undeutlich hinter dem Kegel seiner Taschenlampe ausmachen. Er hastete an meinem Standort vorbei. Wenige Minuten später kehrte er zurück. Ich stellte tief zufrieden fest, dass er den Rucksack in der Hand hielt.

Als der Lichtkegel der Taschenlampe in sicherer Entfernung verschwunden war, traute ich mich aus meinem Versteck zu kriechen. Die Dunkelheit zwang mich auf dem holprigen

Waldweg zum langsam Vortasten. Von der Straße aus hörte ich, wie ein Auto gestartet wurde. Ein durchdringender Sound, wie er von einem getunten Wagen oder einem Sportwagen produziert wird. Dort verschwand der Beobachtete nebst Rucksack zu seinen Auftraggebern.

Auf der Straße angekommen, lief ich euphorisiert zu meinem Fahrrad. Die ersten Bedenken hielten Einzug bei mir. Was sollte ich mit meiner Beobachtung anfangen? Die Kollegen einschalten? Dann wäre ich sofort draußen. Niemand würde mich in die weiteren Ermittlungen einbeziehen. Außerdem: Wurde die Bande aufgescheucht, wäre weitere Annäherung meinerseits schnell unmöglich.

Nein, nach diesem Erfolg wollte ich den ganzen Kuchen. Ich wollte die Lösung für mich allein.

***

Mitten im *Kruppwald* gab mein Handy Laut. Lotte war am anderen Ende.

»Wo steckst du?«

An meine Allerbeste hatte ich im Eifer der Verfolgung überhaupt nicht mehr gedacht. Wo bekam ich auf die Schnelle eine Ausrede für mein spätes Heimkehren her?

Ich schämte mich dafür, sie anzuschwindeln. Trotzdem kam mir die Notlüge ansatzlos über die Lippen: »Ich habe eine Panne. Hinterreifen.«

»Du hast doch nie Werkzeug dabei. Wie kommst du zurück?«

»Ich schiebe das Rad.«

»Du Ärmster. Warum hast du mich nicht angerufen?«

»Als es passiert ist, warst du noch arbeiten.«

»Seit wann schiebst du denn?«

Ich wollte Lotte auf keinen Fall einen Tipp geben, wo ich mich herumgetrieben hatte. Auf eine zusätzliche Unwahrheit kam es nicht mehr an. Fieberhaft suchte ich für meine Antwort eine andere Richtung, aus der ich vorgeben konnte, heimzuradeln. Mir fiel spontan nur der *Sportpark am Hallo* ein, in dessen unmittelbarer Nähe ich im Kulturhauptstadtjahr 2010 ermittelt hatte.

»Ich war in Stoppenberg und habe probehalber bei einer Gymnastikgruppe mitgemacht. Höhe Viehofer Platz habe ich mir den Platten zugezogen.«

»Wo steckst du jetzt?«

»Ich bin gerade am Stadtpark vorbei. In einer halben Stunde bin ich zurück.«

»Soll ich dich dort abholen?« Lotte hörte sich redlich besorgt an, was mein Gewissen zusätzlich belastete.

»Ach was. Ehe du hier bist und wir das Rad in den Wagen gewuchtet haben mit Rückbank umlegen und so … Nein, den Rest schaffe ich wohl auch noch. Sind maximal zwei Kilometer.«

»Wie du meinst. Ich warte auf dich!«

»Bis gleich.«

Ich drückte meine Angetraute weg und beeilte mich, nach Hause zu kommen.

Als ich mein Fahrrad im Keller abstellte, vergaß ich nicht, die Luft aus dem Hinterreifen zu lassen. Man konnte nie wissen!

Lotte war bereits zu Bett gegangen. Sie schlief jedoch nicht.

»Sigi?«, rief sie mir zu, als sie mich im Flur hörte.

»Ja, Schatz. Ich bin es. Ist weiß, es ist verdammt spät geworden.«

Ich schlüpfte aus den Schuhen und ging zu ihr ins Schlafzimmer. Sie saß an das Rückteil des Bettes angelehnt über einem Buch. Auf ihrem Nachttisch stand eine Tasse mit einem Rest Tee.

»Alles in Ordnung mit dir?«

»Bestens!«

Ich schnitt ein möglichst munteres Gesicht. Zum Glück reichte das meiner Angetrauten. Sie war wahrscheinlich zu müde, um weitere Fragen zu stellen.

»Na dann, gute Nacht. Nimmst du das bitte mit?«

Sie trank ihren Tee aus und reichte mir die leere Tasse an. Ich nahm sie ihr aus der Hand.

»Nacht, Schatz. Schlaf gut.«

Wir gaben uns den obligatorischen Gutenachtkuss. Dann drehte sich Lotte auf die Seite und löschte ihr Licht. Das auf meiner Seite ließ sie freundlicherweise eingeschaltet.

Fahndungsziel Mülheim

Ich blieb noch einen Moment im Wohnzimmer sitzen und fingerte den Notizzettel aus meinem Portemonnaie. Ganz knittrig war er mittlerweile geworden.

Punkt für Punkt ging ich meinen aktuellen Kenntnisstand durch:

Wie war der Täter in die Wohnung hineingekommen?

Das war einfach. Arnfried Nußbaum hatte dem Killer Zugang zur Wohnung verschafft. Für mich eindeutig, aufgrund seiner Reaktion auf mein Märchen von Prinz und Prinzessin.

Kannte er das Opfer?

Höchst unwahrscheinlich. Ich war mir sicher, dass Gertrud Fenger ihren Mörder niemals zuvor gesehen hatte.

Kannte er Arnfried Nußbaum?

Ebenfalls unwahrscheinlich. Ich tippte auf einen Mittelsmann, der Arnfried über die von ihm erwarteten Vorbereitungen instruiert und schlussendlich den Killer beauftragt hatte. Sollte ich nach ihm suchen? Wie? Die Kriminalarchive blieben mir verschlossen.

Woher besaß der Täter die anscheinend sehr intimen Ortskenntnisse?

Die konnte er nur von Arnfried haben. Nach meiner Theorie über den Mittelsmann.

Wie hatte er Zugang zu den Zweitschlüsseln für das Motorrad erhalten?

Wieder eher einfach. Den hatte Arnfried absprachegemäß auf der Kommode im Flur bereitgelegt, nachdem das Opfer eingeschlafen war.

Wo befand sich das Motorrad jetzt?

Der einzige tatsächlich bewiesene Punkt. Zuerst in der Spree, dann im Beweismittelbestand der Berliner Polizei.

Wo befand sich die Tatwaffe jetzt?

Entweder auch in der Spree oder beim Killer im Schrank.

Welches Motiv bestand für die Tat?

Nach wie vor der Knackpunkt. Warum hatte Arnfried seine Lebensgefährtin einem Killer ausgeliefert?

Selbst nachdem ich meine Nachtischlampe gelöscht hatte, überlegte ich noch die halbe Nacht, wie ich weiter vorgehen sollte.

Eines stand fest: Mein einziger vielversprechender Zugang zu den Hintergründen der Tat war Hängegesicht. Ihn am Motorradtreff weiter zu beobachten, wäre jedoch überflüssig. Dort würde sich nur immer dasselbe abspielen: Er fuhr heran, deponierte den Rucksack im Wald und brauste davon. Denjenigen zu verfolgen, der den Rucksack abholte, war mir wegen meiner Aversion gegen das Autofahren nicht möglich. Er würde mich auch nicht zum Kern meines Falls führen. Nein, mir blieb nur, den Fußstapfen des Struppigen zu folgen. Dumm nur, dass ich ihm bereits begegnet war. Eine neue Geschichte, warum ich mich ihm näherte, würde ich kaum passend zur Reporterstory erfinden können. Ich blieb für ihn der Journalist, der für seinen Artikel recherchierte.

Wie wäre es möglich, seine Adresse herausfinden? Dazu fiel mir leider wenig ein. Ich mochte es drehen und wenden, wie ich wollte: Möhrchen musste ran.

***

Es fiel mir schwer abzuwarten, bis Lotte am nächsten Mittag das Haus verließ. Schon hielt ich das Handy in der Hand und wählte Möhrchens Nummer aus dem Adressverzeichnis. Ich erwischte sie in einer Besprechung. Sie versprach, zurückzurufen. Eine halbe Stunde voller Ungeduld verstrich. Dann war meine Ex-Kollegin endlich in der Leitung.

»Hallo Sigi. Was ist los?«

»Guten Tag, Möhrchen. Geht es dir gut?«

»Persönlich ja. Stress haben wir mit diesen Drogendealern. Da scheint ein deutschlandweit organisierter Ring hinter zu stecken. Wir durchleuchten gerade ihre Logistik. Aber was jammere ich dir vor? Warst lange genug selbst in dieser Tretmühle.«

Sollte ich ihr den Tipp vom Biker-Treff geben, ihr davon erzählen, was ich gestern dort beobachtet hatte?

Ich widerstand dem, was fair und richtig gewesen wäre. In einer, maximal zwei Wochen, schätzte ich, wären meine Nachforschungen beendet. Dann würde ich denen im Polizeipräsidium alles auf den Tisch knallen. Besonders diesem Hund. Darauf freute ich mich regelrecht.

»Ich möchte dich um einen klitzekleinen Gefallen bitten, Möhrchen«, säuselte ich stattdessen in den Apparat.

Die kleine Rote wurde sofort hellhörig. »Sigi! Du spionierst nicht etwa weiter auf eigene Rechnung herum?«

»Nein«, log ich dreist und mir lief ein heißer Schauer des Abscheus gegen mich selbst die Wirbelsäule herab. »Es geht um Folgendes: Hier steht immer ein Motorrad herum. Der Typ stellt es auf einem Baumspiegel ab. Leider habe ich ihn nie deswegen ansprechen können. Der scheint einen ganz merkwürdigen Tagesablauf zu haben. Da dachte ich mir: schreibe ihm doch einen Brief. Das wird ihn so erschrecken, dass er es nicht mehr wagt.«

»Warum lässt du das Maschinchen nicht von den Kollegen abschleppen? Das würde ihn genauso erschrecken. Nachhaltig.«

»Das möchte ich nicht«, verstrickte ich mich weiter in meine Geschichte. »Der scheint hier irgendwo zu arbeiten, im Klinikum vermute ich. Wenn er spät vom Dienst zurückkehrt, kommt er vielleicht nicht mehr nach Hause ohne sein Motorrad. Es ist ein Mülheimer Kennzeichen.«

»Dann klemm ihm den Schrieb einfach am Lenker fest.«

»Klar, ginge auch. Ich denke mir aber, mit der Post, das kommt besser. Es würde ihm zeigen, dass jemand weiß, wer er ist und wo er wohnt. So einen Wisch am Lenker, den schmeißt man weg und damit hat es sich. Damit ginge ich nicht wirklich sicher, dass er ihn liest.«

»Droh ihm mit der Polizei. Dann wird er schon spuren.«

»Ach Möhrchen. Kannst du nicht einfach nachsehen?«

»Sigi, du nervst!«

»Bitte!«

»Wie lautet das Kennzeichen?«

Ich hatte wohl Glück, dass die kleine Rote etwas unter Stress stand. Sie wollte mich loswerden – das war deutlich zu spüren.

Nachdem ich ihr das Kennzeichen der Maschine des Struppigen diktiert hatte, hörte ich die Tastatur eines Computers klappern. »Hier haben wir ihn. Ernst Kinzer.« Sie gab mir die Postleitzahl und, viel wichtiger, einen Straßennamen und eine Hausnummer im Mülheimer Ortsteil Styrum durch. »Hast du's notiert, Sigi?«

»Ja, danke. Wie kommt Erich voran?«

»Der beißt sich die Zähne am Umfeld von Gertrud Fenger aus. Scheint völlig unbescholten, die Frau. Es wird immer rätselhafter, warum sie jemand ermorden wollte. Und dazu, wie es aussieht, ein Profi.«

Dieser Stand der Dinge erleichterte mein Gewissen etwas wegen meines Schummelns. Wenn ich Erich am Ende bei der Lösung des Falls half, stotterte ich mein Beschiss-Konto bei ihm ab.

»Hat Berlin was herausgefunden?«, flötete ich unschuldig.

»Die untersuchen eine Spur ins Drogenmilieu. Da sind wir mit drin. Ich werde dir aber nicht sagen, was sich da tut. Damit ist Schluss.«

»Erwarte ich ja gar nicht. Ihr werdet das Geheimnis schon lüften. So, jetzt will ich dich nicht länger von den Gangstern fernhalten. Vielen Dank für Name und Adresse. Man sieht sich.«

»Tschüss Sigi. Lass dir die Tage nicht lang werden!«

Wenn Möhrchen gewusst hätte, wie ich mir die Tage verkürzte!

Uiuiui!

Lotte schob weiter Spätdienst. Solange dies so blieb, hatte ich unbeobachtet Ausgang. Ich räumte die Spülmaschine ein und beseitigte die Hinterlassenschaften des gemeinsamen Mittagessens. Dann ging es los.

Meine Nachmittage waren weiter angefüllt mit Ausflügen. Vor dem Nächsten pumpte ich mit Gewissensbissen den Hinterreifen meines Fahrrads auf. Langsam wurde es ein bisschen viel mit den ganzen Schwindeleien.

Die neue Stoßrichtung meiner eigenmächtigen Ermittlungen hieß Mülheim. Am *Gruga-Eingang Orangerie* fuhr ich auf dem Radweg entlang der ehemaligen Bahntrasse und folgte ihr nach Westen. Es war nicht weit, bis ich Mülheimer Gebiet erreichte. Eine Tafel am Wegesrand hieß mich in der Nachbarstadt willkommen.

Wenige Kilometer später wechselte ich auf den Radschnellweg Ruhr. Er stellte für mich die günstigste Variante dar, um in die City von Mülheim zu gelangen. Unterbrechungsfrei radelte ich in die Nachbarstadt hinein. Gelegentlich donnerte ein Zug an mir vorbei.

Der Weg nutzt in Nähe der City einen erhöhten Bahndamm, ehe eine ehemalige Eisenbahnbrücke, umfunktioniert zu einer Fahrradüberführung, auf die andere Seite der Ruhr führt. Diesen Teil des Radschnellweges hatten sie erst in diesem Jahr fertiggestellt. Der Laie wundert sich regelmäßig darüber, wie viel Zeit solche Vorhaben benötigen. Zuvor hatte der Weg an einem Aufzug für Räder und Radfahrer geendet. Ein planerischer Schildbürgerstreich, denn das Ding stand häufiger still, als dass es seine Aufgabe erfüllt hätte. Lotte und ich waren dort bereits gestrandet und hatten unsere Fahrräder, statt sie bequem im Aufzug vom umfunktionierten Bahndamm auf Straßenniveau zurückzubefördern, eine schwingende blecherne Treppenkonstruktion hinunterasten müssen.

Über das gemächlich dahinfließende Wasser hinweg erhaschte ich einen Blick auf die *Stadthalle*, davor ein Stück des *MüGa-Parks*, und gegenüberliegend die *Marina*. Der Grünzug war vor reichlich fünfundzwanzig Jahren im Rahmen der *Mülheimer Gartenschau* angelegt worden. Ich erinnere mich gut an einen Ausflug mit Lotte und Lucy in jenem Jahr. Ein heißer Tag. Auf dem Wasserspielplatz hier in der Nähe hatte unsere Tochter richtig aufgedreht. Das kühlende Nass hatte unter ihren nackten Füßchen nur so gespritzt!

Ich wechselte vom Radschnellweg Ruhr auf den Ruhrtalradweg. Er findet von Winterberg im Sauerland hierher und endet an der Ruhrmündung in den Rhein. Ich fuhr am *Aquarius* vorbei – einem Wassermuseum, errichtet aus Anlass der *MüGa* in einem ehemaligen Wasserturm – und am *Schloss Styrum*. Dort verließ ich den Ruhrtalradweg wieder. Es war nicht mehr weit bis zu meinem Ziel.

Das Haus, in dem Hängegesicht Ernst Kinzer wohnte, gehörte zu den Exemplaren des typischen Siedlungsbaus im Ruhrgebiet der sechziger Jahre. Für heutige Maßstäbe großzügige Rasenflächen und alte Bäume trennten die Blöcke voneinander. Immerhin bot das Gelände einige versteckte Ecken, von denen aus ich meine Beobachtungen durchführen konnte. An der Straßenecke registrierte ich im Vorbeifahren eine Gaststätte. Zu ihren Öffnungszeiten winkten gemütliche Pausen mit Verpflegung.

Trotz diesen im Ganzen brauchbaren Bedingungen: Es würde langweilig werden, hier herumzulungern. Das war etwas anderes, als im Grünen spazieren zu gehen, wie es am *Baldeneysee* möglich gewesen war. Ich erinnerte mich an meine frühen Jahre bei der Polizei. Da hatten sie dem Youngster häufiger solche Jobs angedreht. Der schlimmste Teil der Polizeiarbeit für meinen Geschmack. Außer vielleicht trockene Berichte im Beamten-Spießer-Jargon zu verfassen.

Schwamm drüber. Es ging um Höheres. Um meine Ehrenrettung als Hauptkommissar außer Dienst. Um die Aufdeckung eines Verbrechens. Meinetwegen um mein Ego.

Ich stellte das Fahrrad an einer unverdächtigen Stelle ab und umkreiste die Anlage. Anhand der Türklingel lokalisierte ich Ernst Kinzers Wohnung im Haus mit der bei Möhrchen ausgekundschafteten Nummer. Ein plattierter Fußweg führte an der Mietskaserne vorbei. Ich schlenderte ihn entlang und warf einen kurzen Blick zurück. Auf dem Balkon des Observierten flatterte Wäsche. Also war Hängegesicht aller Wahrscheinlichkeit nach zurzeit nicht auf Kurierfahrt.

Zwei ereignisarme Stunden später hatte ich genug vom Herumstrolchen. Ich ging in die Gaststätte und bestellte ein Krüstchen. Dazu trank ich drei große Pils. So war das schon besser auszuhalten.

Derart gestärkt zog ich weiter meine Runden. Der Durchmesser meiner Kreise wurde immer größer. Zufällig stieß ich dabei auf ein wunderbar verschwiegenes Plätzchen: Ein Brachgelände in günstiger Entfernung zu meinem Beobachtungsobjekt. Dort hatte irgendjemand vor Zeiten eine Laube errichtet. Ein Teil des Unterstands war bereits eingestürzt, total überwuchert von Schlinggewächsen. Immerhin fand ich ein kleines

Loch, das in die Überreste hineinführte und eine Bank, deren Sitzbretter zwar morsch und deren Untergestell total verrostet war, die aber immerhin genug Stabilität besaß, um sie noch zu benutzen. Wenn ich mir Lottes Gartenschere borgte, wäre es ein Leichtes, mir ein passendes Guckloch ins Gestrüpp zu schneiden. Der große Vorteil der Sache: Der Eingang zum Haus, in dem Ernst Kinzer lebte, lag in Sichtweite.

An diesem Tag bekam ich meinen Mann nicht zu Gesicht. Ich überlegte kurz, ob ich Erkundigungen bei seinen Nachbarn einholen sollte. Aber: Unter welchem Vorwand? Ich besaß keinen Polizeiausweis mehr, der mir die Türen öffnete. Ich hätte mich verdächtig gemacht und liefe Gefahr, dass mich jemand verpfiff. Nur geduldiges Ansitzen würde zum Erfolg führen.

Gegen acht Uhr gab ich auf. Mir blieb genug Zeit, um vor Lotte heimzukehren. Ich trottete zu meinem Fahrrad und tourte auf demselben angenehmen Weg zurück, auf dem ich hergekommen war. Er würde mich noch des Öfteren hierherbringen!

Auf Posten

Nach und nach richtete ich es mir in der ehemaligen Laube gemütlich ein. Das Guckloch stutzte ich zentimeterweise zurecht, sodass es gerade groß genug war, um alles im Blick zu haben. Für die Bank hatte ich ein altes Kissen organisiert, das ich zum Feierabend hin mit einer Plastikfolie abdeckte, um es gegen Regen zu schützen. Dergestalt präpariert, saß ich trocken, weich und einigermaßen bequem. Zwischendurch drehte ich kleine Beobachtungsrunden, um die Beine zu lockern.

Am Anfang meiner Beobachtungs-Session bekam ich Ernst Kinzer nur ein einziges Mal zu sehen. Seine Kumpel holten ihn zu einer Spritztour ab. Toby und zwei, drei andere Biker vom Treff waren dabei. Ich verbrachte einen langweiligen Tag auf meinem Ansitz, ehe Hängegesicht gegen Abend zurückkehrte. Zwischendurch ging ich im Gasthaus nebenan essen und nahm mir zwei Pils. Meine einzige Abwechslung außer dem Kriminalroman, den ich vorsorglich eingesteckt hatte. Nachdem die Biker-Crew zurückgekehrt und losgebraust war, verschwand Ernst Kinzer in seiner Butze. Durch sein Küchenfenster beobachtete ich, wie er sein Abendbrot zubereitete. Vergeblich die Zeit abgesessen. Ich fuhr heim.

In dem Moment, in dem der Struppige am folgenden Tag sein Domizil verließ, döste ich gerade stumpf vor mich hin. Irgendwann lässt die Konzentration einfach nach. Das Erscheinen des Observierten in der Haustür verdoppelte meinen Pulsschlag. Vorsichtig schlich ich aus meinem Versteck und folgte ihm.

Als Ernst Kinzer wieder im Haus verschwunden war, hatte

ich eine Stunde in seinem Windschatten verbracht, um einen Junggeselleneinkauf zu beobachten. Geschnittenes Brot, abgepackte Wurst, zwei Sixpacks Bier, eine Flasche billigsten Fusels, eine Stange Zigaretten. Sah so aus, als wollte er es sich in seiner Höhle richtig gemütlich machen. Keine schönen Aussichten für meinen Job.

Sollte ich abbrechen? Sollte ich Ernst Kinzer einfach verpfeifen und ihn meinen Ex-Kollegen überlassen?

Nein, so weit heruntergekommen war mein Ehrgeiz noch nicht. Eine weitere Woche würde ich gewiss durchhalten. Wenn die um war, dann möglicherweise …

***

Am vielversprechendsten für meinen Erfolg erschien mir das Wochenende. Wenn mein Kandidat ausging. Wenn er überhaupt ausging. Was tischte ich meiner Angetrauten als Ausrede auf, um meinen Einsatz zu kaschieren?

So weit kam es zum Glück nicht. Freitagabend steckte mir Lotte seufzend: »Sigi, ich muss sogar morgen ran. Am Samstagnachmittag hinter der Kasse. Das ist Höchststrafe.«

Auch das Heucheln von Mitgefühl kam mir mittlerweile fließend über die Lippen: »Du Ärmste. Mach dir um mich keine Gedanken. Ich bin beschäftigt.«

Und wie!

Nachdem Lotte am Samstag zur Arbeit aufgebrochen war, setzte ich mich aufs Fahrrad und nahm die vertraute Strecke unter die Pedale. In dem Moment, in dem ich mich auf mein Kissen setzte, fing es an zu nieseln. Auch das noch! Wie erklärte ich Lotte die nassen Klamotten?

Als die ersten Tropfen durch das dichte Gestrüpp zu mir fanden, verfiel ich auf die Idee, mir die Plastikplane umzuhängen, mit der ich sonst meinen Sitzplatz vor Nässe schützte. Ich kam mir vor wie ein Naturfilmer. Die saßen doch auch tagelang bei jedem Wetter im Busch und linsten durch ihre Zeltplane.

In Ernst Kinzers Wohnung wurde kurzzeitig das Licht eingeschaltet. Das war immerhin etwas. So wusste ich, dass er zu Hause war.

Stundenlang harrte ich in meinem Ansitz aus, ohne dass sich etwas veränderte. Leute kamen und gingen. Niemand dabei, der verdächtig gewesen wäre. Um meine Schuhe herum hatten sich Pfützen gebildet. Durch mein Herumtrampeln hatte sich der Boden in der Laube über die Tage stark verdichtet, so dass der Regen nicht mehr vernünftig versickerte. Selbst lesen konnte ich nicht, denn dabei wäre mein Buch nass geworden. Die Situation machte mich mürbe. Nicht mehr lange, und ich war es leid.

Dann, endlich, tat sich was.

Kurz bevor ich mich auf den Weg nach Hause aufmachen wollte, wurde in Ernst Kinzers Wohnung abermals das Licht eingeschaltet. Nach allem, was ich bisher wusste, war es das Schlafzimmer. Zog sich mein Kandidat etwa um? Würde er das Haus verlassen?

Die Haustür wurde aufgedrückt und der Observierte trat in den unvermindert anhaltenden Nieselregen. Missmutig schaute er gen Himmel. Dann stülpte er die Kapuze seiner Regenjacke über den Kopf und ging los. Hoffentlich nicht zu seinem Motorrad – dann wäre er für mich uneinholbar verschwunden.

Mein Herz tat einen erregten Hüpfer. Hängegesicht ging zur Straße! Es wurde Zeit, mich an seine Fersen zu heften.

Den Regenschutz achtlos in die Pfütze zu meinen Füßen abwerfend, verließ ich meinen Unterschlupf durch das kleine Loch im Dickicht. Schnell überquerte ich die durchweichte Wiese, was den Sättigungsgrad meiner nassen Schuhe endgültig an den eines vollgesogenen Schwamms heranführte. Eine Weile rückte ich zu meinem Kandidaten auf, bis mir der Abstand unverdächtig, dafür zu Zwecken der Verfolgung gerade noch geeignet erschien.

Der Struppige nahm etliche Wendungen durch den Stadtteil, so dass ich irgendwann Sorge hatte, nicht mehr zu meinem Fahrrad zurückzufinden. Doch mittlerweile war mir sogar das egal. Zur Not nähme ich ein Taxi und würde das Rad morgen abholen. Größeres stand hier auf dem Spiel.

Wir erreichten ein Gewerbegebiet. Der Beobachtete schien genau zu wissen, wohin er wollte. Er war diesen Weg unter Garantie bereits mehrfach gegangen. Ernst Kinzer folgte ausgetretenen Pfaden. Unzweifelhaft.

Irgendwann folgte mein Kandidat einer engen Straße. Die Gebäude wurden immer schäbiger, bis sie nur noch Baracken glichen. Abrupt blieb der Verfolgte vor einer Toreinfahrt stehen. Ich erhielt gerade so viel Reaktionszeit, mich vor seinem vorsichtigen Rundumblick in einem Hauseingang zu verbergen. Er entdeckte mich nicht.

Ich hörte ein fünfmaliges blechernes Klopfen in einem bestimmten Rhythmus. Lang-kurz-kurz-lang-kurz. Behutsam riskierte ich, den Kopf so weit vorzuschieben, dass ich etwas sah.

Ernst Kinzer war in die Einfahrt vorgerückt und stand dort

vor einem Rolltor aus Metall. Es wurde einen Spalt aufgeschoben. Man schien meinen Mann zu kennen, denn er wurde sofort eingelassen. Einem Wiesel gleich schlüpfte er durch den schmalen Schlitz auf's Gelände dahinter.

Was sollte ich machen? Ernst Kinzer nachahmen und dasselbe Klopfzeichen geben? Das war zu riskant. Wenn man nur auf sein bekanntes Gesicht hin eingelassen wurde, setzte ich womöglich meine Gesundheit, wenn nicht Schlimmeres, auf's Spiel.

Nein, ich würde irgendwie hinterherschleichen und meinen eigenen Weg auf das Gelände finden müssen. Auch das war nicht ungefährlich. Sollte ich es überhaupt wagen?

Unter normalen Umständen wäre ich der Versuchung nicht erlegen – selbst zu meiner aktiven Zeit nicht. Mein Handeln war immer überlegt gewesen, allein schon wegen meiner Familie. Doch mittlerweile komplett durchnässt, frierend, verbissen in den Wahn, diesen Fall zu lösen, es Hund, meinen Ex-Kollegen, Lotte und mir zu beweisen, dass ich es noch konnte, sah die Lage anders aus. Mein Gefahreninstinkt versagte kläglich.

Seitlich des Tors, durch das Hängegesicht verschwunden war, lag ein einstöckiges Gebäude. Sein Pultdach war zur Straße geneigt. An einem Regenrohr spuckte eine undichte Stelle Wasser. Darunter hatte jemand eine Tonne gestellt. Die nutzte ich nun, um hochzuklettern. Dabei hielt ich mich am leckenden Regenrohr fest und bekam einen Schwall kühles Nass in den Gürtel gekippt. Ich fluchte mechanisch, obwohl es auf das bisschen Wasser längst nicht mehr ankam.

Auf der Tonne stehend, reichte mein Hals an die Dachrinne. Ganz aus der Form war ich noch nicht. Mein Fuß fand

Halt an einer Befestigungsschelle des Regegenrohrs und ich stemmte mich, die Hände auf die Dachrinne gestützt, hoch. Es gelang mir, aufs Gebäude zu kriechen. Robbend erreichte ich die andere Seite der Baracke. Dort hievte ich zunächst meine Beine über die Dachkante, arbeitete mich bäuchlings mit dem Oberkörper an sie heran und hielt mich daran fest, als ich hinüberkippte. Da das Gebäude wenig Tiefe besaß und sein Dach ziemlich flach geneigt war, lagen unter meinen baumelnden Füßen weniger als zwei Meter, die es fallend zu überwinden galt.

Nur kurz schwebten meine Schuhsohlen über dem Boden. Dann ließ ich entschlossen los. Ich fing den Stoß stärker mit meinem intakten Bein ab. Mir jetzt das gewechselte Kniegelenk zu ramponieren, das mittlerweile so problemlos funktionierte, vermied ich trotz meines überdrehten kriminalistischen Jagdfiebers instinktiv.

Die Regenwolken hingen schwer am Himmel. Daher war es finsterer, als es um diese Zeit hätte sein dürfen. Meine Augen benötigten einen Moment, um auszumachen, dass ich auf einer Art Hof stand. Rechts der Einfahrt reihte sich nahtlos Schuppen an Schuppen. Weiter hinten funzelte ein Fenster. Schatten oder Geräusche von Menschen waren nicht zu entdecken.

Vorsichtig schlich ich am Rolltor vorbei in die Deckung der ersten Schuppenwand. Ich folgte der Reihe der Baracken. Der einstöckige, flache Bürobau, zu dem das erleuchtete Fenster gehörte, sah etwas gepflegter aus als seine Nachbarn. Trotzdem illuminierte das fahle Licht aus seinem Innern Spinnweben in den Ecken des Rahmens. Was wurde hier getrieben?

Die Aufregung trieb mir Schweißperlen auf die Stirn. Sie

tropften gemeinsam mit dem Regen an meiner Nase ab. Wie ein Dieb tastete ich mich heran, um einen Blick durch die staubige Glasscheibe zu werfen. Zentimeterweise reckte ich den Hals vor. Dann sah ich, worum es ging.

Im einem - mit Ausnahme eines Tisches und einem Satz Stühle - unmöblierten Raum, saß eine Handvoll Männer beisammen. Ihre Mienen waren todernst. In den Händen hielten sie Spielkarten. Vor ihnen lag ein Haufen Geldscheine. Zwei Männer kiebitzten aus der zweiten Reihe. Kein Zweifel: Da wurde gezockt. Die Enden meines Gedankenkonstrukts fanden zusammen. Eindeutig. Am liebsten wäre ich wie der kleine Sigi beim Indianerspiel auf einem Bein gehüpft und hätte Kriegsgeheul angestimmt!

Mein Gefühlshoch währte nur kurz. Hinter mir vernahm ich ein ziemlich eindeutiges Geräusch. Ein Geräusch, das nichts Gutes verhieß. Ein Geräusch, das sich anhörte wie ein tiefes, zorniges, drohendes Knurren.

Beinahe erwischt

In Zeitlupe schaute ich mich um. Hinter mir hatte sich ein ziemlich großer Hund aufgebaut. Seine Haltung eine einzige, angespannte Drohgebärde. Im fahlen Licht waren nur die Umrisse seines muskulären Rumpfes, seine gefletschten Fangzähne und die Glaskörper seiner Augen erkennbar.

Ich verfluchte mich für meinen Leichtsinn. Dort drinnen saßen die Zocker, von denen ich nicht wusste, was sie mit mir anstellten, wenn sie mich hier erwischten. Bewegte ich mich, landete mein Bein unweigerlich im Maul dieser knurrenden Bestie.

Wie tröstlich, dass mein Schutzengel an diesem Wochenende keinen Ausgang hatte! Ein unglaublicher Zufall bewahrte meine Gliedmaße vor dem Zerfleischen. Nur zwei Schritte entfernt hatte jemand eine Leiter ans Dach angelehnt. Warum er sie dort vergessen hatte, spielte keine Rolle. Für mich bedeutete sie die Rettung.

In anderthalb Sätzen stand ich auf der untersten Sprosse der Leiter. Der Köter hatte meine Bewegung aufmerksam beobachtet und hechtete mir nach. Sein Gebiss schnappte zu, erwischte aber nur den Saum meines Hosenbeins. Ich entriss es ihm durch einen beherzten Tritt in die Luft. Stoff fetzte. Aber ich war frei. Ich beeilte mich, Höhe zu gewinnen.

Die Leiter reichte nicht ganz bis zum Dach hinauf. Ich winkelte mein Bein an und wuchtete mich mit dem Oberschenkel hoch. Als ich gerade über die Dachkante gerutscht war, fing der Hund an, zu bellen. Gedankenschnell schubste ich die Leiter hinter mir um. Fast hätte sie die Töle getroffen. Das

Tier machte einen erschrockenen Seitensprung, hielt einen Moment inne, um gleich wieder loszukläffen.

Zeitgleich wurde die Tür der Zockerbude aufgerissen. Drei mir unbekannte Männer stürmten heraus, die ich nur den Bruchteil einer Sekunde sah, denn ich rollte sofort über die Schulter weiter auf's Dach. Flach auf dem Bauch liegend, hörte ich mit an, was sie unter mir miteinander sprachen.

Eine heisere Stimme: »Was hast du, Hasso?«

Ausgerechnet Hasso hieß der Köter. Sofort hörte ich vor meinem inneren Ohr: Hasso, fass!

Eine für einen Mann merkwürdig hohe Stimme: »Ruhig, mein Guter, ruhig.«

Der Dritte: »Kannst du dir erklären, was der Hund hat?«

»Da. Leiter. Umgefallen.«

»Die Leiter könnte jemand absichtlich umgestoßen haben. Vom Dach aus.«

Jetzt wurde es brenzlig. Ich kauerte mich noch flacher auf die Teerpappe.

Die heisere Stimme, rufend: »Ist da wer?«

Meinte dieser Tropf, auf seine Frage würde sich jemand melden? Jemand, der ohne Zweifel unerwünscht war?

Der Kastrat: »Scheiß Wetter. Bin schon ganz nass.«

Der Heisere: »Den Herby mach ich lang. Der hat gestern eine Stelle auf dem Dach geflickt. Lässt einfach die Leiter stehen.«

Der Dritte: »Die hätte Hasso abkriegen können. Komm her, mein Guter. Beruhige dich.«

Hasso beruhigte sich nicht. Sein Herrchen schien der Heisere zu sein. Viel Geduld besaß er nicht mit seinem Hund. »Schnauze jetzt.« Ich hörte einen dumpfen Schlag. Der Mann hatte nach seinem Tier getreten. Jaulend gab die geschundene Kreatur Ruhe.

»Los, rein. Ich habe ein Bombenblatt«, behauptete die hohe Stimme.

»Du bluffst.«

»Wirst ja sehen.«

Der Heisere gab hier anscheinend die Kommandos: »Okay. Weiter im Takt. Wir sind nass genug geworden.«

Die Tür wurde zugeschlagen.

Erleichtert atmete ich durch. Es kam mir vor, als würde ich nach dem Auftauchen der Zocker den ersten Luftzug tun. Riesiges Schwein hatte ich gehabt. Nicht nur wegen der Leiter, auch wegen dem jetzt heftig auf meinen Rücken prasselnden Regen, der es den Ganoven unter mir zu ungemütlich machte, genauer nachzusehen.

Hasso knurrte mich wieder an. Zu bellen traute er sich wegen des Tritts nicht. Es wurde Zeit, das Weite zu suchen. Nur: Wo sollte ich hin?

Ich wagte, den Kopf leicht anzuheben, um die Lage zu checken. Beim Herkommen hatte ich registriert, dass hier Schuppen an Schuppen in die Tiefe des Geländes angebaut worden war. Vor mir sah ich als Nächstes ein Pultdach, dahinter ein Satteldach. Ich war froh, dass beide nur flache Neigungen aufwiesen.

Auf allen Vieren kroch ich zur nächsten Baracke hinüber, begleitet vom tiefen Knurren des Hundes, der jede meiner Bewegungen zu verfolgen schien. Ruhig, ruhig! Fang bloß nicht wieder an zu bellen, mein Freund!

Auf dem Bauch liegend wagte ich, die stellenweise mit Moosplacken bewachsene, glitschige Dachfläche des Schuppens zu überqueren. An einer Reihe Dachhaken, die in regelmäßigen Abständen aus den Ziegelreihen hervorstanden, klammerte ich mich fest. Meine Füße fanden Halt in der Dachrinne. Leider war sie nicht durchgehend von trittfester Beschaffenheit. Immer wieder stieß meine Fußspitze ins Leere. Einmal wäre ich beinahe ganz abgerutscht, weil meine Finger nicht bis zum nächsten Dachhaken reichten. Aber es gelang mir, wohlbehalten die nächste Baracke zu erreichen.

Nun galt es, ein Satteldach zu überwinden, notdürftig mit bereits löchrigem Wellblech gedeckt. Diesmal wählte ich den First als Halt. Kurz kam mir in den Sinn, dass der Rost die Dachhaut geschwächt haben könnte, so dass sie meinem Gewicht nicht standhielte. Ich bemühte mich, diese Gefahr auszublenden. Hatte ich eine andere Chance?

Gleich zu Beginn der Kletterpartie fasste ich mit der rechten Hand in eine scharf vorstehende Blechkante. Ich spürte den Schmerz des Schnittes. Ohne hinzusehen, wusste ich, dass Blut tropfte. Ab sofort bewegte ich mich noch vorsichtiger und tastete erst die nächste Griffposition ab, ehe ich fest zupackte. Es ging äußerst mühsam voran.

Hasso gab unterdessen keine Ruhe. Er folgte mir wie das erfahrene Raubtier seiner waidwunden Beute und wartete anscheinend nur darauf, dass ich ihm zum Fraß herunterpurzelte. Dabei knurrte er unablässig. Als wenn er wüsste, dass es vom letzten Dach in der Reihe keine Möglichkeit gäbe, hinter das rettende Tor auf die Straße zu gelangen.

Ich erreichte das Ende des Firsts. Die Hütte dahinter besaß zu meiner Erleichterung wieder ein Flachdach. Mit letzter Kraft rutschte ich auf dem Wellblech ein Stück hinunter und angelte mit dem Fuß nach dem sicheren Hafen. Als ich den

Widerstand spürte, gab ich meinem Körper einen Ruck. Ich landete auf der Seite, einen spitzen Schmerz in der hart aufschlagenden rechten Hüfte spürend.

Vorsichtig richtete ich mich auf. Außer dem bereits abebbenden Schmerz im Hüftgelenk schien ich keine weiteren Blessuren davongetragen zu haben. Erleichtert lief ich in großen Sätzen auf die nächste Dachkante zu. Die gehörte offensichtlich zum letzten Schuppen in der Reihe. Lag an seiner Seitenmauer die Straße, der Weg in die Freiheit?

Mein Schutzengel meinte es wirklich gut mit mir. Tatsächlich bildete die Außenmauer des Schuppens eine Flucht mit dem Rolltor. Beide schlossen das Grundstück zur Straße hin ab. Ich überwand die letzte Hürde vor dem Erreichen der Sicherheitszone, wie ich auf den Zockerhof gelangt war: Hängend an der Dachkante und hinunterspringend.

Hasso hatte meine akrobatischen Kunststücke mit noch tieferem Grollen musikalisch begleitet. Jetzt hielt ihn nichts mehr. Wütend, dass ich außer Reichweite seines Gebisses gelangt war, gebärdete er sich wie tollwütig, sprang an den Stäben des Rolltors hoch und bellte, was seine Kehle hergab. Undeutlich hörte ich weiter hinten eine Tür aufschlagen. Nichts wie weg!

Keuchend lief ich die Straße entlang. Ich gönnte mir erst eine Pause, als ich den nächsten Abzweig erreichte. Dort, außer Sicht, stützte ich meine Hände auf den Knien ab und schickte ein Stoßgebet zu meinem Schutzengel. Meine Lungen pumpten. Das hätte böse ausgehen können. Auf Schmusekurs wären die Zocker niemals mit mir gegangen. Warum ein solches Risiko? Im Rentenalter? Verlernte man mit den Jahren den Instinkt, Gefahren zu riechen?

So was solltest du dir in Zukunft schenken, Sigi. Dat is nix mehr für dein' Vatter sein' Sohn!

***

Nur mit Mühe gelang es mir, den Weg zurück zu meinem Fahrrad zu finden. Alle Gedanken an den Mord und seine Lösung rückten auf meiner Prioritätenliste weit nach unten. Ich wollte nur nach Hause.

Über mein unfreiwilliges Abenteuer war es endgültig finster geworden. Wenigstens beleuchtungstechnisch war ich richtig vorbereitet gewesen auf meine nächtlichen Exkursionen. Auf den in Dunkelheit und Regen einsamen Strecken spendete mir die neue Fahrrad-Lampe mit ihrem konstanten Lichtstrahl Trost. Bei diesem Wetter und um diese Zeit war niemand sonst unterwegs. Das war besser so. Jeder hätte angesichts meines Zustands und Aussehens geschworen, einem Geist begegnet zu sein.

Eine gute Stunde später kam ich endlich zu Hause an. Ich verfrachtete mein Fahrrad in den Keller und zog mich dort aus, um meine Klamotten in einen leeren Farbeimer auszuwringen. So tropfte ich wenigstens nicht Treppenhaus und Wohnung voll. In der Gewissheit, zu dieser fortgerückten Stunde keinem Nachbarn mehr zu begegnen, schlich ich in Unterwäsche die Stufen hinauf, die klammen Klamotten unter dem Arm. Zitternd schloss ich die Wohnungstür auf und schmiss mein feuchtes Bündel gleich dahinter ab.

Das Licht ging an. Lotte stand im Ausschnitt der Wohnzimmertür, die Augen entsetzt aufgerissen.

»Wo kommst du denn her? Wie siehst du aus!«

»Von draußen«, blieb ich lieber vage.

»Hast du wieder einen Platten gehabt?«

»Nein, nein. Ich wollte nur dem Regen ausweichen und habe mich untergestellt«, log ich feige, mittlerweile geübt darin.

»Ich hätte dich doch abholen können. Bei dem Wetter!«

»Bin ich zu spät drauf gekommen. Da war ich schon unterwegs. Außerdem wollte ich dich nicht aufscheuchen.«

»Sorgen habe ich mir gemacht. In der letzten Stunde habe ich dich alle zehn Minuten angerufen. Warum bist du nicht drangegangen?«

Natürlich hatte ich das Handy in meinem Ansitz stummgeschaltet gelassen.

Seitdem ich die Verfolgung Ernst Kinzers aufgenommen hatte, hatte ich es sowieso nicht mehr angefasst.

»Weiß nicht. Hatte vermutlich Wasser im Ohr.«

»Du musst unbedingt warm werden. Du holst dir ja den Tod! Geh duschen. Ich kümmere mich um den Haufen da.«

Lotte näherte sich beherzt meinem Kleiderbündel. Plötzlich legte sie, gleichauf mit mir, eine Vollbremsung ein.

»Was hast du mit deinen Händen gemacht?«

Ich drehte meine Handflächen nach oben. Die rechte hatte arge Blessuren vom First des Blechdachs davongetragen.

Ich verband das Offensichtliche mit dem Lügengebäude. »Hab mich in der Dunkelheit bei dem rutschigen Weg auf die Schnauze gelegt. Dabei muss ich in etwas Scharfkantiges gepackt haben …«

»Hast du das denn nicht gemerkt?«

»Doch. Natürlich. Was sollte ich denn machen?«

»Du bist aber auch ein Unglücksrabe! In was hast du denn da bloß hineingepackt?«

»Bitte Lotte. Lass uns Morgen sprechen. Ich fühle mich einfach beschissen. Reden macht es nicht besser.«

»Na gut. Blutet ja nicht mehr. Nach dem Duschen werde ich die Wunden versorgen. Dann gibt es einen ordentlichen Verband. Wenn die Kinder aus dem Haus sind, fangen die Männer an …«

In Lottes Stimme lag nur echte Besorgnis. Dabei hätte ich eine scharfe Standpauke verdient. Diese Lügerei musste aufhören. Unbedingt!

Ich duschte nicht, sondern ließ mir ein Bad ein. Bald darauf lag ich unter einer Schicht Schaum in wohlig warmem Wasser. Der reinste Balsam. Es spielte nach diesen aufregenden Strapazen keine Rolle mehr, dass die Verletzung in der Feuchtigkeit brannte.

Nachdem mich Lotte mit einem Verband, einem Bier und einer Käsestulle bemuttert hatte, gingen wir zu Bett. Mich umfingen das Wohlbefinden und die Geborgenheit, die nur das eigene Heim zu bieten in der Lage sind. Ich schlief ansatzlos ein.

***

Beinahe zehn Stunden dauerte mein Schlaf. Traumlos, ohne zur Toilette zu gehen.

Ich wurde von Kaffeeduft geweckt. In diesem Moment hätte mir jedermann weißmachen können, die gestrigen Ereignisse hätten gar nicht stattgefunden, so unwirklich schien das Erlebte aus der Perspektive dieser vertrauten Szene.

»Morgen, Sigi. Du siehst besser aus!«

»Kein Wunder. Gut geschlafen habe ich.«

»Tut deine Hand noch weh?«

Ich hob die verbundene Hand hoch und drehte sie. »Kaum.«

»Heute stellst du mir bitte keine neuen Dummheiten an, Herr Siebert!« Lotte drohte mir gespielt mit dem Finger. Dann küsste sie mich.

Ich war es gründlich satt, meine Frau und Partnerin weiter zu hintergehen. Selbst mit der Rechtfertigung, dass dies aus Not geschehen war – in meiner wirren Interpretation –, vermochte ich mir heute, bei etwas klarerem Kopf, kein Alibi vor mir selbst zu verschaffen.

»Versprochen! Ich bleibe heute zu Hause.«

Morgen würde ich Möhrchen und Erich anrufen und meinen letzten Beitrag zur Lösung des Werden-Falls leisten. Weiter würde ich nicht mehr gehen. Es war wirklich, wirklich genug damit.

Bevor Lotte am Vormittag ausschwärmte, um eine Handarbeit bei einer Freundin vorbeizubringen, beschlossen wir, zum Essen auszugehen. Eine kleine Versöhnungsgeste meinerseits.

Kurz vor Mittag kehrte meine Angetraute zurück. Wir überlegten nicht lange, wohin wir gehen sollten. Unser italienisches Restaurant auf der Rüttenscheider Straße war längst überfällig für einen Besuch.

Der Regen hatte im Laufe des Morgens aufgehört. Erste Sonnenstrahlen kämpften sich durch die lichtgraue Wolkendecke.

Wir ließen uns vom Kellner ein dreigängiges Menü zusammenstellen und einen passenden Wein dazu empfehlen. Die Gaumenfreuden entrückten mich von aller Kriminalistik. Wieder einmal fragte ich mich, warum ich es nicht schaffte, den Ruhestand einfach zu genießen.

»Übrigens hat Lucy gestern Abend angerufen. Habe ich dir noch gar nicht erzählt. Du hast mich aber auch derart erschreckt«, informierte mich Lotte.

»So? Was Besonderes?«, nuschelte ich mit einem Stück *Loup de mer* zwischen den Zähnen.

»Stell dir vor. Es hat sich herausgestellt, dass der neue Hauswirt Tischler von Beruf ist. Er hat die beschädigte Sprosse am Treppengeländer bereits geflickt. Und die Schublade von Lucys Schreibtisch hat er auch gleich zusammengeleimt.«

»Dann ist ja alles in bester Ordnung. Ich habe nämlich vergessen, den Schaden der Versicherung zu melden.«

Lotte schüttelte den Kopf »Jetzt hast du schon nichts Rechtes zu schaffen und dann vergisst du solch wichtige Sachen ...« Nichts Rechtes zu schaffen? Naja! »... noch was: Die Kollegin ist gesundgeschrieben. Ab Morgen geh ich wieder vormittags arbeiten. Bin ich froh!«

»Prima. Freut mich für dich, Schatz. Ich weiß, wie viel lieber dir das ist.«

Nur gut, dass ich mit meiner Beschattung ans Ende gelangt war!

Wir sprachen noch über dies und das. Nach dem Essen schlenderten wir Arm in Arm heim. Wir beide waren die letzte Zeit zu kurz gekommen - das stellte ich zu meinem Bedauern fest. Die gemeinsam verbrachten Vormittage der letzten Zeit füllten diese Lücke nicht. Auch mir war der gewohnte Arbeitsrhythmus Lottes lieber. Das war es nicht allein. Ich war einfach zu abgelenkt von unseren Bedürfnissen als Paar gewesen. Ein Gefangener des kranken Ehrgeizes.

Später am Abend beschloss ich nach reiflicher Überlegung, meine Lügenkonstruktionen gegenüber Lotte nicht zu enttarnen. Die Heimlichkeiten ihr gegenüber würden mir zwar zu schaffen machen, jedoch führte mich die reifliche Abwägung zwischen Eingeständnis und Verschweigen zu dem Schluss, dass ich meiner Angetrauten für die Zukunft nur Angst in Bezug auf mein Tun eingejagt, sie in beständige Unsicherheit gestürzt hätte, würde ich sämtliche Eigenmächtigkeiten auspacken.

Es sah so aus, dass ich das Schweigen aushalten musste. Lotte zuliebe. Unserer Ehe zuliebe. Zur Not lebenslang.

Ein scheiß Preis für meine Schnüffelei!

Zeugenaussage eines Ehemaligen

Gleich Montagfrüh setzte ich meinen Vorsatz, meine Privatermittlungen zu beenden, in die Tat um. Ich rief Möhrchen an.

»Sigi? Du bist letzte Zeit aber anhänglich!«

»Hallo, meine Gute. Ich mache es kurz: Seid ihr mittlerweile klar, wie die Drogen nach Essen kommen?«

»Nein. Immer noch nicht. Geht dich aber im Grunde nichts an.«

»Doch! Ich weiß es nämlich.«

Möhrchen wurde heftig am Telefon. »Sigi! Hast du tatsächlich gewagt, weiter zu schnüffeln?«

Auf Rechtfertigungsorgien hatte ich keine Lust.

»Willst du es wissen oder nicht? Ich kann auch auflegen und eine anonyme Anzeige machen, wenn dir das lieber ist. Such es dir aus.«

Vom anderen Ende hörte ich einen langen Seufzer. Einen von der Art, mit denen mir auch Lotte zu verstehen gibt, dass sie mir keine Besserung zutraut.

»Also gut. Schieß los.«

»So einfach ist das diesmal nicht. Hol mich sobald wie möglich zu Hause ab. Wir fahren an den *Baldeneysee.*«

Ohne eine Antwort abzuwarten, legte ich auf. Ich wusste, Möhrchen stünde bald vor der Tür.

Lange musste ich nicht hinter dem Fenster lauern. Ich sah, wie die kleine Rote ein mir unbekanntes Auto auf der gegenüberliegenden Straßenseite einparkte. Rasch zog ich die Schuhe an und eilte ihr treppab entgegen. Wir trafen uns an der Haustür.

»Da bist du ja schon«, begrüßte ich meine Ex-Kollegin in arglosem Ton.

»Spuck augenblicklich aus, was du von mir willst. Sonst platze ich!«

»Nur die Ruhe, meine Beste. Lass uns fahren.«

Murrend gab Möhrchen nach. Eine Weile schwiegen wir uns im Auto an. Dann begann ich, das Geheimnis zu lüften.

»Euer Problem ist doch, dass ihr nicht wisst, wie die Drogen in den Pott kommen. Liege ich richtig?«

»Ja. Wir kennen die Bande, die Essen hauptsächlich bedient. Wir würden sie gerne hopps nehmen, aber der Chef will mehr. Er will die Kontakte in andere Städte aufdecken und eine länderübergreifende Razzia initiieren. Das BKA mischt auch mit. Als ob das nicht sowieso kompliziert genug wäre.«

»Eine Verbindung kann ich euch aufzeigen. Nach Berlin.«

»Warum nach Berlin?« Indem sie dies fragte, dämmerte es der kleinen Roten.

»Doch nicht etwa, weil der Mörder Gertrud Fengers offensichtlich dorthin geflohen ist? Da gibt es gewiss keine Verbindung.«

»Glaubst du! Aber kümmern wir uns erst um den Stoff.« Ich erzählte Möhrchen von meiner Beobachtung am Biker-Treff *Spinner Brücke*.

Meine Fahrerin staunte nicht schlecht. »Mit Motorradkurieren sollen sie die Drogen verschickt haben?«

»Ja. Das ergibt Sinn. Man ist schnell unterwegs, kann im Falle der Entlarvung über Gelände oder Pfade entwischen, die für ein Polizeiauto unüberwindbar sind, die geringe Transportkapazität ist unverdächtig.«

»Im Gegenzug benötigt man viele Fahrer.«

»Kommt darauf an, auf welche Droge man sich spezialisiert hat. Zu meiner aktiven Zeit kostete das Kilo Heroin im Großhandel beispielsweise dreißigtausend Euro. Ungefähr. Einige Modedrogen sind noch teurer. Wie viel passt davon in einen Rucksack, den man in den Gepäcktaschen eines Motorrads verstauen kann? Zehn Kilo? Zwanzig Kilo? Locker kommt da eine Ladung für eine halbe Million oder mehr zusammen. Verkauft wird grammweise. Reicht doch.«

Möhrchen wurde ernst. »Wir haben an Speditionsfahrzeuge gedacht. Und an bundesweit operierende Vertreter. Wenn du mir das so vorrechnest, könntest du richtigliegen.«

Die kleine Rote fragte nach unserem konkreten Ziel am *Baldeneysee*. Sie war natürlich genug auf Scheibe, um es nach unserem Gespräch selber zu erahnen. Ich bestätigte ihr, dass sie mit ihrer Einschätzung, *Haus Scheppen*, richtiglag.

Wir bogen auf die Hammer Straße ab und folgten den beiden Haarnadelkurven ins Tal. Sie bildeten für viele Motorradfahrer den letzten Kick auf ihrem Weg zum Biker-Treff. Gegenüber einem Gasthaus bogen wir links in den Pörtingsiepen ab. Wir hielten gegenüber dem Fußpfad an, an dessen Wegesrand Ernst Kinzer den Rucksack abgelegt hatte. Ich ging mit Möhrchen zu der Stelle, an der Hängegesicht im Wald verschwunden war. Wir drangen ins Gebüsch ein, fanden aber erwartungsgemäß keine Spuren, die uns weiterhalfen.

Die nächste Frage meiner Begleiterin ließ mich wachsen: »Was schlägst du vor?«

Das war wie in alten Zeiten! Die jungen Kollegen fragten mich, wie es weiterging. Der Stolz durchrieselte mich warm. Ein verdammt schmeichelhaftes Gefühl!

»Ich würde dir raten, diesen Ernst Kinzer festzunehmen.«

»Wer ist das?«

Die nächste Beichte. Mein Stolz auf mich bröckelte sofort wieder.

»Ich habe dir doch neulich das Kennzeichen von einem Motorrad aus dem Kreuz geleiert.«

»Willst du etwa andeuten, dein Vorwand, diesen Kerl von neulich anzuschreiben, war eine Finte?«

Ich setzte die Miene eines reuigen Sünders auf.

»Was sollte ich denn machen, Möhrchen?«

Richtig sauer wurde die Kleine. Hinters Licht geführt zu werden, hatte sie nie vertragen.

»Das was jeder andere Staatsbürger tut: Uns ins Bild setzen. Und zwar unverzüglich, ehrlich und korrekt.«

»Ich will ja aufräumen. Deshalb sind wir hergefahren. Ich halte mit nichts mehr hinter dem Berg. Ganz bestimmt. Ihr sollt alles wissen. Und dann höre ich auf. Versprochen!«

Tastend berichtete ich von meiner Ausspionierung der Zockerbrüder.

Der kleinen Roten fiel die Kinnlade herunter.

»Sigi! Wie konntest du dich derart in Gefahr bringen?«

»Bin ich reingerutscht«, versuchte ich, meine Begleiterin zu beschwichtigen.

»Was hat denn die Zockerei mit Drogen zu tun? Siehst du da einen Zusammenhang?«

»Geld?«

»Natürlich ...«, bemerkte Möhrchen mehr zu sich und verstummte nachdenklich.

»Wenn ich dir einen Vorschlag unterbreiten darf ...«

»Nimmt das denn gar kein Ende? Ich kriege langsam das Gefühl, du bist unverändert im Dienst.«

Ich ging nicht auf die Spitze ein.

»Nehmen wir an, ihr habt einen anonymen Anruf erhalten. Ein Aussteiger beispielsweise. Ernst Kinzer wird von ihm als Drogenkurier angeschwärzt. Ihr nehmt ihn fest, dreht ihn durch die Mangel. Ihr fühlt ihm auf den Zahn, wofür er die Kohle braucht, die er damit verdient. Dann schaut ihr in Styrum bei der Zockerbande nach dem Rechten. Und ich liefere euch frei Haus die Story vom Mord an Gertrud Fenger.«

»Der ist aufgeklärt.«

Möhrchens Nachricht, von ihr beiläufig dahingeplappert, verschlug mir den Atem. Das war es doch, was mich die ganze Zeit über angetrieben hatte: die Aufklärung des Mordfalls. Alles andere war für mich maximal Beifang auf dem Weg zu seiner Lösung.

Nun war es an mir, dass die Kinnlade herunterklappte. »Wie jetzt?«

»Der Mörder wurde in Berlin gefasst. In seiner Wohnung haben sie eine Wumme gefunden. Das Kaliber würde passen. Die Ballistik ist dran. Stell dir vor: Er ist Krankenpfleger.«

»Wie seid ihr auf ihn gekommen?«

»Hartmut hat so seltsame Abdrücke im Garten des Hauses im Wesselswerth gefunden. Der Mörder hat Überschuhe getragen, in die er eine flache Ledersohle eingelegt hat. Mehrere präparierte Paare davon lagen in seiner Wohnung herum. Die Kollegen in Berlin hatten in zwei ungeklärten Mordfällen ähnliche Spuren gefunden. Ein weiteres Tötungsdelikt scheint er in Mannheim verübt zu haben. Diese komischen Abdrücke auf dem Boden, sonst keinerlei Hinweise am Tatort. So sind sie darauf gekommen, dass unser Mann derselbe ist. ‚Plattfuß‘ haben sie ihn in einschlägigen Kreisen genannt. Wurde von einem anderen Gauner verpfiffen. Zum Verhängnis ist ihm geworden, dass er einen fingierten Auftrag angenommen hat. Daraufhin haben die Kollegen ihn festgenommen. Scheint ein professioneller Auftragskiller zu sein.«

Hatte ich immerhin richtig gelegen mit den Spuren im Garten. Das war ich natürlich gezwungen, für mich zu behalten. Allein deshalb, um Hartmut nicht in die Pfanne zu hauen.

»Ja, ja, der Falter. Ein wirklich Guter! Weiß Erich denn, wie das Ganze zusammenhängt?«

»Das wird nicht mehr lange dauern. Wenn wir die Aussagen des Auftragskillers haben, dann die von diesem Ernst Kinzer und zum Schluss unsere Erkenntnisse über die Drogenschieber dazupacken – dann sollten wir dahinterkommen.«

Das brachte mich zurück auf den Ausgangspunkt meiner eigenen Tathypothese.

»Wie geht es mittlerweile eigentlich Arnfried Nußbaum?«

»Die Ärzte haben ihn aus dem Koma geholt. Er wurde ins Uni-Klinikum verlegt. Insgesamt sieht es wohl ganz gut aus. Erich lassen sie bisher nicht zu ihm. Wird aber in den nächsten Tagen so weit sein, haben sie avisiert.«

»Arnfried ist ansprechbar?«

»Soweit ich weiß: Ja.«

Die saphirblauen Augen bohrten sich tief in mein Gewissen. Ich kapierte und beeilte mich, Worte der Beschwichtigung zu senden: »Nein, nein. Nicht, was du glaubst. Zum Fall werde ich Arnfried nie wieder zur Rede stellen. Es ist nur so: Ich werde mich bei ihm entschuldigen müssen.«

Die kleine Rote nickte nur, enthielt sich jeglichen Kommentars. Sie verzichtete darauf, mich erneut zu ermahnen und verschwieg, was sie wirklich glaubte. Wahrscheinlich hatte sie es aufgegeben mit mir.

Wir schlenderten zum Auto zurück und Möhrchen fuhr mich heim. Wieder herrschte Schweigen im Auto. In Gedanken war ich bei meinem Gespräch mit Arnfried. Das würde unangenehm.

Alles klärt sich

Hinter den Kulissen rumorte es wahrscheinlich gewaltig. Ich konnte mir vorstellen, welchen Eifer meine Aussagen bei den Kollegen entfachte. Höchst aufmerksam las ich jeden Tag die Zeitung. Sogar die kleinen Randnotizen.

»Mordfall in Werden geklärt« – diese Schlagzeile krönte eines Morgens die Titelseite. Der Berliner Killer wurde als Täter genannt. Der Artikel beleuchtete die Lebensumstände des Mannes. Ein unauffälliger, pflichtbewusster Krankenpfleger, den die Patienten, um die er sich gekümmert hatte, als aufmerksamen, freundlichen jungen Mann beschrieben. Ein typisches Doppelleben. Von einer Mittäterschaft war nicht die Rede.

»Deutschlandweiter Drogenring gesprengt«, war die nächste Schlagzeile, die mir ins Auge fiel. Der Artikel berichtete über Funde riesiger Drogenlager, von Hintermännern und kleinen Dealern. In sieben Städten hatte die Polizei koordiniert zugegriffen. Dreiundsiebzig verdächtige Personen waren festgenommen worden. Wie hoch der Anteil der Motorradkuriere war, ging leider nicht aus dem Text hervor. Ein Riesenerfolg für die Mädels und Jungs von der Essener Drogenfahndung.

Mit »Zockerbande in Mülheim aufgespürt« ging es weiter. Im Artikel fand ich eine Andeutung, dass Verbindungen zum Drogenring bestanden hatten. Die Polizei ließ aber nur wenig heraus. Wie immer, wenn es eine Menge Aufklärungsarbeit zu erledigen galt.

So waren meine Tipps immerhin fruchtbar für die Aufklärung mehrerer Verbrechen gewesen. Nur vom genauen Tathergang in Werden berichtete die Zeitung nichts. Entweder, Erich tappte immer noch im Dunkeln, oder mit der Festnahme des Killers war Publikums Neugier aus Sicht der Zeitungsfritzen gestillt. Für mich blieb damit ein kleines Geheimnis ungelüftet. Eigentlich genau der Teil, um den es mir ganz persönlich von Anfang an gegangen war.

***

Ich quälte mich einige Tage mit dem geplanten Besuch bei Arnfried Nußbaum herum. An einem trüben Nachmittag fasste ich mir ein Herz. Ich legte Lotte eine Notiz auf den Küchentisch, wo ich zu finden war. Dann dackelte ich los zum Uniklinikum, das genauso nahe zu unserer Wohnung liegt wie das Polizeipräsidium.

Ich betrat das riesige Gelände von einem Seiteneingang aus. Die verschiedenen Fachgebiete sind in mehreren Häusern untergebracht. Ich hatte keine Ahnung, wo sie einen Mann mit Arnfrieds Krankheitsbild unterbringen würden. Also ging ich zunächst zum Haupteingang, um nachzufragen. Der nette Herr dort zeigte mir den Weg zum richtigen Gebäude auf einer Karte, nannte mir Station und Zimmernummer. Mit einem Kloß im Hals machte ich mich auf den Weg. Zaghaft klopfte ich an die Tür des Krankenzimmers. Dann gab ich mir einen Ruck und trat ein.

Arnfried lag im hinteren Bett am Fenster. Von den vielen Strippen war nur noch ein Tropf übrig geblieben. Ein Zimmernachbar war nirgends zu sehen. Dass er einen besaß, verriet das benutzte Nebenbett. Diesen Check, wenn ich ein Krankenzimmer betrat, würde ich mir nie abgewöhnen. Allzu lange hatte ich diesen Blick durch die Beobachtungsbrille eingeübt. Er hing mir in den Klamotten.

Es war bei dem, was ich mit Arnfried zu besprechen hatte, im Grunde besser, dass wir alleine waren.

Der Besuchte pfiff durch die Zähne. »Du hast Mut.«

»Guten Tag, Arnfried. Ob ich Mut habe, weiß ich nicht. Ich hielt es für anständig, dich zu besuchen.«

»Außer meiner zweiten Ex ist bisher niemand hier aufgetaucht. Auf dich, mein Lieber, das gebe ich frank und frei zu, habe ich nicht den allergeringsten Bock.«

Das verstand ich gut. »Nur einen kleinen Moment. Ich werde nicht wieder von der Sache anfangen. Versprochen.«

»Ausnahmsweise. Schnapp dir den Stuhl da.«

Ich folgte seiner Aufforderung. Umständlich rückte ich den bezeichneten Stuhl näher an das Krankenbett heran. Ich fand nicht gleich die richtige Sitzposition und rutschte auf meinen vier Buchstaben herum. Der Besuchte verstand die Ursache dieser Geste. Er sah mich hämisch an.

Jetzt gab es kein Zurück mehr. Wo sollte ich anfangen?

»Arnfried, ich habe Mist gebaut. Ich hatte kein Recht, dir diese Vorhaltungen zu machen. Dass es dich so aufregen musste, ist mir erst später aufgegangen.«

»Aus Langeweile Leute ausspionieren und zum Vergnügen übel verdächtigen! Du solltest lieber den Beschäftigungen eines Rentners nachgehen. Enten füttern und so …«

»Ich bin hier, um mich in aller Form für mein Verhalten zu entschuldigen. Da ist der alte Kriminalbeamte mit mir durchgegangen.«

Unmöglich zu deuten, was hinter dieser Stirn vorging.

Arnfrieds Blick war völlig leer. »Was du dir da zusammengereimt hast, mein Bester, entbehrt jeder Grundlage. Kranke Fantasien. Hohles Gewäsch. Wenn du früher im Dienst auch derart danebenlagst, wird sich mancher Spitzbube über dich kaputtgelacht haben!«

Ich war perplex. Die Ärzte hatten vermutlich immer noch nicht zugelassen, dass Erich ihn erneut vernehmen konnte. Daher wusste Arnfried nicht, was mittlerweile alles ans Tageslicht gekommen war. Falls er hier Zeitung las, bezog er die Artikel der letzten Tage nicht auf sich.

Oder hatte sein Gehirn beim Unfall etwas abbekommen? Verdrängte er die Tatsachen aus Selbstschutz? Rechnete er damit, ungestraft davonzukommen, wenn ich meinen Verdacht gegenüber Erich verheimlichte? Oder stellte er sich einen Deal vor?

Ich wurde nicht schlau aus diesem Kerl. Wie sollte ich reagieren? Auf alle Fälle vorsichtig, denn noch mal Auslöser für einen Amoklauf zu sein, das wollte ich unbedingt vermeiden.

»Arnfried, nur du weißt, was wirklich geschehen ist. Und das solltest du der Polizei aufrichtig sagen.«

»Was ich den Bullen mitzuteilen habe, das habe ich diesem Schrank mit der Stoppelfrisur lange unter die Weste gedeut. Komm mir bloß nicht in die Quere und flüstere den alten Kameraden deinen Verdacht. Ich will mein restliches Leben als freier Mann verbringen.«

Ein klarer Fall von Realitätsverlust! Glaubte Arnfried wirklich, ich hätte Erich bislang nichts gesteckt? Was gaben die ihm hier für ein Zeug?

Ich versuchte, das Thema zu wechseln: »Wir haben noch gar nicht darüber gesprochen, wie du dich eigentlich fühlst, Arnfried.«

»Prima wäre gelogen. Ich habe viel Zeit in Krankenbetten verbracht. Ziemlich schwach fühle ich mich. Das ist eine Strafe, diese Liegerei, sage ich dir. Da kommt man ins Grübeln. Ich habe mir keine Vorwürfe zu machen. Versprich mir, keine Unruhe zu stiften.«

»Arnfried, ich kann dir doch nicht versprechen, dass die Polizei Ruhe gibt. Es war schließlich Mord. Die werden nicht eher aufhören, bis sie die Chose restgültig aufgeklärt haben.«

»Das steht hier nicht zur Debatte. Du sollst mir versprechen, dass du die Klappe hältst. Mehr nicht.«

Ich konnte es nicht fassen. Glaubte dieser Kerl wirklich, ungeschoren davonzukommen?

»Hast du schon mal über Schuld nachgedacht?«

»Was soll das?«

»Ich meine bloß so. Ich kenne das aus meiner beruflichen Vergangenheit. Im ersten Reflex versuchen alle, der Polizei zu entwischen. Bei vielen klafft die Wunde später auf, weil sie nicht mit ihrer Tat fertig werden. Erspare dir das lieber.«

»Du glaubst immer noch an dein blödsinniges Märchen? Mein Gewissen ist rein.« Richtig trotzig hatte er das gesagt.

Augenblicklich kochte Wut in mir hoch. Glaubte dieser Tünnes wirklich, mich zu seinem Komplizen machen zu können?

»Was ich zu sagen hatte, habe ich Erich bereits gesagt«, rutschte mir trotz aller guten Vorsätze heraus.

Der Besuchte schloss kurz die Augen. Dann sah er mich hasserfüllt an.

»Geh jetzt. Ich will dich in meinem Leben nie mehr wiedersehen, hast du verstanden? Verpiss dich.«

Ich ließ den Besucherstuhl einfach stehen und verzog mich

grußlos. Mit Arnfried Nußbaum war ich fertig. Weiter auf ein Wort des Vergebens meiner Einmischung zu warten, hatte offensichtlich wenig Zweck.

***

Tag für Tag rückte der September näher. Es wurde Zeit für eine Versöhnungsrunde bei Guido, wenn ich Möhrchen und Erich noch vor ihrem Urlaub sehen wollte. Außerdem war da einiges gutzumachen. Ecki würde im Bedarfsfall den Schlichter spielen.

Erich nahm meinen Vorschlag, uns zu treffen, überraschend freudig an. Das war der Erich, den ich kannte. Da war eine Menge Stress von ihm abgefallen. Ich merkte bereits am Telefon, dass er ebenfalls Gesprächsbedarf hatte.

»Muss ich eigentlich ins Präsidium kommen, damit ihr meine Beobachtungen zu den Akten nehmt?«

»Das überlege ich mir noch. Ist ’ne Menge los gerade. Lass mir bitte etwas Zeit. Das kann jedenfalls warten.«

Er reichte den Hörer an seine Frau weiter, die gerade zufällig neben ihm stand. Mit ihr einigte ich mich auf den Tag.

»Noch was, Möhrchen. Du tätest mir einen riesen Gefallen, wenn du unsere Männerrunde komplettierst. Betrachte dich als herzlich eingeladen.«

»Haste Schiss vor meinem Männe?«

»Nein. Ich war stellenweise nicht fair zu dir letzte Zeit. Es gibt was zu kitten, glaube ich. Würde mich freuen, wenn wir uns versöhnen könnten.«

»Einverstanden. Ich nehme es als Friedensangebot. Bis dann, Sigi.«

»Tschüss Möhrchen!«

Ich drückte das Gespräch weg. Endlich eine reelle Chance auf normale Verhältnisse zwischen uns Dreien.

Ecki hatte meistens Zeit. Er sagte sofort zu. Ich freute mich auf den Abend.

Fallerörterung am Tresen

Selbst Guido strahlte, als wir nacheinander bei ihm eintrudelten. Er hatte die Runde bereits vermisst. Ich stellte gleich klar, dass heute Abend alle Deckel auf mich gingen.

»Ho, ho, im Lotto gewonnen, der Sigi!«, lästerte Ecki.

»Bestimmt nicht. Eher eine Menge Dummheiten angestellt«, belehrte ich ihn. Möhrchen und Erich kniffen sich gegenseitig ein Auge.

Wir sprachen zunächst über nichtige Dinge des aktuellen Weltgeschehens. Es war Ecki, der das Gespräch auf den Werden-Fall lenkte. »Seid ihr jetzt durch damit?«, fragte er die anwesenden aktiven Kriminalbeamten.

»Sieht so aus«, blieb Erich unbestimmt.

Ecki war ahnungslos. Er durfte die nächste Frage stellen: »Was ist denn jetzt am Ende alles herausgekommen? Man hört ja viel über eure Fahndungserfolge im Präsidium.«

Betretenes Schweigen von allen Seiten.

»Puh, da stehe ich jetzt wohl mitten im Fettnapf«, merkte Ecki. Richtig bedröppelt sah er aus – schließlich war er über unsere Unstimmigkeiten im Bilde.

»Ach was«, beschwichtigte Erich. »Es war folgendermaßen …«

Ich unterbrach ihn so laut, dass Guido hinter seinem Tresen zusammenzuckte.

»Stopp. Darf ich bitte? Einmal versuchen, ob der Kripokopp von Sigi Siebert auf seine alten Tage noch funktioniert. Gönnt mir das! Bitte!«

Unser glückliches Paar sah sich vielsagend an. Dann nickten mir beide aufmunternd zu.

Zunächst bestellte ich eine neue Lage Getränke, Pils für die Herren, einen Weißwein für unser Mädchen. Ich prostete meinen Gästen zu. Dann legte ich los.

»Also, ich werde euch jetzt meine Version darlegen. Unterbrecht mich bitte nicht, bis ich fertig bin. Anschließend dürft ihr mich gerne auseinanderpflücken.

Ich sehe das so: Arnfried Nußbaum schlüpft bei Gertrud Fenger unter. Wie ich von seiner Ex-Frau weiß, besitzt er gewisse Talente, den Charmeur raushängen zu lassen. Das verliert sich bei ihm wohl im Laufe einer Beziehung. Ob ihm zu Anfang wirklich etwas an Gertrud Fenger lag, bleibt für mich undeutlich. Egal – ist nicht wichtig für das, was folgt.

Arnfried ist spielsüchtig. Er lernt Ernst Kinzer auf dem Biker-Treff am *Haus Scheppen* kennen und steigt irgendwann in die Mülheimer Zockerszene ein, in der sein neuer Bekannter unterwegs ist. Dort werden die beiden nach Strich und Faden ausgetrickst und können irgendwann ihre Spielschulden nicht mehr begleichen. Die Ganoven vom Pokertisch setzen sie unter Druck.

Es bestehen Kontakte zwischen Zocker-Gang und Drogenkreisen. Darüber wisst ihr, Möhrchen und Erich, mittlerweile wahrscheinlich mehr als ich. Um Geld in die leeren Kassen von unseren Freunden zu spülen, unterbreitet man ihnen den Vorschlag, Kurierfahrten zu übernehmen. Ernst Kinzer als passioniertem Biker mit eigenem Gefährt passt das gut. Die Knete, die er damit verdient, wandert natürlich zum Großteil in die Taschen seiner Gläubiger.

Arnfried hat es schwerer. Er besitzt keinen fahrbaren Untersatz und versucht, Gertrud Fenger zu überreden, ihm ihr Motorrad auszuleihen. Die sträubt sich. Ihre heiß geliebte

Maschine gibt sie nicht gerne her. Dafür muss sie sich für deren Unterhaltskosten zu sehr krummmachen. Sie dringt so lange in Arnfried ein, bis der ihr beichtet, für welche Art Geschäfte er ihre Honda ausborgen will. Er kommt nicht umhin, ihr seine verzweifelte Lage zu erklären. Vielleicht erscheint es Gertrud Fenger sogar verlockend, bezahlte Ausflüge mit dem Motorrad zu unternehmen. Jedenfalls vereinbart sie mit Arnfried, an seiner statt zu fahren. Ob das letztendlich der Auslöser für die Verschlechterung ihrer Beziehung war, oder ob bereits früher etwas vorgefallen ist – beide Varianten würden das Nachfolgende stützen.

Arnfried verzockt weiter das Geld, das Getrud Fenger für ihn zusammenfährt.

Das Ganze läuft bar und niemals bleibt etwas davon übrig – daher habt ihr weder auf den Konten der beiden, noch in der Wohnung größere Summen gefunden.

Irgendwann muckt die Fenger auf. Sie will nicht mehr den Kurier spielen. Möglicherweise wird ihr das Risiko zu groß, entlarvt zu werden. Oder es fällt etwas vor, von dem ich nichts wissen kann.

Arnfried setzt seiner Lebensgefährtin zu, weiterzumachen. Die Spielsucht beherrscht ihn. Seine Schuldenlast lässt ihm keine andere Wahl. Die später Ermordete wehrt sich, droht damit, den Drogenring auffliegen zu lassen. Die Spannungen zwischen den beiden nehmen täglich zu.

Aus Angst, dass man ihm später die Rechnung präsentiert, schwärzt Arnfried seine Lebensgefährtin an. Die Kreise, in denen er sich bewegt, kennen keine Skrupel. Er wird aufgefordert, bei der Beseitigung Gertrud Fengers behilflich zu sein. Vielleicht haben sie zunächst sogar versucht, ihn selbst zum

Mord an seiner Lebensgefährtin zu drängen. Er hätte es nicht fertiggebracht.

Also beauftragt man einen berufsmäßigen Killer. Die Profis konstruieren die Tat so, dass Arnfried selbst darin verstrickt ist. Er wird von ihnen gezwungen, den Mord vorzubereiten. Die Zockerbande erhofft sich aufgrund seiner aktiven Mithilfe bei der Beseitigung seiner Lebensgefährtin, ihre goldene Kuh für immer mundtot zu machen. Außerdem soll der Spieler in ihm weiter gemolken werden – nur darum bleibt er am Leben …

Um dem Killer freien Zugang zur Wohnung zu ermöglichen, verrät Arnfried das Versteck für den Haustürschlüssel. Er macht Gertud Fenger betrunken und achtet peinlich darauf, dass er klar genug im Kopf bleibt, die Wohnungstür zu öffnen, den Motorradschlüssel zu deponieren und ins Bett zu finden. Erst dort leert er die Flasche Wodka. Der Mord verläuft nach Plan. Der Täter klemmt das Motorrad und braust davon …«

»Jetzt muss ich doch einhaken«, meldete sich Ecki zu Wort. »Warum nahmen sie ihm das Motorrad von Gertrud Fenger? Es wäre doch viel lukrativer für die Brüder gewesen, Arnfried Nußbaum auf Tour zu schicken.«

»Sie befürchteten, dass man im Zuge der Mordermittlungen auch das Motorrad überprüft. Wenn die Polizei Spuren von Drogen gefunden hätte, wäre ihr Transportsystem geknackt gewesen. Es sollte unbedingt verschwinden. Sonst hätte es im Kreise der Dealer zu unerquicklichen Fragen führen können.«

Ecki lächelte. »Ich wäre nie ein guter Kripomann geworden. Verrate mir: Warum ist er in der Wohnung geblieben. War das kein Fehler?«

»Es war nicht dumm von Arnfried, sich während der Tatzeit in der Wohnung aufzuhalten. Seine Anwesenheit sprach zunächst eher für ihn. Ich war trotzdem von Anfang an skeptisch. Der Mörder war für meinen Geschmack zu professionell vorgegangen. Kaltblütig, zielgerichtet, ohne nennenswerte Spuren am Tatort zu hinterlassen. Ein Profi handelt nur auf Veranlassung eines anderen Profis, wenn es für ihn durch den Mord nichts zu holen gibt. In diesem Fall gab es nichts zu holen. Es ging einzig und allein darum, eine lästige Zeugin auszuschalten.«

Ich sah Erich an und erwartete seine Zustimmung. Er versagte sie mir nicht. »Du alter Fuchs, Sigi!« Das war Honig für mich. Anerkennung für echte Ermittlerarbeit, nicht bloß für eine aufgeräumte Küche.

Erich holte weiter aus. »Ernst Kinzer hat gesungen. Wir kennen die Mitglieder der Zockerbande und werden sie morgen verhaften. Meistenteils alte Bekannte.

Vorgestern haben die Ärzte grünes Licht für eine erneute Vernehmung Arnfried Nußbaums gegeben. Ich habe ihm seine Spielsucht vorgehalten. Dann habe ich ihm ziemlich das vor den Latz geknallt, was du uns gerade auseinandergelegt hast, Sigi. Dass ich davon wusste, hat ihn geknackt. Er hat alles zugegeben. Seine Augen haben dabei Gift gesprüht. Ich kann mir denken, an wen er dabei gedacht hat.«

»Trotzdem bleibt mir schleierhaft, warum er die Wohnung nicht verlassen hat«, wiederholte Ecki seinen Punkt.

Erich klärte uns auf: »Mir hat er erzählt, er habe Schiss davor gehabt, nach Hause zu kommen und die Polizei informieren zu müssen. Schließlich meldet man sich normalerweise bei seinem Lebenspartner zurück oder vermutet ihn zumindest im gemeinsamen Bett. Davor hat er gekniffen.

Arnfried Nußbaum hatte vor, sich erst am Morgen zu vergewissern, dass der Killer sein Werk vollbracht hatte. Danach wollte er uns anzurufen. Schöngeredet hat er sich das damit, dass der Killer so einen größeren Vorsprung hätte. Die Nachbarn haben sein Kalkül zunichtegemacht.«

Ecki schüttelte den Kopf. »Was für ein Idiot. Lässt zuerst seine Frau für sich den Schweinkram erledigen, liefert sie dann ans Messer und zum guten Schluss ist er zu feige, den Folgen seines schäbigen Verrats gegenüberzutreten. Einen tollen Schulkameraden hast du da, Sigi.«

»Ein Freund war er nie für mich, das darfst du mir glauben. Er war immer ein merkwürdiger Außenseiter, den niemand gerne in seiner Nähe duldete. Vielleicht liegt darin ein Stück seines Schicksals begründet. Aber ich hoffe, dass wir, die wir hier in trauter Gemütlichkeit beisammenstehen, trotz meiner Eigenmächtigkeiten Freunde bleiben werden.« Dackelblick in die Runde.

Möhrchen drohte mir gespielt mit dem ausgestreckten Zeigefinger. »Du Schelm!«

Erich seufzte. »Funk mir bitte nie mehr dazwischen, Sigi. Es war ohne dich schwer genug. Meine Gespräche mit Hund, die könnte ich gerne missen.«

»Apropos Hund«, warf ich ein. »Wird die Sache gegen mich weiter verfolgt?«

»Du hast totale Sahne, Sigi. Arnfried Nußbaum hat den Unfall überlebt. Das ist der erste Pluspunkt für dich. Und dann hat mich Hund wochenlang auf falscher Fährte ermitteln lassen, nämlich, dass Gertrud Fenger ihrem Mörder geöffnet hat. Dies zuzugeben, wird er scheuen wie der Teufel das Weihwasser. Ich nehme an, der verfolgt das nicht weiter.«

Plumps! Der Stein von meinem Herzen!

Ich ließ Guido frische Getränke bringen.

»Prost, meine Lieben. Wie schön, dass ihr mir in meinem Leben begegnet seid.«

»Gleichfalls Sigi«, erwiderte Möhrchen und ich sah den anderen an, dass sie ebenfalls dazu standen. Wir nahmen allesamt einen kräftigen Schluck.

Insgeheim stellte ich für mich fest, dass Erich in den letzten Jahren kräftig gereift war, was seine Fähigkeiten als Ermittler anging. Ob das Möhrchens positivem Einfluss zu verdanken war? Sie hatte schließlich seine Ablenkung vom Job an der Spielgefährtinnen-Front ausgebremst und darin hatte immer ein Hinderungsgrund für seine berufliche Ernsthaftigkeit gelegen. Möglich!

Die Zeit rückte vor und die Belegung an Guidos Tresen nahm ab. Unser Gespräch verließ den Fall. Die Stimmung war gelöst. Ich aalte mich in der Gewissheit, das Kriegsbeil erfolgreich unter meterdicker Erde begraben zu haben.

Das verhinderte leider nicht den kurz aufblitzenden Rückfall meinerseits. Kurz bevor wir aufbrachen, fiel mir noch etwas ein,

»Was ist eigentlich mit dem Toten vom *Wasserbahnhof*?«, erkundigte ich mich losgelöst von dem Zusammenhang mit unserem eigentlichen Gesprächsthema.

Meine Mitzecher verstummten abrupt. Dann lachte Möhrchen plötzlich lauthals auf. Kurz darauf fiel Erich ein. Und als Letzter begriff sogar Ecki.

»Was habt ihr?«, fragte ich begriffsstutzig. Dann fiel auch bei mir der Groschen. »Ihr glaubt doch nicht, ich würde wieder …«

»Du würdest wieder«, versicherte mir Möhrchen mit Lachtränen in den blauen Ozeanen.

Zuerst fühlte ich mich ertappt. Dann leicht pikiert. Dann spürte ich den Lachreiz auch in mir aufsteigen. Glucksend fiel ich in die Lachsalve ein.

»Ihr kriegt nichts mehr von mir«, rief uns Guido, der hinter dem Tresen mitgehört hatte, mit gespielt ernster Miene zu. Dann fiel er in unser Lachen mit ein.

***

Einige Tage nach den Ereignissen um den Werden-Fall saß ich irgendwann mit Lotte am Mittagstisch. Aus heiterem Himmel kam sie auf die Beendigung ihres Arbeitslebens zu sprechen.

»Wird es dir schwerfallen, Sigi, wenn ich dir demnächst den ganzen Tag zu Hause auf den Füßen stehe?«

Uups. Aufgepasst bei der Antwort! »Nein. Da freue ich mich drauf.«

Lotte legte ihren Kopf schief. »Habe ich da einen kleinen, unwilligen Unterton gehört?«, hakte sie amüsiert nach.

Das Thema gefiel mir nicht. »Nun ja. Jetzt bin ich natürlich mein eigener Herr auf dem Platz. An einen Mitspieler, glaube ich, muss ich mich erst gewöhnen.«

»Du vermisst mich also tagsüber gar nicht?«

Verdammt. Mir gelang es nicht herauszuhören, ob das eine ernst gemeinte Frage war oder eine rein rhetorische.

»Was soll ich dazu sagen? Ich komme so, wie es ist, ganz gut zurecht.«

»So, der Herr kommt also zurecht. Reicht dir das?«

»Ähem … im Prinzip ja.«

»Darf ich dir ein Geheimnis anvertrauen?«

Was kam denn jetzt? Ich war auf alles gefasst, während ich Lotte zaghaft zunickte.

»Ich freue mich riesig auf die gemeinsame Zeit mit dir. Was wir dann alles zusammen anstellen können!«

Während meine Angetraute einen ganzen Freizeitkatalog herunterbetete, stand ich auf, erleichtert darüber, dass es nicht um mehr ging. Ich trat um den Tisch herum an ihren Sitzplatz heran und stellte mich neben sie.

»Steh bitte mal auf!«

Lotte verstummte. Ich hatte sie aus dem Konzept gebracht.

»Aufstehen …? Wieso?«

»Steh einfach auf.«

Meine Allerliebste rappelte sich hoch. Ich schnappte sie mir und drückte sie kräftig an mich.

Dann küsste ich Lotte innig. Nicht so scheu und angespannt wie damals beim ersten Mal auf der *Brehminsel.* Nicht so leidenschaftlich und wild wie danach als frisch verliebtes Paar. Aber immerhin so innig und voller Zuneigung, wie ich sie seit Beginn meiner eigenmächtigen Ermittlungen im Werden-Fall nicht mehr geküsst hatte.

Es war schade um die verlorene Zeit!

Dankeschön!

Die Schauplätze in diesem Roman sind authentisch und wurden in dem Bemühen beschrieben, ihnen so gerecht wie möglich zu werden. Das Haus im Wesselswerth, in dem der fiktive Mord an Getrud Fenger stattgefunden hat, existiert allerdings nicht. In der Straße findet man kein Anwesen, das seiner Beschreibung exakt entspricht.

Die im Roman handelnden Personen sind dagegen sämtlich fiktiv. Sollten Ähnlichkeiten mit Werdenern, Essenern oder Mitmenschen anderer Herkunft hineingerutscht sein, so war dies garantiert unbeabsichtigt und ist ausschließlich der Schwäche des Autors für lebensnahe Figuren geschuldet.

Abschließend gilt es, Menschen Dank zu sagen, die das Werden des Romans begleitet und gefördert haben oder seiner Verbreitung hilfreich sein werden:

Zuallererst meiner Frau Liane für die Freiräume, ohne die sein Entstehen unmöglich gewesen wäre und für das Aufsetzen der Erstleser-Brille. (Nein, sie ist nicht Vorbild für die Figur Lotte!)

Dann meinem Verleger Detlef Knut, der das Vertrauen in sein Gelingen vorgeschossen hat.

Meinem Lektor Helge Hoffmann, von dessen Feinputz die Endfassung des Krimis profitieren durfte.

Den Musikern, die die Lesungen begleiten, allen voran der »Hausmusik« aus Düsseldorf mit ihrem Band-Leader Heiner Bauer.

Den Veranstaltern, die Räume für Lesungen schaffen und deren Rahmen liebevoll mitgestalten.

Und natürlich den Lesern, von denen einige bereits zu meinem treuen Publikum gehören.

Ganz besonders Ihnen, die diesen Roman als eBook heruntergeladen, als Paperback erstanden oder ausgeliehen haben.

Bleiben Sie Sigi Siebert und mir gewogen!

Klaus Heimann

Dank an die LeserInnen

Liebe Leserinnen,
liebe Leser,

diese Geschichte ist hier zu Ende. Wir hoffen, sie hat Ihnen gefallen und Sie sind ein paar Stunden in die Welt dieser Geschichte eingetaucht, haben geschmunzelt, gelacht, mitgefühlt und mitgelitten. Das freut uns. Wenn Sie weiterhin Bücher dieser Autorin, dieses Autors oder unseres Verlages lesen möchten, dann reden Sie über dieses Buch. Oder twittern Sie, schreiben Sie einen kurzen Blogbeitrag oder eine Leserbewertung in Ihrem bevorzugten E-Book- oder Online-Shop.

Mund-zu-Mund-Werbung ist für AutorInnen und Verlage wie Sauerstoff für jedes Lebewesen – sie ist lebenswichtig. Lesermeinungen sind Motivation und Ansporn, so dass Sie schon bald ein weiteres Buch Ihrer Lieblingsautorin oder Ihres Lieblingsautors lesen können.

Wenn Sie mehr über unsere Bücher erfahren wollen, melden Sie sich für unseren Newsletter an.

Herzliche Grüße

Ihre
edition oberkassel